中公文庫

# ノ　ワ　ー　ル

## 硝子の太陽

誉田哲也

中央公論新社

目次

# ノワール　硝子の太陽

# 第一章

## 1

まるでピントの合わない、古い無声映画を観ているようだ――。

そんなふうに思い込めたら、どんなに楽だろう。

白いクロス貼りの壁、同じ色の天井を照らすのは、テレビ画面の鈍《にぶ》い明滅、ただそれだけ。実際に何が映っているのかなど、観たくもない。そこに自分がどんな姿で捉《とら》えられているのかなど、知りたくもない。だが、目を逸《そ》らすだけでこの状況を変えることなど、できはしない。

「……ごめんね……ごめん」

そんな私の、無力な謝罪に対する応えは、ない。ただ、震えだけが伝わってくる。

あの夜、あの娘《こ》もきっと、こんなふうに震えていたのだと思う。押し込められた車の後部座席で、悲鳴さえも呑《の》み込《こ》まされ、自分という人間が壊されていく恐怖に、ただただ震えていたに違いない。

いいのか。私は、一度ならず二度までもこういった事態に直面し、それでも自分の身の安全を優先し、この世の地獄が闇《やみ》の彼方《かなた》に消え去ることのみを祈って、息をひそめてさえいれば、それでいいのか。

そんな自分を、お前は赦《ゆる》せるのか。

仕事柄、車は自分で運転することの方が多かった。むろんタクシーは日常的に利用していたが、そうでない場合は、自家用車であれレンタカーであれ、自ら運転して移動するのが常だった。

そのとき私は、後部座席左側に座らされていた。もうそれだけで拭《ぬぐ》い難《がた》い違和感があった。自分が置かれている状況も立場も異常極まりないのは事実だが、それを片時忘れることさえ許されない。お前はとんでもないことに巻き込まれているんだぞと、隣を走るスポーツカーのドライバーにさえ、指を差していわれている気がした。煌々《こうこう》と明かりを灯《とも》したコンビニエンスストアの看板も、ひどく遠くなってしまった日常の象徴であるように感じられた。千鳥足で歩くスーツ姿の男も、交通整理をする工事現場の警備員も、羨《うらや》ましくて涙が出るほど、平穏で、ありふれた夜を過ごしていた。

私の右隣には、頭から黒いナイロン袋をかぶせられた少女が横たわっている。そのままだと外から見えてしまうため、私が右手で、上から頭を押さえつけていた。彼女の両手は、ガムテープで一つに括《くく》ってあった。だがデニムスカートの下、膝《ひざ》まである黒いスパッツに包まれた脚《あし》は自由にしてあった。それに理由があるのかないのかは、私には分からなかった。

運転しているのは安里竜二《あさとりゅうじ》だが、彼の名前を呼ぶことは禁じられていた。少女に覚えられては困るからだ。彼もまた、私を名前では呼ばない。

「ちくしょう、検問やってやがる……おい、後ろに毛布がある。それかぶせとけ」

そうはいっても、この車に後部座席より後ろはない。ヘッドレストの後ろも真っ平らの空っぽで、毛布は疎《おろ》か、ティッシュの箱すら載《の》っていない。

「急げよ……その肘掛《ひじか》け倒して、トランクから出すんだよ」

なるほど、トランクスルーというやつか。

私は少女の頭を少し押して場所を作り、アームレストを手前に倒し、さらにトランクとを隔てるフタを開け、その奥に手を伸べた。確かに、分厚い化繊《かせん》の感触がすぐそこにあった。

引っ張り出したダークグレーのそれを、少女にかぶせる。暴れないで、とか、騒がないで、といった台詞《せりふ》も頭に浮かびはしたが、口にはしなかった。そう命じたところで騒ぐときは騒ぐだろうし、むしろそうしてほしいという気持ちが、私の中には少なからずあった。

安里は車を進めながら、カーオーディオのボリュームを上げた。少女が少しくらい声を出しても聞こえないよう、先手を打ったのだろう。車内が、悲鳴と怒号と金属的な楽器音で溢《あふ》れ返《かえ》る。正直、演奏者は精神に異常をきたしているとしか思えないが、実際は冷静に、慎重に、かつ正確に演奏しているのだろう。すべて計算ずくで、この狂気を演出しているのだろう。

さらに車が進むと、白いヘルメットをかぶった警官数人が、赤く光る誘導棒を横にして停止を呼びかけてきた。そのうちの一人が運転席を覗《のぞ》きにくる。安里が窓を開けると、冷たい外気が一気に流れ込んできた。

警官が、それについて詫《わ》びるように小さく頭を下げる。

「すみませんね、飲酒検問をやってます。ハァーッて、やってもらっていいですか」

安里は無言で、ハァーッと息を吐き出した。

「……はい、ありがとうございます。お気をつけて、運転なさってください」

私が期待したようなことは何一つ起こらなかった。少女が暴れ、騒ぎ出し、異変を感じ取った警官が「どうしたんですか」と後部座席を覗き込み、毛布の中に誰かが拘束《こうそく》されていることに気づき、車から引きずり降ろされた安里と私は警察に逮捕され、少女は無事保護——そんな展開には、まるでならなかった。

少女を旅行用トランクに押し込めるのには少々手間取ったが、その後は特にトラブルもなく、三人で部屋までたどり着いた。なんの変哲もない、マンションの一室だ。

重たいトランクを引っ張り込み、玄関ドアを閉める。安里が施錠をし、先に廊下に上がって、そこらじゅうの明かりを点《つ》けて回る。

戻ってきた安里は、人差し指で弾《はじ》くように私を指差した。

「ほら、そっち持てよ」

「あ、うん……」

二人でトランクをリビングの真ん中まで運び込み、フタを開けた。

すぐに安里が、少女の頭にかぶせてあったナイロン袋を引《ひ》き剝《は》がす。静電気か、後ろで一つに結った髪はふわふわと乱れていた。猿轡《さるぐつわ》にした緑色のタオルは、少し湿っているように見えた。長い睫毛《まつげ》も濡れていたが、でも、もう泣いてはいなかった。少女は、トランクの留め具の辺りを睨《にら》んだまま、私たちには目も向けない。

安里がこっちを振り返る。

「ご苦労さん。先に、シャワー浴びてこいよ」

「ああ……分かった。じゃあ、お先に……」

最初に、ここだろうと思って開けたドアは、クロークというか、単なる物入れだった。隣にある同じ形の引き戸が、浴室の出入り口だった。

今からしばらくは一人になれる。そう思っただけで、自然と安堵《あんど》の息が漏《も》れた。中に入り、引き戸を閉める。その場で、着ていたものを一枚一枚、体から剝がしていく。返り血を浴びたわけではない。どこかが破れたり、ましてや自身が怪我をしたわけでもない。砂埃《すなぼこり》や泥もついていない。それでも無性に、穢《けが》れているように感じられた。炎天下、何時間もカメラを構え続けたときに掻《か》いた汗とは根本的に違う。これからの日本をどうしていくのか、肩を怒らせて激論を交わしたときの汗とも違う。ひどく冷たく、粘ついたものが、衣類の至るところに染《し》み込《こ》んでいる。着替えは持ってきていない。シャワー後も、またこれらを着るしかない。自分はもう後戻りできないのだと、今さらながらに思い知らされる気がした。

カスミガラスの折れ戸を開け、乾いた浴室に入る。コックを捻《ひね》り、すぐにお湯が出てこないことは承知の上で、水の傘の下に身を据《す》えた。

冷たくて気持ちがいい、などとは感じない。むしろ足りなかった。もっと氷のような冷たさで、この身に巣喰《すく》う悪《あ》しき魂を清めてほしかった。毛穴という毛穴に針を刺し込み、穢れた血を絞り出してほしかった。

しかし、わずかに期待した呵責《かしゃく》も次第に温《ぬく》み、やがて血と同じ温度になった。このままダイヤルを赤の限界まで回し、全身に熱湯を浴びたらどうなるのだろう。それも一瞬ではない。悲鳴を押し殺しながら五分、十分と浴び続けるのだ。当然、全身に火傷《やけど》を負うことになるだろう。その、ピンク色の水膨《みずぶく》れに覆われた背中を見せたら、安里はなんというだろう。何やってんだ、と驚くだろうか。それとも、あんた馬鹿かと、鼻で笑ってお終《しま》いだろうか。

いや。そこまで厳しく自身を罰する胆力《たんりょく》があれば、そもそもこんな事態には至っていない。悪を悪と断ずることができず、盗人《ぬすびと》にも三分《さんぶ》の理《り》、彼らにだってそうせざるを得ない事情があるのだと、中途半端に理解を示してきたことこそが、この事態に至った真の理由なのだ。

コックを閉め、髪の毛の水気を拭う。壁に両手をつき、うな垂れると、たるみ始めた中年男の下半身がそこにあった。自分は、こんなにも薄汚く、みすぼらしく、頼りなくなり下がったのに、まだ傷つくのが怖いのだ。痛みをこの身に受けるのが、嫌で嫌で仕方ないのだ。

浴室から出る。安里が用意してくれたのだろう、床に一枚、白いバスタオルが置いてあり、私は迷わずそれを使った。だがすぐに気づいた。服がない。あの嫌な汗が染み込んだ、下着やズボンやシャツが見当たらない。ひょっとして、安里が洗濯に持っていってしまったのか。この部屋のどこに洗濯機があるのかも私は知らない。安里が、親切に着替えまで用意してくれているのならいいが、そうでなければ洗濯は困る。ここに何日、あるいは何時間滞在する予定なのかも知らされていないが、タオル一枚で過ごさなければならないのだとしたら、それは心細過ぎる。

「あのぉ……」

脱衣場から出ると、安里がエアコンを点けたのか、リビングは暑いくらいに暖まっていた。だがなぜか、照明はすべて消されていた。それでも、決して真っ暗ではない。壁際にあるテレビが点いているからだ。画面は青一色。その左上には【ビデオ1】とだけ表示されている。

「おい……」

少女を運ぶのに使ったトランクは、テレビとは違う壁際に避《よ》けられていた。少女と安里は、部屋の中央で絡《から》まり合《あ》っていた。

「おい……な、何やってんだよ」

安里は答えない。だが答えはなくとも、見れば分かる。少女はパーカとTシャツ、下着も剝ぎ取られ、上半身裸になっている。床に尻餅《しりもち》をついた状態で、その後ろから安里が覆いかぶさっている。白く細いその両手首を摑《つか》み、再びガムテープでぐるぐる巻きにしようとしている。

「ボケッとしてねえで、あんたも手伝えよ」

無精ヒゲで覆われた安里の頬《ほお》が、歪《いびつ》な笑いを形作る。その下で、少女は脚をばたつかせ、必死の抵抗を試みている。猿轡がゆるんだのか、唸《うな》り声《ごえ》のような悲鳴がそこから漏れてくる。

私が手伝わなくても、安里は着々と作業を進めた。少女の下半身を抱え込み、デニムのスカートを剝ぎ取り、スパッツを毟《むし》り取《と》り、下着にまで手を掛けた。

「おい、そんな、乱暴はしないって……」

「は？　乱暴ってなんだよ。別に俺は、殴《なぐ》っても蹴《け》ってもいねえぜ。実に、紳士的なもんさ」

全裸にされてしまうと、少女は急に、諦《あきら》めたように大人しくなった。猿轡を締め直された、というのもあるかもしれない。さらに安里は、少女の足首にも何周かガムテープを回した。

次に安里は、部屋の隅に放ってあった自分のリュックサックに向かった。背負うと上端が頭の高さにくるくらい大きなものだ。その中から何やら、丸っこいナイロンケースのようなものを取り出す。

筒形のビデオカメラだった。慣れた手つきでそれを構え、側面の液晶モニターを開く。その明かりを受けた安里の顔が、部屋の隅に浮かび上がる。まさに獣《けもの》のそれだった。自分は邪悪であると、無慈悲であると、そのこと自体に悦《よろこ》びを感じているかのようだ。

また別の何かをリュックから取り出す。紐《ひも》？　ロープ？　いや、ケーブルだった。その一端をビデオカメラに接続し、もう一端を摘《つま》んでテレビの方にいく。

「どこだ……これか……あいや、こっちか」

するといきなり、青一色だったテレビ画面が真っ白に、しかしすぐに明度が落ち着き、室内の様子を映し出すようになった。

「おお、けっこういい感じじゃねえか」

安里は躊躇《ちゅうちょ》なく、レンズを少女に向けた。膝と頭を抱え、顔も胸も、自分の何もかもを隠そうとする少女を、安里は執拗《しつよう》にカメラで舐《な》め回《まわ》した。私が見ている少女は動いていないのに、テレビには少女の背中が、細い腕や脚が、隠しきれない横顔が、床についた尻が、ぐるぐると回転するように映し出される。

「おい、何してんだよ」

「今さら善人ぶるなって。それよりあんた……チンポ勃《た》ってるぜ」

いわれて、とっさに見下ろしてしまった自分が情けなくて仕方なかった。勃起《ぼっき》などしていない。ただパンツも穿《は》かずにバスタオルを巻いているから、ちょっとそんなふうに見えるだけだ。

安里は依然、カメラで少女を嬲《なぶ》り続《つづ》けている。

「ちょっと、こっち向いてよ……なあ、こっち向けって。君だってさ、ぶん殴られてブヨブヨになった、バケモンみたいな顔を撮られるより、今のまま、綺麗《きれい》なお顔のまま撮られた方がいいだろ。なあ」

　それでも少女は動かない。

「おいよォ、聞いてんのかコラァ」

　安里はカメラを床に置き、いきなり少女の肩に跨《また》がった。

「ンムゥッ」

　両手を吊《つ》り上げられ、少女の顔と胸が露《あら》わになる。まだまだ未成熟な、凹凸《おうとつ》もはっきりしない子供の乳房だ。そのまま、両手を吊り上げたまま、安里が少女を振り回す。少女は脚を閉じたまま、右に左に大きく体勢を崩す。さらに安里は少女の髪を鷲掴《わしづか》みにし、うつ伏せになるよう、顔を床に押しつけた。

「そうだ。そのままケツを上げろ……馬鹿、こうだよ、こう……そう、そのまま動くなよ。今、エロく撮ってやっからな」

　ただの犯罪だ。そう思った。当初の動機も、最終目的も関係ない。今この場で行われているこれは、単なる犯罪だ。おぞましい、性的暴行に他ならない。

「やめろよ、なあ、やめろって」

「……あ？　やめねえよ、ばーか。っていうか、お前もやるんだよ。こっちこい」

　従わずにいると、安里の方からこっちに近づいてきた。

殴られる――そう思い、とっさに肩をすくめたその瞬間、腰に巻きつけていたバスタオルを剝ぎ取られた。

「あっ……」

「なんだ。勃ってねえじゃねえか」

左手で股間《こかん》を隠し、右手でタオルを取り返そうとしたが、無駄だった。安里はタオルを振り回しながら、「情けねえ」とでもいいたげな目で私を見ている。

「そこ。その後ろに跪《ひざまず》け」

「……は？」

「バックだよ。バックから姦《や》るんだよ。分かんねえか？　まさか、その歳《とし》で童貞でもねえだろうが」

確かに、少女はそのような体勢をとらされている。

「おい、約束が違うぞ。そういう、乱暴なことはしないって……」

「だから、俺はしねえよ。あんたもしなくていいから、形だけでいいからやれっていってんだよ。どうせ勃たねえんだから、姦ろうったってできねえだろうが」

ピシャリと、振り回していたタオルで尻を叩《たた》かれた。タイミングよく摑めればよかったのだが、口惜《くちお》しいことに、それも仕損じた。

安里の目つきが尖《とが》る。

「いいのかよ。あんたがやらないなら、俺が姦るだけの話だぜ。俺は全然、余裕でできるさ。小学生だろうと八十のババアだろうと、俺なら白目剝《む》くまで、キャンキャンいわしてやれるさ。その方がいいのか？　ガチガチの本番だぞ、俺がやるのは。あんたと違って、その役立たずをあてがうだけの素股じゃなくてさ、このケツが血塗《ちまみ》れになるような、ぶっといのをブチ込んでやろうかって……」

「分かった、もう、もういい。もう……分かったから」

思わず目を閉じた。実際に見なくても、安里の歪な笑みは網膜に焼きついている。舌舐めずりさえしていそうだ。

「そう。分かりゃいいんだよ」

目を開けると、安里はもうカメラを構えていた。

「……ほれ、早く、可愛がってやんな」

ずっしりと、下半身が重くなっていた。冷たい川に腰まで浸《つ》かって、流れに逆らって歩こうとしているみたいだった。

それでも今は、進むしかない。

少女は膝をついた状態で上半身を床に突っ伏し、尻を高く上げたまま静止している。彼女の方に一歩、また一歩、自ら近づいていく。鬼畜《きちく》の所業だと思った。社会正義を信じ、法を守り、無力と知りつつ、だがたとえわずかでも、理想や理念に近づこうと生きてきた自分が、そうしてきたはずの自分が、脆《もろ》く崩れていくのを感じた。

少女の真後ろまできた。安里に命じられた通り、そこに跪く。

「いいじゃねえか……わりと、それっぽいぞ」

下腹部が、少女の尻に接する。肌は、互いに冷たい。

「手ぇくらい添えろよ。そうすんだろ、普通」

いわれるがまま、少女の腰に両手を据えた。左右から支えるように。それっぽく、見えるように。

「……で、腰を振る、と」

それは、できない。

できない、できない、できない――。

「ほらァ、早く、腰振ってェ。よいしょ、よいしょって」

「さっさとやれよバカァ。あんたがやんねえなら俺が姦るっていってんだろうが」

そうだった。結局、いつもそうなんだ――。

仕方なく腰を突き出し、下腹部を少女の尻に押しつける。その動きを、安里のカメラが捉える。ケーブルで直結しているテレビ画面に、二人の姿が大きく映し出される。

醜い。生き物として、自分はあまりにも、醜過ぎる。

「ほら、もっとテンポよく。パンパンパン、パンパンパンって」

私はテレビから目を背《そむ》けた。かといって、安里のカメラを直視することもできない。もっと左手の、何もない、誰もいない方に顔を向けた。

テレビの明滅だけが踊る、白い壁と、天井。

まるでピントの合わない、古い無声映画を観ているようだ――。

そんなふうに思い込めたら、どんなに楽だろう。


服を着ることを許された少女。その傍《かたわ》らには、彼女を入れてきたトランクがある。壁際のその場所を選んだのは、彼女自身だ。早くこれに私を詰め込んで、家に連れて帰って。そんなふうに、いわれている気がした。

実際、そうしてあげたかった。しなければならなかった。だが今の私に、一体何ができる。臓器の一つひとつを鷲掴みにされるように、いくつもいくつも弱みを握られ、挙句《あげく》、少女を凌辱《りょうじょく》する動画まで撮られた私に、どんな手段が残っているというのだ。

いや、諦めたら駄目だ。考えろ、考えろ。何かしら方法はあるはずだ。

今ならまだ間に合う。彼女をここから逃がし、その後も安全でいられるような、そんな方法が、万に一つかもしれないが、あるかもしれないじゃないか。

## 2

五十を過ぎてから生活習慣を変えることにどれほど意味があるのかは、自分でも分からない。それでも最近、東弘樹《あずまひろき》はできるだけ甘いコーヒーを飲まないよう心掛けている。

直近の健康診断で内臓脂肪は基準値以下という結果は出ているものの、それでも歳相応の贅肉《ぜいにく》はついているし、なんというか、若い頃と比べて腰回りが太くなったように、自分では感じる。贅肉だけの問題ではなく、中身というか、胴体の内側から何かが張り出してきているように見えるのだ。それこそを「内臓脂肪」というのではないかと案じていたのだが、それは基準値以下だという。だが基準値以下なら問題なし、と決めつけてよいものだろうか。個人差というものはあってしかるべきだし、やはり、自分の体を一番よく分かっているのは自分自身だ。自ら気をつけるに越したことはない。

「……東係長。これでいいんですよね」

今月から刑事課強行犯捜査第一係所属になった小川《おがわ》巡査部長が、コーヒー缶を一つ、東に手渡す。

「ああ、すまん」

ホットのブルーマウンテン、プレミアムブレンド、微糖。何度か同じ銘柄のブラックにも挑戦はしたのだが、駄目だった。喫茶店で頼むコーヒーをブラックのまま飲むことにはもう慣れたのだが、缶コーヒーのブラックにはいまだ馴染《なじ》めない。メーカーの開発部門の方には大変申し訳ないが、ちっとも美味《おい》しいと思えない。

ちなみに小川は東の斜め左前のデスクで、脂肪燃焼効果を謳《うた》った緑茶飲料をラッパ飲みしている。歳は三十六、七で、体形はどちらかというと細身な方だ。その歳の頃、東自身はもっと体格がよかったように記憶している。決して太ってはいなかったが、でももっとガッチリはしていた。それなのに、小川はもう自分の体形を気にして脂肪燃焼効果のある緑茶を飲んでいるのか。自分もせめて、缶コーヒーをブラックにすべきなのか。

「小川……先週の侵入盗、引き継ぎ終わったのか」

新宿署のような所轄署《しょかつしょ》では、通常六日に一回「本署当番」という泊まり込み勤務がある。当番日は強行犯捜査や、盗犯捜査といった係ごとの分掌《ぶんしょう》には関係なく、刑事課係員であればあらゆる刑事事件に対応しなければならない。ただし、加害者がはっきりしている暴行事件や、被疑者がすでに確保されている引ったくり事件ならいざ知らず、夕方に店員が出勤してみたら店が荒らされ、金庫も壊されて現金がなくなっていた、などといった事件は一日や二日で解決できるものではない。そういった、継続捜査が必要な案件は専門部署、小川が取扱った侵入窃盗《せっとう》事件であれば、刑事課盗犯捜査係に引き継ぐことになる。

小川が、自信ありげに頷《うなず》く。

「はい、福井《ふくい》チョウ（巡査部長）に渡しました」

ならばよし。

東は小銭入れから百十円を出し、小川に差し出した。小川は頭を下げながら受け取り、一応掌《てのひら》に広げて金額を確認した。百円玉がなかったので、ちょっと十円玉が多くなっている。

「はい、確かに……そういえば、私が出ていくときに、警備の松丸《まつまる》係長たちが誰か連行してくるのを見かけたんですが、なんかあったんですかね」

警備課が連行。逮捕してきた、ということだろうか。

「そうか……まあ、最近はデモ絡みで、警備もいろいろ忙しいみたいだからな。そういうことも、あるかもしれないな」

小川との会話はそれで終わり、東は自分のノートパソコンに視線を戻したが、気になる話ではあった。

昨今、東京都内では「反米軍基地」を訴えるデモが盛んに行われている。報道によると都内に限らず、横浜や福岡、青森などでも行われているようだが、規模としてはやはり都内のそれが大きいようだ。あと、いうまでもないことだが、同様のデモは沖縄《おきなわ》でも頻繁《ひんぱん》に行われている。

事の発端《ほったん》は、沖縄県宜野湾《ぎのわん》市にある普天間《ふてんま》基地の近くで、米軍基地の撤廃《てっぱい》を求める市民運動家の老人が、米憲兵隊《けんぺいたい》の車両に撥《は》ねられ、死亡した件にあるといわれている。おそらくこれだけなら、米軍関係者が引き起こした数ある交通事故の一つとして、あるいは日米地位協定の悪しき運用の一例として、せいぜい沖縄の地方紙で取り上げられる程度だったろう。少なくとも、全国的にはほぼ知られることなく終わっていたに違いない。

だが、この事故は違った。

詳しい日付について東は認識していないが、事故発生からしばらくして、実は事故の瞬間を捉えた写真が存在すると話題になり始めた。SNSなどのインターネットサイトが発信源だといわれているが、それももはや定かではない。東もネットを閲覧《えつらん》している際に、おそらくコピーであろう小さな画像を見たことがある。確かに、側面に大きく【POLICE】と入っている車両が、白っぽい服装の男性と接触した様子が写っていた。ただし、それが即、憲兵隊車両が老人を撥ね殺した証拠にはならない、というのが東の印象だった。

案の定、米軍側はこの噂《うわさ》を完全否定。事故には関与していないと公式に発表した。また沖縄県警も、そういった死亡事故があったことは事実だが、加害車両が米憲兵隊のものであったという証拠はないとの見解を述べた。

しかし、世論とは恐ろしいものだ。

また米兵の犯罪が野放しにされた、証拠があるのに米軍も日本政府も事実を認めない、こうやって沖縄は日々米軍に蹂躙《じゅうりん》されている、日本政府もその片棒を担《かつ》いでいる、米軍による日本の占領はいまだ続いている、これは沖縄だけの問題ではない、米軍を追い出さなければこの国に未来はない、出ていけ、出ていけ、米軍は日本から出ていけ――デモに参加した市民は、みな怒り狂った表情でそう訴えていた。中には泣いている人もいた。

一部、頷けるところもないではないが、基本的には的外れな主張だと、東は思う。

米軍は確かに、第二次大戦後から現在まで、切れ目なく日本に駐留し続けてきた。GHQによる占領が終了してもなお、米軍だけは日本国内に複数の拠点を持って活動している。しかし「駐留」を安易に「占領」に置き換えるのは事実に反すると思う。それが「あり」ならば、アメリカは世界を占領していることになってしまう。なぜなら、米軍が駐留している国は決して日本だけではないからだ。

近いところでいえば韓国にも、中東にもオーストラリアにも、ヨーロッパ各国にも米軍は駐留している。ドイツには、最近でこそ縮小傾向にあるらしいが、ついこの前までは日本を大きく上回る規模で展開されていた。

しかし、デモ隊の主張がそういった事実に触れることはない。

可哀相《かわいそう》な沖縄、情けない日本、怖い怖いアメリカに逆らえない、惨《みじ》めで弱々しい私たち。でもだからこそ、一致団結して声をあげなければならない。出ていけ米軍、出ていけ米軍、私たちの手に日本を取り戻そう――。

まあ、はっきりいって主張の中身などどうでもいい。警察にとって問題なのは、デモが激しくなっていくに連れて、各地で暴力事件まで起こるようになっているという、いま目の前にある現実だ。

　おそらく警備課が連行してきたのも、そういった活動に関与した人間ではないだろうかと、東は想像していた。


　通常勤務を終え、東は新宿郵便局の向かいにある喫茶店に向かった。いや、夕方からはアルコールも提供するので、カフェバーといった方が正しいのかもしれない。そこで、フリーライターの上岡慎介《かみおかしんすけ》と待ち合わせている。

　上岡と初めて会ったのは二年ほど前、歌舞伎町《かぶきちょう》一丁目町会長の高山和義《たかやまかずよし》が、神社の境内で変死した件で話を聞いたときだったと思う。そのときは、特別どうというふうには思わなかった。歌舞伎町によくいる、街ネタを書き飛ばして日銭を稼ぐ、いわゆる「ペンゴロ」といった印象だった。

　ところが、この一年くらいだろうか。たまに上岡から連絡をもらって、そのとき東に時間があれば、直接会って話をするようになった。喫茶店で三十分というときもあれば、居酒屋で一、二時間というときもあった。

　話す内容も特に決まっているわけではない。上岡が捜査内容に探りを入れてくることもあれば、逆に東が街の裏事情について尋ねることもある。漠然と、何か面白いネタはないですかね、と訊《き》かれることもあれば、おたくの副署長、この前そこの路地で立小便してましたよ、と変な密告をしてくることもあった。

東がそういった情報交換をする相手、いわゆる「ネタ元」は決して上岡一人ではない。東も新宿署にきてもうだいぶ経《た》つ。現役の暴力団員、元暴力団員、風俗店関係者、飲食店関係者、ホームレス、不動産屋、地元の議員、ごく普通のサラリーマン、管内の住民と、実に多種多様な人々と出会い、様々な情報を交換してきた。中には酔っ払って騒ぎを起こしたとか、職務質問でカバンに入れていたナイフが見つかってしまったとか、そんな程度の「軽微な犯罪」を見逃してやり、のちに「ネタ元」として使うようになった人間もいる。見逃してやったというか、そもそも送致《そうち》するほどの事案ではなかったのだが、そこは「私の裁量で釈放してやる」という顔をしてみせ、恩に着せて関係を作るのだ。

ただ上岡は、そういった「ネタ元」たちとは少々毛色が違っていた。フリーライターという、いわば裏情報のプロというだけではない、一種独特な「ニオイ」を持っているのだ。それも、ここ一年ほどで急激にニオうようになった。特に何が、と具体的にはいえないのだが、とにかくニオう。東の、刑事としての嗅覚《きゅうかく》をツンと刺激する何かがある。

待ち合わせの店に入り、店内を一巡見回すと、すぐに分かった。奥の方のボックス席で上岡が手を振っている。

「いらっしゃいませ。お待ち合わせですか」

「ええ、もう分かりました。ありがとう」

真《ま》っ直《す》ぐ進んでいくと、途中で上岡がすっと立ち上がる。

「……東さん、こっちにどうぞ」

「いいよ。変な気は遣《つか》うな」

こんな店の席に、上座も下座もありはしない。

コートを脱ぎ、上岡の向かいに座る。上岡はすでにホットワインを飲み始めていた。灰皿には吸殻が二本。

東はウェイトレスを呼び、焼酎《しょうちゅう》のお湯割りを頼んだ。

「麦と芋がございますが」

「麦で」

一礼して下がっていくウェイトレスを目で追う上岡は、何やら苦笑いを浮かべている。

「……なんだよ」

「いやぁ、東さんって、いっつもおっかねえ顔してるなぁ、と思って」

そうだろうか。

「ずっと、そう思ってたのか」

「ええ、初対面のときから思ってましたよ。そもそも、あんまり笑わないですもんね」

「笑えるような話を、あんたがしないからだろう」

「だとしても、愛想笑いってもんがあるでしょう」

なぜ刑事が愛想笑いなんぞをする必要がある。そう思いはしたが、言葉にはしなかった。そんなことで、フリーライターと議論したところで始まらない。単なる見解の相違、あるいは生き方の違いだ。

「それより、今日はなんだ。何か、確認したいことでもあるのか」

「いや、逆ですね。東さんが気にしてらしたことで、偶然確認がとれたことがあるんで。一応、お耳に入れておこうかなと」

そういいながら、上岡は片頰を持ち上げ、意味ありげな笑みを浮かべてみせた。

これだ——。

単にこの笑い方がそうだ、という問題ではないのだが、今のような表情に、まさに東が感じる「ニオイ」は表われている。

余裕、含み、裏、探り——。

そのどれでもあり、どれとも違うような、何か。

「……俺が気にしていた？　何を」

「ほら、一昨年《おととし》の『ブルーマーダー事件』の前に消えた、成和会《せいわ》の浜本《はまもと》ですよ」

確かに、浜本のことは個人的に気にしていた。

「ブルーマーダー事件」というのは、池袋の裏社会で幅を利かせていた輩《やから》が次々と消されていくという、世にも奇妙な連続殺人事件だったが、ちょうどその事件が発覚する直前に、東が「ネタ元」にしていた成和会の構成員、浜本清治《せいじ》が姿を消した。「ブルーマーダー事件」の特徴として、被害者の多くは遺体すら出ない、というのがある。当時、急に姿を消した暴力団員や半グレは、みな「ブルーマーダーに殺《や》られたんじゃないか」と噂された。当然、浜本についてもそんな噂が囁《ささや》かれていた。

それについて「確認がとれた」というのは、どういう意味だろう。

「ひょっとして、生きてるのか、浜本は」

「はい、生きてます」

「今どこにいる」

「室蘭《むろらん》です。北海道の」

「会ったのか」

「会いました。普通に元気でしたよ」

「なんでまた、室蘭なんかに。奴《やつ》の出身は確か、愛媛《えひめ》だったろう」

ニヤリとしながら、上岡が頷く。

「……女ですよ。堅気《かたぎ》になって、女と二人で、やり直したくなったんだそうです。ただそうするには、浜本は組の深い部分を知り過ぎていた。だから、フケたんだそうです」

そう。浜本は成和会の、本当に裏の裏まで知り尽くしていた。だからこそ東は浜本を

「ネタ元」に仕立てたのだし、同じ理由で浜本は、成和会から逃げたくなったのだろう。でも、よかった。生きているのなら、それも惚《ほ》れた女と幸せにやっているのなら、それに越したことはない。

ふいに上岡が「あ」と声を漏らした。

「なんだ」

「いや……東さんでも、そんな顔することがあるんだなって、ちょっとはて。

「そんな顔って、どんな顔だ。俺は今、どんな顔をした」

「なんか、えらく優しい顔です」

なんだそれは。

「あんた……俺のことを、鬼かなんかだとでも思ってるのか」

「別に、そういうんじゃありませんが……でも、ちょっとほっとしますね。東さんも、普通にそういう顔するんだって分かると」

当たり前だ。東とて、木の股から生まれてきたわけではない。実家には今も親兄弟がいるし、事情があって離婚してしまったが、別れた妻との間には娘が一人いる。

「……よせ。そんな、情がどうだのって話なら乗らないぞ。あいにく今のところ、あんたに喰わせられるような、美味しいネタもないしな」

「そんなことはないでしょう」

上岡が、急にテーブルに身を乗り出してくる。やはりそうか。浜本の件は単なる餌《えさ》で、上岡には最初から釣り上げたいネタがあったというわけだ。

「いや、ないな。ここしばらくは、侵入盗、強制わいせつ、暴行傷害、無銭飲食……社会面の一番下にも載らないような、つまらん事件しか扱ってない」

「いやいや、あったでしょう。今日の午後」

「今日の、午後？　いや、別に、特に大きな案件はなかったな」

「いやぁ、あったでしょう……ほら、警備課が」

「ん？　警備課が、どうかしたか」

「あれ、本当に知らないんですか」

「知らないよ、警備課が何やってるかなんて。こっちはこっちで、手持ちの仕事で一杯一杯だ」

「にしたって、小耳にはさむくらいはしてるでしょう」

ひょっとして、小川がいっていた、あれか。

「いや、何も聞いてない……なんだよ。訊きたいことがあるならはっきりいえよ。聞いたら、思い出すかもしれないぞ」

「またぁ、もう……意地悪だなぁ、東さん」

「知らないものを知らないといったまでだ。意地が悪いとは聞き捨てならん。俺は正直に話しているつもりだ」

「本当ですか……参ったな」

そこにようやく、さっきのウェイトレスが焼酎のお湯割りを運んできた。

「……なんだよ。いわないんだったら、俺はこの一杯で帰るぞ」

「ああ、もぉ……分かりましたよ。いいますよ……まあ、ついさっきなんですけどね、新宿署の警備課に、矢吹近江《やぶきこのえ》が連行されたらしいって、ちょっと聞いたもんで。さすがに、その名前はご存じでしょう」

「ああ。『左翼の親玉』だとか、そんなことをいわれてる爺《じい》さんだろ」

上岡が頷く。

「ええ、その矢吹近江を、ですよ。反基地デモが激化してる今パクるって、ちょっと凄《すご》くないですか」

「何が凄いんだ」

「だって、火に油を注ぐようなもんじゃないですか。そんなことが公になったら、ますますデモは炎上しますよ。そもそも、連中は主義主張があってやってるわけじゃないんですから。ただ騒ぎたい、ものをいえる国民を気取りたいってだけなんですから」

だとしても、今の東にいえることはない。

あの矢吹近江が連行されただなんて、本当に、いま初めて知ったのだ。

翌日。通常時間に出勤し、朝会《あさかい》を終えて席に座るとまもなく、刑事課長の飯坂《いいざか》警視に肩を叩かれた。

「……東、ちょっといいか」

「はい、なんでしょう」

立ち上がると、飯坂が目でドア口の方を示す。

東は頷き、二人で廊下まで出てきた。

すぐに、飯坂が顔を寄せてくる。

「……今すぐ、オヤジのところにいってくれ」

つまり、署長室。

「なんですか。私、何かしましたか」

「違うんだよ。ちょっと面倒なことになってっから、知恵貸してくれって話だよ」

「……はあ」

現在、新宿署長を務めているのは高柳《たかやなぎ》警視正。確か、前職は関東管区警察局総務監察部首席監察官だったはず。個人的な話はしたことがないので、正直、どういう人間かはよく知らない。

「分かりました。いってみます」

そのまま階段で二階まで下り、署長室のドアをノックした。

「失礼いたします。刑事課……」

「どうぞ、入って」

「失礼します」

見た目よりは軽い造りの木製ドアを開けると、高柳はすでに執務机《しつむづくえ》から立ち上がっており、手前にある応接セットの方に移動しようとしていた。

「朝っぱらからすまんね。まあ、掛けて」

「はい、ありがとうございます」

三人掛けのソファが向かい合わせに二つと、奥に一人掛けが一つ。その一人掛けに高柳が座ったので、東は一礼してから、左手の三人掛けに腰掛けた。

高柳は、眉《まゆ》をひそめ気味にしてはいるものの、さほど深刻な顔をしているわけではない。飯坂のいった「面倒なこと」とは、いったいどんなレベルの話なのだろう。

ンッ、と一つ、高柳が咳払《せきばら》いをする。

「……簡潔に、済ませたい。君は、うちの警備係が矢吹近江を逮捕してきたことは、もう聞いているか」

「いえ。いま初めて、伺《うかが》いました」

少なくとも、署内の人間から聞くのはこれが初めてだ。

「むろん、矢吹がどういう男かは、知っているね」

「はい。長らく左翼運動に関わってきた人物、という程度ですが」

「うん……まあ、そうなんだが、実をいうと、今回の逮捕は、ウチの勇み足《いさあし》でね。平たくいうと……大チョンボ、ってわけだ」

言いたいことは大体分かった。

左翼といえば、政治絡みなら警視庁公安部公安総務課、極左暴力集団なら公安第一課の所掌。他道府県警本部において「公安」といえば「警備部公安課」を指すが、日本の首都警察である警視庁だけは、警備部から独立した組織として「公安部」を置いている。

その、公安部マターであるはずの左翼運動家、矢吹近江を、どういう経緯かは分からないが、一所轄署である新宿署の警備課警備係員が逮捕してきてしまった、というわけだ。

高柳が続ける。

「逮捕容疑は公務執行妨害。すぐ本部に移送すればよかったのかもしれんが、思いのほかマスコミの動きが早くてね。まあ、矢吹サイドが早々にリークしたんだろうが……今から本部に移送なんぞしたら、別件逮捕だと騒がれるのは目に見えている。よって、ここで矢吹を調べなければならないわけだが……それを、君に頼みたい」

同情はするが、まるで納得はいかない。

「それなら、うちの公安にやらせればいいでしょう」

新宿署にも、警備課公安係というれっきとした専門部署がある。

しかし、高柳は首を横に振る。

「それがどういうわけか、本部は君に頼みたいというんだ」

「公安部の、誰がそんなことをいってるんですか」

「それは分からん。何しろ、チョンボをやらかしたのはこっちだからね。多少の無理は、黙って呑むしかない」

高柳は署長就任からまだ半年も経っていない。よって東の「公安嫌い」を知らなくても無理はないのだが、だからといって「はいそうですか」と呑める話ではない。

「申し訳ありませんが、筋が違うように感じます」

「それは私もそう思う。でもそれも、致し方ない」

「私に、警備の尻拭いで、公安の下働きをしろと」

「それは言い方の問題だろう。同じ警視庁内の事案だ。組織の弾力性ということで、納得してくれないか」

残念だが、それは無理だ。

「そもそも、公務執行妨害といったって、手を振り払ったとか、せいぜいそんな程度のことでしょう」

「その通り。矢吹の右手が、警備係の松丸警部補の右頬に当たった、ということらしい」

「それの、一体何を私に調べろというんですか」

高柳は口を尖らせ、斜めに首を傾《かし》げた。

「それも……君に任せるとしか、言い様がないんだが」

そんな馬鹿な話があるか。

3

今夜、ジロウと組むのは市村《いちむら》。現役の暴力団組長であり、同時に「歌舞伎町セブン、第一の目」でもある。

現場周辺で待機し始めたのは夜九時。市村から連絡があったのは深夜零時半を少し過ぎた頃だった。

『今、六本木からタクシーに乗った。そろそろ入ってくれ』

「……分かった」

今回のターゲットの一人、井筒章宏《いづつあきひろ》の自宅は中野区東中野一丁目にある、三階建てマンション三階の角部屋。合鍵は、どうやって調達したのかは知らないが、市村が用意してきた。それを使って侵入。靴底には特殊なゴム製のテープが貼ってあるため、足痕《そっこん》が残る心配はない。あとは出るときに、井筒の足痕を消さないよう注意するだけだ。

靴を脱いで部屋に上がる。靴下も静電気防止仕様になっている。丹念に鑑識《かんしき》作業をすれば足痕は出るだろうが、そういった疑いを持たせないよう現場を作ればそれでいい。警察は、どう見ても自殺としか思えない現場で、何時間もかけて丹念に鑑識作業をするほど暇《ひま》ではない。

そのまま室内で再び待機。間取りはダイニングキッチンとベッドルーム、もう一つ洋室があって、バスとトイレ。洋室にはロフトがあり、やや華奢《きゃしゃ》ではあるが柵《さく》があるので、そこにぶら下げるのが一番自然でいいだろう。

事前に、タオルか何かで首吊り用の綱を作っておく必要がある。浴室にいくと、洗濯済みのタオルでは足りなかったので、洗濯機の中からもう二枚引っ張り出した。多少カビ臭かったが致し方ない。

井筒が六本木から真っ直ぐ帰ってくる保証はない。女のところに寄るかもしれないし、もう一軒くらい飲みにいく可能性だってある。だが奴は必ずここに帰ってくる。丸一日家を空けることはしない。それは分かっている。なぜか。井筒は高級熱帯魚のマニアであり、一日に二回、それらに餌をやらなければならない。だから、必ず夜が明ける前に帰ってくる。

また市村から連絡があった。

『首都高に乗った。まず間違いなく、帰宅コースだろう』

「……分かった」

洋室からトイレに移動する。あとは井筒の到着まで、ここで待機する。トイレの引き戸は開けたままにしておく。

井筒は市村の連絡から三十分ほどで帰ってきた。

カチャリとロックが解除される音がし、続いて勢いよくドアが開く。ダイニングへと通ずる廊下に、微《かす》かに外の明かりが射し込む。脱いだ靴がコンクリートのタタキに転がる音、酔っているのか、壁に手をつく鈍い音も聞こえた。

重たい足音が近づいてくる。井筒がトイレの戸が開いていることに気づいても、気づかなくても、自分がやるべきことは同じだ。

「……ふぬっ」

まず右肘を取って捻り、そのまま向こうの壁に押しつけて左腕も動かなくする。完全に固めたわけではないので暴れられたら左腕は利くようになるだろうが、その前にこっちが意識を奪う。両腕が一瞬、同時に利かなくなればそれでいい。

手袋をした右手を井筒の喉元《のどもと》にあてがう。V字に広げた親指と人差し指、それに中指も添えて、頸動脈《けいどうみゃく》を左右同時に圧迫する。絞め殺すのではない。脳にいく血流を止め、束の間、意識を奪うだけなので、痕が残らないよう軽く圧迫するだけでいい。

三秒ほどで、井筒の全身から力が抜ける――。

一つ困ったのは、井筒が九十キロ近い巨漢だということだ。倒れて余計な傷を負わせると面倒なので、膝が落ちる寸前に背後に回り、両脇に腕を差し込んで全体重を支えた。その抱っこ状態から、右、左、右、左――人形遊びのように廊下を歩かせる。ちゃんと、自分の死に場所までは自分の足でいってもらう。

洋室に入ったら、ロフトの下に跪かせる。やや前傾姿勢にさせ、自分は井筒の前に回る。そして、上から覆いかぶさる。左手で井筒の右肩を押さえながら、自分のみぞおちが井筒の後頭部に当たるよう位置を調整する。タオルの綱を摑んだ右手を井筒の顎下《あごした》にもぐり込ませ、さらに隙間《すきま》ができないように体勢を微調整する。自分の胸、腹、腕で、井筒の頭部を包み込む恰好《かっこう》になる。下半身が動かないよう、右足で井筒の脚の付け根も固定しておく。

あとは、一気だ――。

井筒の首を、胴体から思いきり引っこ抜く。ボコ、と、ゴリ、と、ブリ、が混ざったような音が胸の辺りで鳴る。

確認のため、もう少し引っ張ってみると、井筒の首は際限なく伸びてきた。大丈夫だ。上手《うま》く抜けている。完全に頸椎《けいつい》が頭蓋骨からスッポ抜けて、はずれている。要は、絞首刑と同じ殺し方だ。これが一番苦しまない死に方だといわれているが、本当かどうかは、やられたことがないので分からない。

あとはタオルの綱をロフトの柵に結びつけて、井筒と一緒に自分もぶら下がって、柵自体を破壊する。井筒の約九十キロに自分の七十五キロ、少なく見積もっても合計百六十キロの重みが柵に掛かるのだ。

「……ショッ」

案の定、メシメシッと柵の縦棒が一本圧《へ》し折《お》れ、井筒の体は勢いよく床に落ちた。あまり大きな音をたてて下の住人に不審がられたくはないが、まあ、こんなヤクザ紛《まが》いの巨漢だ。すぐ文句をいいに飛んでくることもあるまい。

とりあえず、ここはこれでいいだろう。

井筒はロフトの柵を利用して自殺を図り、ぶら下がった瞬間に頸椎が抜けて死に至ったが、その重さに耐えきれず柵が圧し折れ、遺体は床に落ちてしまった、というストーリーだ。

あとは、踏み台になるような台を転がしておいてやれば充分だ。

＊

今夜のミサキのターゲットは、小森貴也《こもりたかや》というチンピラというか半グレというか、なんにせよ碌《ろく》でもない男だ。

歌舞伎町のソープランドで遊んだのち、モグリのハーブ屋で「危険ドラッグ」を購入。そこから街のはずれにあるコインパーキングに向かって歩き始めた。小森は酒を飲まないし、一緒に遊び歩く友達もいないので、このまま帰宅するものと思われる。

ちなみに新宿署の小川は、勤務があるとかで今回も不参加。よってミサキの「目」を務めるのは、現時点では一応「歌舞伎町セブン」の元締めということになっている、杏奈《あんな》だ。

「……元締め、職安《しょくあん》通りに車回して」

『はい、もう停めてあります』

まあ、最近はあの小娘もそこそこ使えるようになってきた。

小森がどっちに向かうかは分かっているので、職安通りまで全力疾走し、杏奈の車を捜すと、あった。メタリックグレーの日産ノート。向こうもこっちに気づいたのか、ハザードがピタリと消える。

後部座席に乗り込み、「自宅」とだけ短く伝える。

「了解です」

杏奈がサイドブレーキを解除するのとほぼ同時に、小森の運転するメタリックブルーのマツダ・アテンザが、一つ先の角に顔を出した。

「グッドタイミングですね」

「予定通りっていいな」

あとはカーナビ任せでも大丈夫なくらい、簡単な尾行だった。

ちなみに、小森には一つだけ感心な点がある。奴はほぼ毎日、あの車で都内のあちこちを移動して回っているのだが、危険ドラッグを購入しても決して出先では吸引しない。そこは褒《ほ》めてやっていいと思う。ちゃんと自宅近くの月極《つきぎめ》駐車場に着いてから、後部座席に移って吸引し始めるという、なかなか行儀のよろしいジャンキーなのだ。

予想外の出来事といえば、ガソリンスタンドとコンビニに寄ったことか。少し離れた場所に停車して様子を見ていたため、コンビニで何を買ったのかまでは分からない。

ようやく月極駐車場に到着。運転の腕前も確かで、かなり奥まった難しい場所に、きっちり三回の切り返しで駐車完了。ここからが小森の、本日のお楽しみタイムになる。

小さな荷物を抱えて後部座席に移動する。ちらちらと周囲を見回してはいたが、慎重といえるほどの警戒ではない。事前に調べた限りでは、この周辺に防犯カメラは一台もない。それが小森にとって幸か不幸かというと、今夜ばかりは「不幸」ということになる。

一分ほど待っていると、車内でチカッ、チカッと何かが光るのが見えた。紙に巻いたドラッグに火を点けたのか、吸い込んで火種が明るくなったのか。どちらにせよ、そろそろ訪問のお時間だ。

ビニール製のレインウェアを着込んだら、準備完了だ。

「……じゃ、いってくる」

「はい、お願いします」

杏奈は見張り役なので、この場に残していく。

後部座席から出て、一車線の道路を渡って駐車場に入る。こっちに気づいた小森が車から降りてくるようなことがあれば、それはそれで対処するが、おそらくないだろう。今、小森の魂は混沌《こんとん》のワンダーランドをさ迷っているはず。外の様子など、どんなに注視しても何一つ認識できないに違いない。

案の定、ミサキが後部ドアの前に立っても、なんの反応もない。ドアレバーに手を掛けても、内部に動きは見られない。

だが、ドアを引き開けた、その瞬間だ。

「……きヒャッ」

草の焦《こ》げたような臭いと共に、いきなり、ナイフを握った左手が飛び出してきた。しかし、普段の小森は右利き。そんなものがミサキに当たるはずもない。

「ニイさん……いいもの持ってるね。助かるよ……手間が省《はぶ》ける」

ミサキはその左手首を摑み、内向きに捻《ね》じ込《こ》みながら、切っ先を小森の方に向け直した。

小森がえらく甲高い奇声を発するので、ここは一番手っ取り早い方法で片づけたい。

まず、クシャクシャに乱れた髪を鷲摑みにし、向こうを向かせる。

「本物の極楽に……いけるといいけどね」

握らせたままのナイフを、小森の左耳下十センチくらいの位置まで持っていく。

そのまま全体重を掛けて、切りつける。というか、押し込む。

意外なほどナイフの切れ味はよく、刃は、ぶにゅっと一気に、首の中に埋まった。

「ヒキャ……ンニョぉ……」

わざわざレインウェアまで着込んできたが、返り血はほとんど浴びなかった。用意してきたナイフを使うことも、ドラッグで錯乱した末、自傷、自殺したように現場を作る必要もない。こんなに簡単に済んだ「始末」は、いまだかつてなかった。

「……ま、極楽は無理か」

一応、ドアは閉めて帰るとしよう。

＊＊

陣内陽一《じんないよういち》は、歌舞伎町二丁目のはずれにある、ラブホテルの一室にいた。決して女を連れ込んでなどいない。一緒にいるのは、フリーライターの上岡だ。耳には盗聴器の音声を聴くイヤホンを入れている。

「……本当に、この鍵で大丈夫なのかな」

上岡はさっきから、市村が用意した合鍵を弄《いじ》っては、そんなことをボヤいている。

「このホテルは市村の持ち物みたいなもんだ。心配ない」

「持ち物と、持ち物みたいとじゃあ、だいぶ違うでしょ」

「じゃあ、事前にそれで開くかどうか、試しておけばよかったじゃないか」

「まあ……そうなんだけどね」

今回のターゲットは、渕井敏夫《ふちいとしお》という年配の変態男だ。

渕井は、元暴力団員の井筒章宏と、歌舞伎町でスカウトマンの真似事《まねごと》のようなことをしている小森貴也から、頻繁に女を買っては楽しんでいた。それだけなら、何も「歌舞伎町セブン」が出張《でば》ることはない。合法・違法、許可・無許可の違いはあるだろうが、ごくごく単純な管理売春だ。

ただ渕井の趣味は、あまりに常軌《じょうき》を逸《いっ》していた。

井筒、小森から買った女は確実に十人は超えている。そのうち二人は死亡したと見られ、今現在も行方が分かっていない。他にも、命は取り留めたものの人工肛門になった女が三人、喉の軟骨《なんこつ》が折れて数ヶ月声が出なくなった女が二人、右腕が動かなくなったのが一人、手の指十本すべてを折られたのが一人、失明が一人。

その、失明した女に話を聞いたのが、上岡だった。

「まず井筒が、誓約書を書かせるそうです。客との行為については絶対に口外しない、といった内容の。でもそれには、怪我をしてもとか、最悪死に至るみたいなことは、当然ですが書かれていない。何しろギャラが破格にいいんで……ほら、渕井はパチンコ屋を三軒持ってるでしょ。金はたんまり持ってるんで……女たちはせいぜい、政治家とか芸能人の相手でもさせられるんだろう、くらいに思ってたんだと思うんですよ。ギャラがひと晩で五十万とか、百万なんて話もあったみたいですから。そりゃ目も眩《くら》みますよ。ところが、渕井の相手をした女は、必ず怪我をさせられる。それであとになって文句をいっても、誓約書にサインしたじゃねえかと、取り合ってもらえない。そもそも、井筒があんな図体ですからね。バックに誰がいるのかも分からないし、そりゃ怖いですよ……女たちは結局、泣き寝入りするしかない。

でも、それで終わればまだよかったんです。ちょっとすると、また井筒から誘いがくる。渕井がお前のことを気に入ってるから、また頼みたいって。どうしてもお前がいいんだって。安直な手ですが、写真や動画も撮られてたみたいで、断ろうにも断れない。

その女は最初、指を折られたそうです。お願い、指折らせて、一本でいいから折らせてって、猫撫《ねこな》で声で頼まれて……で、ポキッと一本やって、痛がってる女と、渕井はセックスをする。でも次からは、二本折らせてくれ、首を絞めさせてくれ、とエスカレートしてくる。終いには、肛門に拳《こぶし》を入れさせてくれとか……両目に指を入れるなんて、むろん同意はしてなかったそうです。でも渕井は、盛り上がってくるとかまわずやるんです」

上岡が用意したのは二百万だった。

「女とは、市村さんの協力も得て面会し、交渉しました。向こうは私の名前も、当たり前ですが顔も知りません。それでもとにかく、渕井と井筒、小森に復讐《ふくしゅう》してほしいと……私からもお願いします。この依頼、通してください」

全員一致で、この始末を引き受けることになった。

そしてまさに今、失明した女が隣の部屋におり、そこに渕井がくるというわけだ。

予定の時刻から、三分ほどしたときだ。上岡が装着しているイヤホンから、硬い靴底の足音が漏れ聞こえ、さらに軽やかな電子音が続いた。

「……きたな」

「ああ」

陣内が立ち上がると、上岡がさも心配そうに目を向けてくる。

「本当に、俺はいかなくて大丈夫？」

「大丈夫だ。あんたは、あくまでも『目』……せいぜい、廊下の様子でも窺《うかが》ってりゃいいさ」

いつもの革手袋の具合を確かめ、陣内は部屋の玄関に向かった。

静かにドアを開け、廊下に出る。人はこういった場所で、他の客とすれ違うことを嫌う。それはフロントも承知しているので、同じ階に連続して客を通すことはしない。あるとすれば中途半端な時間に退室する客とのニアミスだが、陣内が廊下に出たときはそういった客もいなかった。

市村が用意した鍵を慎重に、鍵穴に挿《さ》し込《こ》む。できるだけ音を立てないよう、ゆっくり回して解錠する。ドアガードが掛かっていても開けられるようビニール紐も用意してあったが、その出番はなかった。

引き続き慎重に、ドアを開ける。

そこですでに、渕井の声は聞こえてきていた。

「ケイコちゃん、ありがと、ありがと……また僕と会ってくれて、ほんとに、ありがと」

なるほど。噂通りの猫撫で声だ。

中は煌々と照明が灯っていた。廊下を進んでいくと、スーツを着た丸っこい背中が見えてくる。ベッドの端《はし》っこに座っている。その目の前には、クリーム色のセーターを着た痩《や》せ型《がた》の女。茶髪のロングヘアに、サングラス。右手は包帯でぐるぐる巻きになっている。

「……これ、とっていい？　とっていい？」

渕井が訊くと、女は小さく頷いた。頷き返した渕井が、両手で丁寧に、女のサングラスをはずす。女は目を開けているが、その焦点はどこにも合っていない。

「綺麗……綺麗だよぉ、ケイコちゃん……とっても、綺麗だ」

サングラスをポイと投げ捨て、また両手で女の頬を撫でる。そのまま首筋、肩、胸へと下ろしていく。何度か円を描くように両胸を弄《もてあそ》び、だが急に、下着ごとそこを鷲摑みにする。

「いぎっ」

「うぅん、痛いねぇ、痛いねぇ……おお、よしよし。今、ちゃんと見てあげるからね」

女を仰向《あおむ》けに横たえ、正面から、その腰に跨る。セーターの裾をたくし上げ、ブラジャーと一体になったような下着も捲《まく》り上《あ》げる。女はずっと、焦点の合わない目で天井を見上げている。表情は、ない。

もう、これ以上見ていたくなかった。

陣内は体勢を低くし、足音を殺し、渕井に近づいていった。

ベッド周りの壁には何ヶ所か鏡がはめ込まれている。まったく映らないようにするのは無理だが、可能な限りそれは避けたい。仮に渕井に気づかれたとしても、陣内ならそれにも充分対処することが可能だが、それだと、のちの仕事が少々手荒になる。そういった面倒は、ないに越したことはない。

ようやく、渕井の真後ろまできた。

中腰に立ち上がり、左手で、渕井の目と鼻をいっぺんに塞《ふさ》ぐ。

「んごっ」

完全に立ち上がり、少し力を入れて引き上げると、渕井はいとも容易《たやす》く口を開けた。

右手に、タングステン合金から作った針を構える。その表面は、水滴も付かないほど滑らかに仕上げてある。上手く使えば、皮膚を傷つけることなく内臓を貫《つらぬ》くこともできる。

その針先を、喉の奥へと送り込む。

そして、体の外からではなく、内側から、

「コッ……」

直接、脳幹に突き刺す。さらに内部で、半径二ミリの円を描く。

脳幹は生命維持を担う中枢神経系器官の集合体。これを破壊されると、人間は一瞬にして死に至る。むろん、心臓もほぼ同時に停止する。見た目には、心不全となんら変わらない死体が出来上がる。

針を抜き、先端を確かめる。いつも通り、血も粘膜片も、何も付いていない。

念のため、渕井の喉元に指を当てて脈を診《み》る。大丈夫。ちゃんと死んでいる。

渕井の体を、女の隣に横たえる。依然女は、天井ではない、もっと遠いどこかを見上げている。

いずれ女は、渕井の異変をフロントに知らせるだろう。フロントは警察に知らせ、警察はこの遺体を検死するだろう。そしておそらく、こう結論づけるはずだ。

性交死。俗な言い方をすれば「腹上死」だ。歌舞伎町では決して珍しい死に方ではない。

ふいに、女が陣内の方に顔を向ける。目の焦点は合っていないが、顔の向きは完全に合っている。目が見えなくなると、他の感覚が鋭敏になるというのは本当らしい。

「……あなた、歌舞伎町、セブン？」

むろん、陣内が答えることはない。

「これで……アイリも、チハルも、浮かばれる……ありがとう。このことは、絶対に一生、誰にも、いわないから……」

女の右目から、ひと滴《しずく》こぼれ落ちる。

陣内は無言のまま、きたときと同様、一切の音をたてずに廊下まで出た。

そして元通り、鍵を閉めて立ち去った。

無人の廊下に、いくつもの亡霊が、佇《たたず》んで見えた。

## 4

結局「署長命令だ」のひと言で、東は矢吹近江の取調べを担当せざるを得なくなってしまった。

「……失礼します」

頭を下げながら署長室のドアを閉める。とりあえず、いったん刑事課に戻ろうと思う。

矢吹を逮捕したのは警備係の松丸淳一《じゅんいち》警部補だという。実のところ、東はその男をよく知らない。たぶん、見るからに柔道体形の、いつも几帳面《きちょうめん》なくらい髪を短く刈り込んでいる、あの男ではないか。しかし今のところは、それを直接確認することもできない。すでに松丸は署外に出ており、帰りは夕方になるということだった。

刑事課に戻ると、直属上司の篠塚《しのづか》統括係長が声をかけてきた。

「東さん……署長、なんですって？」

篠塚はいつもそうだ。おそらく東に一目《いちもく》置いてくれているのだろうが、常に彼は、まるで部下のような口調で東と話す。同じ課で仕事をするようになって三年以上経つというのに、そこは絶対に崩そうとしない。ある意味、不思議な上司ではある。

「はあ……昨日、警備係が逮捕してきた、矢吹近江の取調べを担当しろといわれました。署長命令だそうです」

「ああ、やっぱり」

思わず、東は眉をひそめて篠塚を見てしまった。

「知ってたんですか」

「ええ、昨日の夕方、そんな話はされました。でも断ったんですよ、私も飯坂課長も。東さんは大の公安嫌いだからって」

それで通らなかったから、直接呼びつけたわけか。知らなかった。

「そうでしたか……それ以外に、何か聞いてませんか」

「何か、とは？」

「警備係がなぜ逮捕したのか、とか、矢吹の最近の動向とか」

「いえ、特には聞いてませんね。まあ、昨今の反米軍基地デモの絡みだろうくらいには、思ってましたが」

それくらいは、東にだって想像がつく。

篠塚は、ふいに何か思い出したように「ちょっと」といって自分の机に戻った。そこからペラリと一枚、何かの書類を持ってくる。

「これ……矢吹の弁録《べんろく》です」

弁解録取書。逮捕、連行後、最初に作る書類だ。

「拝見します」

差し出されたそれを受け取り、東は内ポケットからメガネを出して掛けた。

【　弁解録取書
住居　東京都港区南青山三丁目△番▲号
職業　会社役員　顧問《こもん》
氏名　矢吹近江
昭和◎◎年七月一三日生（七八歳）】

ほう。七十八歳とはけっこうな高齢だ。

決まりきったところは飛ばして、弁解の内容を読む。

【1　私が警察官に暴行を働いたということはありません。
2　弁護人との接見《せっけん》を希望します。
矢吹近江㊞】

容疑は否認、か。

「弁護士との接見は」

「昨日の夜に済ませているようです」

「なるほど……」

直属上司なのだから、改めて篠塚には確認しておく。

「統括……私、本当にこんなこと、やってていいんですかね」

「こんなこと、とは？」

「だって、こんなのただの『転《ころ》び公妨《こうぼう》』でしょう」

「転び公妨」とは、その場では逮捕できない対象者の前で警察官が自ら転んでみせ、「突き飛ばされた、公務執行妨害だ」といって逮捕する行為を指す。いわゆる「別件逮捕」の代表例だ。

「いや、『転び』かどうか、私には……」

「じゃあ、仮にそうだったとしてです。逮捕してきて一日で私に預けて、あっちは一体、何をしたいんですかね。明日の朝には送検です。矢吹逮捕の、本当の目的はなんなんですかね」

篠塚が首を傾げる。

「まあ、つまり……刑事課で足止めをしておいてくれと、そういうことなんでしょうけど……」

その裏に隠された理由なんぞ、この上司に尋ねても無駄か。


暇そうにしていた小川を付き合わせ、三階の留置《りゅうち》管理課までいく。

「矢吹近江って、どんな男なんですか」

「俺もよく知らん」

留置事務室で、被留置者出入簿を出してもらう。記入は小川に任せた。

「十七番、矢吹近江をお願いします」
三、四分待っていると、奥の留置場出入り口から係員に連れられて矢吹が出てきた。上衣はグレーのカーディガンにワイシャツ、下衣は上より濃い同系色のスラックスだ。むろんネクタイなどはない。留置されていたのだから、ベルト等もはずされているはずである。
小川が手錠と繋《つな》がった腰縄を引き継ぐ。

「……では、いきましょう」

東が先に立ち、四階の刑事課まで連れて戻った。第一調室は使用中だったため、一つ空けて第三調室を使うことにする。

パーティションのような薄い壁で仕切られた室内に、机が一つ。その向こう側に矢吹を座らせ、小川が腰縄の一端を椅子に結びつけてから手錠をはずす。その間も終始、矢吹の態度は落ち着いていた。長年左翼運動に関わってきただけのことはある。警察での事情聴取や取調べの経験も、一度や二度ではないのだろう。目を閉じ、口は「へ」の字に結び、やや苦々しい表情をしてはいるが、そこには諦念《ていねん》のようなものも見てとれる。

やりたければ好きにやれ——。

あえて言葉にするとしたら、そんなところか。

東が矢吹の正面に座る。小川はその右後ろ。出入り口ドアを塞ぐような位置に陣取る。

「おはようございます。刑事課の東といいます。こちらは、補助の小川です」

「よろしくお願いします」

矢吹は目を閉じたまま。反応なしだ。

「取調べ初回ですので、刑事訴訟法第一九八条、第二項の定めるところにより、あなたには供述拒否権があることをお伝えしておきます。ご自身にとって不利益なことは喋らなくてもいい、という権利です。お分かりですね」

依然、反応はない。

「ええ……では、公務執行妨害ということで」

「その前に」

いきなり、矢吹が目を閉じたままひと声発した。喉の奥底を削るような、低くて硬い声だ。

「はい」

東の応えを聞いてから、ゆっくりと目を開ける。白内障の気があるのか、黒目が若干白濁しているように見える。

「……あんたも名刺くらい出さないか。私は、私を逮捕した係長さんには、一枚渡してあるよ」

なるほど。こういうタイプの男か。

「これは失礼しました」

東が名刺入れを取り出し、だが小川が動かずにいると、矢吹は「あんたもだ」と顎で示しながら付け加えた。

二人それぞれ、一枚ずつ名刺を差し出す。

「刑事課強行犯捜査係の、東です」

「同じく、小川です」

顔の向きは変えず、目を伏せるようにして名刺を読む。

「強行犯係ってのは、あれだろう。暴行とか、傷害とか、そういうのを扱う部署だろう」

「よくご存じで」

「私は、そんな物騒な真似をした覚えはないんだがな」

「ええ。ですからそれを、我々がこれからお調べしようとしているんです」

「どうやって」

「事件前後の状況を、一つひとつ伺っていきます」

「自分の不利益になることはいわなくていいんだろう」

「そのときどこにいらしたかも、いえませんか」

「さてな……それを喋ることが本当に私に不利益をもたらさないかどうか、よくよく考えてみないことには、判断がつかん」

まあ、そういう態度もいいだろう。

「では、よくよくお考えになってください。お答えは、それからでけっこうですので」

微かに、矢吹の口元が綻《ほころ》ぶ。

「ほう……そんな悠長なことをいってていいのかい。案外、最近の刑事さんってのは暇なんだな」

「いえ。これも一つ、私の仕事だというだけのことです。張込みにしたって、暇潰しでやっているわけではありません。望む結果が得られるまで、我々はいくらでも待ちます。それが刑事というものです」

ふん、と小さく、矢吹が鼻息を吹く。

「それをいったら、公安の連中だって一緒だろう」

左翼運動に半生を捧《ささ》げてきたのなら、刑事より公安に馴染みがあって当然だ。であるならば、東にも言い分はある。

「いいえ。我々は白か黒かをはっきりさせたいだけです。灰色が黒になるのを、いつまでも指を咥《くわ》えて定点観測しているほど、暇ではありません。要は、結果を出す気があるのか、ないのか……そこは大きく違います」

公安の主な任務は対象組織の情報収集と監視であり、捜査や立件は重要課題ではない。これに対し、刑事にとっては取扱い事案の捜査、立件がすべて。そこを一緒にしてもらっては困る。

矢吹の上唇が、皮肉交じりな笑みを形作る。ほうれい線が深い溝《みぞ》になる。

「……どうやら刑事さんは、あまり公安がお好きではないようだな」

「矢吹さんはお好きなんですか」

「私は別に、好きでも嫌いでもないよ。ただ、邪魔臭いなと思っているだけで」

「奇遇ですね。私も、まったくの同感です」

というのは嘘《うそ》だ。東は公安を憎んですらいる。

すとん、と矢吹の口元から笑みが消える。

「……東さん。あんたとは、話が合いそうだな」

「そう思っていただけるのなら、光栄です」

しばらく、この年寄りの雑談に付き合ってやるのも悪くない。


矢吹が若かった頃ならいざ知らず、今現在、取調べ中はかつ丼やタバコは疎か、緑茶の一杯も出してやれないのが、味気ないといえば味気ない。

矢吹が、皺《しわ》の寄った手で顎を掻く。

「だいたい、左翼だの右翼だのってね、国の真ん中がどこにあるのかも分からん連中にいわれるのは、甚《はなは》だ心外だよ」

まったく以《もっ》て、もっともなご高説ではある。

「では、矢吹さんにとって、この国の真ん中とはどこですか」

「ふん……分かりやすく、そりゃ官僚だろう、なんていえればいいんだろうが、あいにく連中も、そこまでこの国のキンタマにはなりきれていない。当人たちは、そう思い込んでるのかもしれんがね」

東が矢吹近江という男を知らないから、こうやって話ができているのか。あるいは、もっと知っていればさらに深い話ができるのか。それも現時点ではなんともいえない。

「ということは、矢吹さんご自身は、自分を左翼だとは思っていないんですか」

「ないね。だから、そういうことをいう前に、どこが真ん中でどっちが右で、どっちが左なのかを説明してみろと、そういっても答えられん輩《やから》が多いのさ。ここの、警備係長もそんな類《たぐい》だったな」

まさか、そんな論争の末に「転び公妨」で逮捕したのか。

「松丸係長は、何をいいましたか」

「さて、なんといったかな……言質《げんち》を取られるのは好きじゃないし、正確になんといわれたのかも覚えちゃいないが、要は、どこかの誰かの受け売りで、私のことを『左翼の親玉』みたいに思い込んできたんだろう。実に、つまらん小狸《こだぬき》だった」

たぶん間違いない。あの柔道体形の、変に髪を刈り込んでいるあいつが、松丸に違いない。

「なるほど……小狸ですか」

「そうは思わんか」

「まあ、見ようによっては、狸みたいな顔、といえなくもないですかね」

「言い得て妙だろう」

「しかし、昨今いうところの『狸顔』というのは、もう少し可愛《かわい》げのある顔を指すのではないですかね」

ふん、と矢吹は首をひと振りした。

「確かに、可愛げは欠片《かけら》もないな。私がいいたかったのはむしろ、あれさ……信楽焼《しがらき》の、狸の置物。あれの顔をちょいと不細工にして、愛嬌《あいきょう》をなくしたような……ま、そんな印象だな」

　それなら東も納得がいく。

「まあ、松丸の顔の話は、これくらいにして……ではその、矢吹さんが左翼云々《うんぬん》をいわれる理由について、ご自身ではどう思っておられますか」

　筆のように立派な白髪眉《しらがまゆ》が、ひくりと跳《は》ねる。

「あんたそれ、私にいわせてどうしようっていうの」

「別に、どうもしません。矢吹さんがどのような政治信条をお持ちの方なのか、にわかに興味を覚えたので、お訊きしたまでです」

「ほお……本当かね」

　一つ、短く頷いてみせる。

「本当です。それを伺って、だから公務執行妨害なんだ、なんて安っぽい手は使いませんよ。少なくとも私は」

「そう願いたいね」

　腕を組み、しばし矢吹は考え込んだ。

「ああ、政治信条ね……とはいっても、もちろん私は政治家ではないし、あんたはよく知らんのかもしれんが、何かの活動団体を持っているわけでもないんだ。ただの会社役員さ。正月には玄関に日の丸だって飾るしね、孫の卒業式に出れば、『君が代』だって一緒に唄うんだよ。それじゃあんた、まるで右翼だろうと、そういうことをいう奴には、心底反吐《へど》が出る。正直、国旗の絵柄なんざなんだっていいんだ。ヒラヒラ風に揺れてりゃ、それでいい……じゃあれか、敗戦国なんだから赤丸もなくして、ただの白旗にすれば教師は喜んで起立するのか。『君が代』じゃなくて『戦争を知らない子供たち』なら一緒に唄うのか。馬鹿馬鹿しい……そんな薄っぺらの上《うわ》っ面《つら》と一緒にされたくないから、私は左翼を名乗らないんだよ」

ここまで聞いた限りにおいては、「それじゃあんた、まるで右翼だろう」といった誰かの気持ちも、分からないではない。

「それでも、何かしら通ずるものは感じているんでしょう」

「そりゃ、どこの誰とだって、多少は通ずるものくらい感じるさ。右といわれている連中とだって、保守、中道を標榜《ひょうぼう》する連中とだって同じことだ。それがガッチリ噛《か》み合《あ》わさっている方がむしろ稀《まれ》だろうし、民自党《みんじ》にもいろいろいて、新民党《しんみん》、公民党《こうみん》……暗幕《あんまく》を一枚捲《めく》れば、裏ではみんな、てんでんばらばらの方角を向いていやがる。それなのに、だ。デモをやって反米、反基地を訴える人間は全員左だ、左翼は漏れなく公安の監視対象に入れる……それはいくらなんでも短絡的《たんらくてき》過ぎるだろうと、私はいっているだけさ」

そこは、素直には頷けない。

まったくの門外漢である東でさえ、矢吹近江という男は左翼運動家であり、ある種のフィクサーであるという認識はある。その認識自体が誤りであるということもむろんあり得るが、さすがに反米軍基地デモになんらかの形で関与したというだけで、公安も、一会社役員に「左翼の親玉」などというレッテルは貼らないだろうし、それが警察内部で広く流布《るふ》することもないだろうと思われる。

ここは一つ、東自身も勉強が必要、ということか。


夕方、矢吹を留置場に戻し、四階の刑事課に帰ろうと階段を上がっていると、ふいに踊り場の上から声がした。

「東係長」

声の主がゆっくりと階段を下りてくる。大きな尻、丸く張り詰めたワイシャツの袖、短く刈り込んだ髪。まさに、東が松丸であろうと思っていた男だ。

「どうも……お疲れさまです」

なんにせよ碌な話ではあるまい。東は小川に「先に戻っていろ」と目で示した。小川は小さく頷き、残りの階段を上って四階の廊下に消えていった。

東も階段を上りきり、松丸と同じ床に立つ。

「何か」

「何かじゃないだろう。矢吹の調べをやってるのがあんただってのは分かってるんだ」

これは一体、どういう了見《りょうけん》の物言いだろう。

「その通りですが、それが何か」

「どうだった、矢吹は」

「それをあなたにお知らせする理由が、私にはない」

松丸の眉根に、深い縦皺が刻《きざ》まれる。

「矢吹を逮捕したのは俺だ。調べの内容を訊いて何が悪い」

「私はあなたに頼まれて矢吹を調べているのでも、警備課長にいわれてやっているのでもない。署長に命じられて、仕方なくやっているだけだ」

「ナニ？」

「ついでにいわせてもらえば、私は警備の尻拭いをするつもりも、公安の下働きをするつもりもない。私が取調官になった以上、矢吹は私のホシだ。調べの進捗《しんちょく》具合をあんたに報告するつもりはない……今も、これからもだ」

廊下に向かおうとすると、松丸は「ちょっと待て」と東の右肘を摑んできた。

「……なんの真似だ」

「いいか、よく聞け。お前らデカがやってることと、俺たちがやってる仕事じゃ根本的に意味が違うんだ」

東は、松丸のこれまでの経歴など一切知らないが、今の発言で大体の察しはついた。松丸はそもそも公安畑の人間で、一度や二度は警視庁本部の公安部も経験しているのだろう。だがここ新宿署に配属され、なぜか公安係ではなく警備係の配置になってしまった。定員の問題があったのかもしれないし、そもそも署内の人員配置は署長の専権事項、署員が一々文句をいえる類の話ではない。それでも、松丸の気持ちは今なお「公安」のまま。だから「転び公妨」で矢吹を逮捕するなどという勇み足をやらかした――とまあ、あえて忖度《そんたく》するとしたら、そんなところではないだろうか。

しかし、仮に事実がそうだったとしても、東が松丸に優しくしてやる理由にはならない。

東は、松丸の両目を潰してやるつもりで睨みつけた。

「……分かってる。刑事と警備の仕事が違うことくらい、初任科の研修生だって知ってるさ。むろん警備と、公安の違いもな。あんたも、もうちょっと勉強したらどうだ。社会科のお勉強だよ……自分で取ってきた仕事が、上の判断で別の部署に振られたんだぞ。それが一般的にどう解釈されるか、少しは自分の頭で考えてみろ。それが分かっていたら、藪《やぶ》から棒《ぼう》に調べがどうだったかなんて、訊けた義理ではないと思うがな。むしろ、逮捕手続書に実況見分調書、身上、前科、証拠関係に捜査報告書、一式揃《そろ》えてお持ちしますのでよろしくお願いいたしますと、そっちから頭を下げて頼みにくるのが筋だろう」

言い終え、一拍置いてから東は、右肘を摑んでいた松丸の手を振り払った。

「……ここでは転ぶなよ。下まで落ちて怪我するぞ」

精一杯の冗談のつもりだったが、松丸はクスリともしなかった。

## 5

陣内が経営を任されているバー「エポ」は、新宿ゴールデン街の「花園《はなぞの》三番街」にある。通りの中ほど、「ババンバー」という七〇年代フォーク好きが集まる店の脇から、階段を上がって二階。カウンター席が六つと、違法改造で造ったロフトにフロアソファとテーブルを並べただけの、小さな小さな店だ。

定休日は特にないが、休むとしたらたいていは月曜日だ。陣内が一人でやっている店なので、その辺は気楽なものだ。

「……ジンさん。このソファ、そろそろ買い換えたら？」

ただ今日はどういう風の吹き回しか、杏奈が昼間から、店の掃除を手伝いにきてくれている。さっきからロフトの床を雑巾で、しつこいくらい丁寧に磨いている。

「ああ……なんかカバーでも買ってきて、掛けようとは思ってたんだけど」

「もう駄目だよ、そんなんじゃ。ウレタンがヘタりきってるもん。端っこも擦《す》り切《き》れて、ほら、糸もピロピロ出てきてる……こんなんじゃ長いこと座ってられないし、第一みすぼらしいよ」

杏奈の、現在の名字は「斉藤《さいとう》」だが、彼女は正真正銘、陣内の実の娘だ。

十六年前。「歌舞伎町セブン」のメンバーだった陣内は、とあるビル火災で妻を亡くし、自身も瀕死《ひんし》の重傷を負った。まもなく「歌舞伎町セブン」も自然消滅。以後は顔を変え、名前も「陣内陽一」として生きてきた。杏奈と再会したのはその二年半後。だが、あえて自分が父親であるとは名乗らなかった。杏奈も陣内のことを「ジンさん」と呼び、同じ歌舞伎町の住人というだけの付き合いが続いた。

ところが二年ほど前、歌舞伎町一丁目町会長の高山が変死した件をきっかけに、再び「歌舞伎町セブン」が動き始めた。古くからのメンバーは陣内と市村の二人だけ。そこにミサキとジロウ、上岡、小川の四人が加わった。そして、ほぼ同時に「元締め」として入ってきたのが杏奈だった。

高山の死に端《たん》を発する一連の始末の中で、迂闊《うかつ》にも陣内は、自分が杏奈の父親であることを知られてしまった。ところが杏奈は、いまだそれについては一切触れてこない。今も陣内のことは「ジンさん」と呼び、表向きは以前と変わらない、飲み屋のマスターと酒屋の店員という関係を保っている。強いていえば、杏奈は「店員」から「店主」に昇格したが、付き合いそのものは変わっていない。

それでいい、自分たちは親子になどならなくていいのだと、納得してはいる。どんなに綺麗事を並べてみたところで、自分は所詮人殺しだ。人の親を名乗る資格などありはしない。ただ悩ましいのは、杏奈が同じ「殺しの道」に踏み入ってきたことだ。

「蛙《かえる》の子は蛙」という言葉に真理があるとすれば、杏奈に「『歌舞伎町セブン』から抜けろ」という資格もまた、陣内にはないことになる。「実の親が人殺しなのだから、あたしがその片棒を担いで何が悪い」といわれたらそれまでだ。陣内に返すべき言葉はない。

皮肉なものだ。あまりにも皮肉が過ぎる。そう思いはするものの、こうやって杏奈が店の掃除を手伝いにきてくれたりすると、嬉しくて堪《たま》らなくなる。こんな時間が少しでも長く続いたらいいと、人並みなことを思ってしまう。

ふいに杏奈が、ロフトから顔を覗かせる。

「一緒に買いにいってあげようか」

「ソファを？」

「うん」

「どこに」

「ニトリとか、そんなんでいいじゃん。どうせ大塚家具とか、そんな高級なところのは買えないでしょ」

インテリアは嫌いではないので、陣内もたまに大塚家具の新宿ショールームを覗いてみたりはするが、確かに、あそこにあるような高級品は、この店には馴染まない。

「……っていうか、ニトリってどこにあるの」

「確か、赤羽《あかばね》にあったんじゃないかな。北区の、赤羽」

赤羽なら、新宿から埼京《さいきょう》線か湘南新宿《しょうなんしんじゅく》ライン一本でいける。どの道、ソファを買ったら担いで持ち帰るわけにはいかない。ここに配送してもらうことになる。車より電車でいく方が合理的だろう。

杏奈に付き合ってもらって、電車で買い物か。

それも、いいかもしれない。


その日はいつも通り、夕方六時過ぎには店を開けた。最初に入ってきたのは常連客のソープランド嬢、アッコだった。

「おっはよ、ジンさん……今夜のあたしの夕飯は、なーにかなぁ？」

アッコはちょっと変わった客で、ここで酒は一切飲まず、出勤前の腹ごしらえだけをしにくる。毎晩、陣内が作る肴《さかな》をおかずに、コンビニで買ってきた白飯を食べるのがアッコの日課になっている。

「今夜は、ネギをたっぷり載せた豚肉のポン酢焼きと、湯豆腐《ゆどうふ》の生姜味噌《しょうがみそ》添え。あとはモヤシの旨塩《うましお》ラー油和《あ》え、ウナギの佃煮《つくだに》……それとお新香かな。ポテサラもまだあったかな……うん、ポテサラもあるな」

　アッコが眉をひそめながらかぶりを振る。

「ん、ん、ちょい待った。湯豆腐は、なんだって？」

「生姜味噌添え。生姜味噌は、そのまま白飯に載せて食べても旨いよ。なんだったら出し汁作ってやるから、それをご飯にかけて、そこに入れてもいい。まあ、生姜味噌のお茶漬けだな。けっこうイケるよ」

「それいい。じゃあ、豚肉のポン酢焼きと湯豆腐、生姜味噌たっぷり目でね。あと出し汁」

「了解」

　腹ごしらえを終えたアッコは七時半頃に帰っていき、というか店に向かい、八時、九時台は貸し切りの問い合わせ電話があっただけで、客は一人もこなかった。

　十時過ぎになって、大学生風の男女四人グループが入ってきた。ちょっと背伸びをして、大人の遊びをしてみたいのだろう。リーダー格の男が「マッカラン、ロックで」とオーダーすると、他の三人が「おおー」と変に囃《はや》し立《た》てる。その後、もう一人の男はハイネケン、女子はそれぞれ、カンパリ・オレンジとキール・ロワイヤルをオーダーした。

「はい、かしこまりました」

　上岡が入ってきたのは、そんなときだった。

「いらっしゃい」

「うーい、お疲れっすぅ」

ドサッと重たそうなショルダーバッグを床に置き、学生たちとは一つ席を空けて腰掛ける。

「なに、ずいぶん仕事してるふうじゃない」

「ふう、じゃないの。仕事してるの、ちゃんと」

学生たちの酒を作りながら、上岡にもオーダーを訊く。

「とりあえず、ビールもらおうかな。厚着してきたら、汗掻いちゃった」

いいながら身をよじり、上岡はくたびれた革のジャンパーを脱ぎ始めた。

「今日、けっこう暖かかったからね……ドライ？　ラガー？」

「ラガーで」

学生たちがさっきより静かになっている。常連客がきたのを見て、初めて「大人の店の敷居《しきい》」を感じ取ったようだ。

「……はい、お待たせしました」

ハイネケン、マッカラン、キール・ロワイヤルに、カンパリ・オレンジ。それぞれを出し終える。ミックスナッツは、学生さんだからサービスだ。

「あっ……すごい美味しい」

キール・ロワイヤルをひと口飲んだ女子学生が、笑みを浮かべて陣内を見る。

「そうですか。ありがとうございます」

陣内は、カシス・リキュールをブレンドして使うのが好きなので、それがたまたま彼女の口に合ったのだろう。今のはシャルル・バノーに、マザリン、ルジェを少量ずつ加えたものだ。ベースとなるスパークリングワインは、大した銘柄のものではない。一本、千何百円かの安物だ。

「はい、こちらはラガーね」

こっちは一本七百円。

上岡が口を尖らせる。

「……ねえ、俺にもミックスナッツ出してよ」

「馬鹿。五十のオヤジが甘えるな」

「ケチ臭いことというなって」

聞いていたカンパリ・オレンジの女子が、クスッと笑いを漏らす。すかさず上岡が「ねえ、ケチ臭いよねぇ」と彼女に話しかける。彼女はただ微笑《ほほえ》むだけで、頷きもかぶりを振りもしない。

仕方ない。ここは陣内も乗っておくことにしよう。

「……あんまり、初めてのお客さんの前で恥掻かせるなよ」

渋々といった体《てい》で、上岡にもミックスナッツを出してやる。

すると、マッカランの男子が手を挙げ、「実は俺、二度目なんですよ」と告げた。

「あ、そうでしたか。それは失礼いたしました。いつ頃、お見えになったんでしょう」

「先々月ですかね。『劇団ポンペイ』の打ち上げで」

「ああ、ミカちゃんたちの」

「はいはい、そうですそうです」

そんなふうに、十五分か二十分は共通の知人の話題で盛り上がったが、所詮は学生と五十代のオヤジが二人。自然とまた距離ができ、以後、話の輪が重なることはなかった。

一時間半ほどで学生たちは帰っていった。

「ご馳走《ちそう》さま。楽しかったです」

「私も……ご馳走さまでした。美味しかった」

「ありがとうございました。ぜひ、またいらしてください」

彼らの足音が階下に遠ざかった辺りで、ふう、と上岡が溜《た》め息《いき》をつく。

「……とりあえず、昨夜はお疲れさまでした」

「ああ、お疲れ。その後、特にないだろう？」

「うん。小川くんも、あの件は変死で処理されたっていってたし。まあ、腹上死とまではいってなかったけど、でもそういう検死結果だったんでしょ……『欠伸《あくび》のリュウ』。いつもながら、実に見事なお手前で」

「からかうなって」

なんとなく気になっていたので、陣内は上岡の足元、見えはしないが、重たそうなショルダーバッグの方に目を向けた。

「それにしても、すごい荷物だな。なに入れてんの。ファスナー、はち切れそうだぜ」

「ああ、今日はちょっと、荷物増えちゃった。カメラ、レンズ、編集者とも会ったから、紙の原稿に、あと着替えとか。ほんと、いろいろ」

「けっこう、忙しいんだな」

上岡は子供のように「うん」と頷いた。

「今ほら、沖縄絡みのデモ、凄いでしょ」

「ああ。ここんとこ、休日っていうと必ずだな」

テレビでも「沖縄から米軍は出ていけ」とか、「沖縄に平和を」「日本を戦争に巻き込むな」「安全な空と海を返せ」「日米安保《あんぽ》完全破棄《はき》」などと掲《かか》げた集団が、列をなして通りを歩く姿がよく流れている。陣内も二、三回は実際に遭遇《そうぐう》している。そのうち一回は暴力沙汰にまで発展しかかっていた。見た感じは百人くらいだったが、報道では「五百人を超える」といっていた。

陣内はラガーのボトルを傾け、上岡のグラスに注ぎ足した。

「どうする。もう一本同じの？」

「いや、芋のお湯割りもらうわ」

「了解」

上岡はカウンターに両肘をつき、ミックスナッツを摘みながら、さも退屈そうに訊いてきた。

「ジンさん……例のデモ、なんで急に、あんなふうになったと思う？」

ここは一つ、新しく買ってみた「やき芋浪漫《ろまん》」を出してみるか。

「ん、そりゃ、あれだろ……米軍の車が、沖縄で反対運動やってる爺さんを轢《ひ》き殺《ころ》したのが、事の始まりなんだろ」

「うん、まあ、そういわれてるよね。世間的には」

「なに、違うの」

「そこだよね。それが一般的な認識ってことで間違いないんだったら、俺の取材も報われるかなぁ、と」

水を入れたチロリを電熱器にかける。

「なんだよ。勿体《もったい》ぶった言い方しやがって」

「そりゃ勿体ぶるさ。俺はそれで飯食ってるんだもん」

また客がくるようだ。コトン、コトンと軽い足音が階段を上がってくる。女性で、さっきの学生ほど若くはない。誰だろう。常連か、あるいは一見《いちげん》さんか。

それでも上岡は「歌舞伎町セブン」の話題ではないという気安さからか、かまわず話し続ける。

「それ、できるだけ早く書いてさ、ドカンと一発、ぶち上げたいんだよね。でさ、上手くいったら、沖縄の基地関係で一冊くらい本出したいんだ」

ゆっくりと出入り口の引き戸が開く。なんと、顔を覗かせたのは土屋昭子《つちやあきこ》だった。

「こんばんはぁ……なんか、景気のいい話が聞こえちゃった」

どの程度仕事をしているのかは知らないが、この女も上岡同様、フリーライターを名乗っている。ただし、それだけではない。土屋昭子は、九年前に「歌舞伎町封鎖《ふうさ》事件」を起こした組織、「新世界秩序」と関わりがあることが分かっている。つまりこの女は、陣内たちにとって「敵」ということになる。

上岡は右後ろを振り返り、だが微塵《みじん》も表情を変えず、また陣内の方に向き直った。この男も強くなったものだ。

背を向けておきながら、しかし土屋昭子にいう。

「あんたか……まだ、景気がよくなるかどうかは分かんねえよ」

この場は同業者の顔で通す、ということだろう。賢明な判断だ。土屋昭子は、陣内とミサキが「歌舞伎町セブン」のメンバーであることは確実に把握《はあく》している。おそらくジロウや市村についても知っているのではないかと、陣内は思う。ただ上岡と小川、杏奈については、まだ知られていない可能性がある。惚《とぼ》けておくに越したことはない。

他にも席は空いているのに、土屋昭子はあえて上岡の隣を選んだ。

「ネタはなに？　よかったら、私にも噛ませてよ……陣内さん、私、ホットワインくださ い」

陣内は頷きながら、「へえ」と驚く芝居をしてみせた。

「お二人は、お知り合いなんですか」

上岡は黙っている。

土屋は大きく目を開け、陣内を見上げた。

「そりゃ、歌舞伎町で仕事をしてれば、ねえ……上岡さんは、何しろ有名人だから」

ちぇ、と上岡が唾《つば》を吐くような仕草をする。

「あんただって、相当な有名人だろ……特に、中高年には大した人気だって聞いてるぜ」

土屋の頬から笑みが消える。だがそれも本気ではあるまい。気分を害した、そういう芝居だろう。

「やだ。それじゃまるで、私が『オヤジキラー』みたいじゃない」

「違うのかよ」

「違うわよ。そりゃね、たまたま好きになった人が、ちょっと年上……ってことなら、あったかもしれないけど」

いいながら、再び陣内を見る。しかしそれには気づかぬ振りをしておいた。黙って、赤ワインを電熱器にかける。

土屋が続ける。

「……で、なに。何で本出すの」

「教えないよ、あんたには」

「そんな意地悪いわないの。同業者でしょう？　ひょっとしたら、協力し合えることもあるかもしれないじゃない」

「冗談だろう。危なっかしくて、あんたとなんか組めないよ」

また、土屋が怒った振りをする。

「ええー、私のどこが？　これでも、十年はこの業界で食べてるんですからね。人脈だってあるし、けっこう、私と仕事したいっていう人だって多いのよ」

「じゃあ、そういうオヤジとやれよ。俺はご遠慮申し上げる」

「んもぉ」

その膨れっ面を、可愛いと思う男は決して少なくあるまい。

口を尖らせながらも、土屋はまだ続ける。

「そうはいっても、ちょっとは聞こえちゃったのよ。ひょっとして、沖縄の基地絡み？

あれでドカンと一発ぶち上げるの？」

かなり、しっかり聞こえていたらしい。

上岡は、これ見よがしに眉をひそめた。

「ほとんど盗み聞きじゃねえか」

「聞こえるように喋る方が悪いのよ」

「別に、そればかりでもねえけどな」

「なに、まだ他にもおいしいネタがあるの？」

「おいしいかどうかは分かんねえけど……ま、『祖師谷《そしがや》母子殺人事件』には、興味あるかな」

祖師谷母子殺人――二、三ヶ月前に起こった、母親と娘、息子がいっぺんに殺されたという、あの事件か。

思わず、陣内も口をはさんでしまった。

「なに、あんな物騒な事件、取材してんの？」

いってから、この二人は内心、可笑《おか》しく思っただろうことに気がついた。親子三人を殺したのが「物騒」なら、陣内が今までしてきたことはなんなんだ、という話だ。

ただ、二人も三文芝居の真っ最中。そんなあからさまな反応は示さない。

上岡が軽く頷く。

「うん、ある程度は、摑めてきてるね」

土屋が隣を見る。

「あの事件の？　警察が三ヶ月も調べてて、何も出てきてないのに？」

だがそれには答えず、上岡は「よっこらしょ」とスツールから下りた。

「これ以上、タダでネタ探られたんじゃ堪んないんで、帰るわ……ジンさん、ご馳走さん。お湯割り、ごめん、キャンセルして」

「うん、大丈夫……ありがとうございました」

会計をし、革のジャンパーを着込み、ショルダーバッグを担いで出ていくまで、上岡は土屋の方を一切見なかった。彼女の「おやすみなさい」の声にも応えなかった。それが「セブンの目」としてのスタンスなのか、あるいは同業者の意地だったのか。それは、陣内にも分からない。

上岡の気配が遠ざかると、土屋はそっとカウンターの中を覗き込んだ。

「……お湯割り、作ってたの？」

「んん、お湯を、沸かしてただけだけど」

「私のホットワインは？」

「もうすぐできます」

「じゃ、二人で飲もうよ。次のお客さんがくるまででいいから」

不思議な女だ。

自分はいい女だ、男にモテる。その自信を隠そうとはしないし、それが周囲の者の鼻につくことも承知しているはずなのに、そういうスタンスを決して崩そうとしない。わざと嫌われよう、嫌われようとしているように、陣内の目には映る。

それが、少しだけ悲しい。

「はい、お待たせしました」

「だから、ジンさんも飲んでよ」

「じゃあ……一杯だけ」

適温になったお湯に、開けたばかりの焼酎を注ぐ。湯気に乗って、芋の甘い香りがふわりと漂う。これは美味《うま》そうだ。

「じゃあ……乾杯」

「乾杯。お疲れさまです」

ひと口ホットワインを含むと、土屋は目を細めながら呟《つぶや》いた。

「ああいうの……あんまり、深入りしない方がいいんだけどな」

一瞬、なんのことか分からなかった。

「なに、上岡さんの、取材のこと？」

「うん、まあ……そうね」

「どっちのネタ。米軍基地？　それとも母子殺人？」

「まあ……どっちも、かな」

その発言の真意もまた、陣内には測りかねた。

同業者の嫉妬《しっと》、助言、あるいは警告か。

それとも、「新世界秩序」から「歌舞伎町セブン」に対する、ある種の牽制《けんせい》か。

その唇は、ワインより赤く、暗い色をしている。

# 第二章

## 1

多くの本土人——「ヤマトンチュ」が言う通り、沖縄の夏は確かに暑いが、空気は本土より格段に乾いており、日陰に入れば南国の風の心地好《よ》さを楽しむことができる。だが今、私はあの島の風を懐かしむ気持ちには到底なれない。むしろ、思い出すだけで寒気がする。特に夜の黒い風には、乾きかけの血と同じ、生臭さが混じっていたように思い起こされる。

私は二十七歳のとき、産京《さんきょう》新聞那覇《なは》支局への異動を命じられ、以後三十になるまでの二年半を沖縄で過ごした。支局長と私、現地採用の事務員が一人いるだけの、小さな支局だった。

沖縄での記者活動は多忙を極めた。鉄道網がないため、人々は主に自動車で移動することになる。よって、日中の幹線道路はどこもひどい渋滞になる。夜は夜で交通事故が絶えない。特に週末は、米兵による飲酒運転事故が多かった。

米軍基地内にも酒を飲める施設はある。だが米兵とて、基地の中にばかりいたら気が滅入る。せっかく外国にきているのだから、解放的な気分は味わいたいし、地元の女の子とも遊びたい。とはいえ、基地の近所だと絶えず憲兵が巡回しているため、羽目《はめ》をはずしては遊べない。結果、少し車で足を延ばし、那覇の歓楽街まできて遊ぶことになる。当然、帰りは飲酒運転——米兵が起こす交通事故が減らないのは、簡単にいえばこういった構図があるからだ。

他にも、基地周辺の騒音問題、軍用地返還、移転にまつわる政治問題、尖閣《せんかく》諸島周辺の領海侵犯《しんぱん》問題、普通の刑事事件、加えて台風を中心とした自然災害と、沖縄には取材すべき事象が数多《あまた》ある。それらと並行して、観光や文化といった平和な話題も提供しなければならない。そのすべてを社員二人でカバーするのだから、忙しいのが当たり前だった。休みなどほとんどなかった。

また沖縄の新聞事情にも、一種独特なものがあった。

沖縄では「琉球《りゅうきゅう》タイムス」と「沖縄日報《にっぽう》」という地元二紙が圧倒的に強い。両紙の発行部数はそれぞれ十六万部前後と拮抗《きっこう》しており、これが県内シェアの九割を占めている。

逆に本土でメジャーとされている「五大紙」は、沖縄では印刷すらされておらず、空輸で一日二日遅れて届くという有り様だった。ちなみに産京新聞は私がいた二年半の間、ずっと四百部か、よくても四百五十部がせいぜいだった。

地元紙が強い。それはそれでよいことだと思う。ただ沖縄が特殊なのは、その二紙が両方とも「左寄り」だということだ。

米軍が何かいいことをしても、地元紙はほぼ取り上げない。中央政府の政策は全面的に批判。「沖縄は差別されている」というのがそもそもの立脚点であり、日本本土とアメリカに与《くみ》するようなことはまず書かない。

それを全面的に「馬鹿げている」「理解できない」というつもりは、私にもない。

第二次大戦中、日本国内最大の地上戦が行われたのが沖縄であり、九万人以上の民間人を含む、約十九万人が犠牲になった。さらに戦後二十七年間は「敵国」アメリカの統治下に置かれ、一九七二年に本土復帰は果たしたものの、米軍は撤《てっ》退《たい》することなく駐留し続け、今なお基地の騒音、頻繁に起こる事故、米兵による犯罪に、県民は多大な犠牲と不安を強いられている。だから沖縄県民は、我々「ウチナーンチュ」は、日本にもアメリカにも与しないのである――。

それらは「すべて正しい主張」だと思う。だが決して「沖縄の主張のすべて」ではない。そういった「左寄り」の事情とは別の側面も、実際の沖縄にはある。

戦後生まれの県民は、当然ながら「基地がある状態」の沖縄しか知らない。むしろアメリカ文化に慣れ親しみ、「付き合うならアメリカ人」と答える若い女性も珍しくはない。また「あなたは日本人ですか、沖縄人ですか」と訊かれれば、「日本人です。日本の沖縄県民です」と答える方が一般的であったように思う。だがそういった声を、地元二紙は積極的に報じようとはしない。

基地問題についても似たような構図がある。

移設問題が長引く普天間飛行場だが、その地主の多くは沖縄の民間人である。地代は日本国政府が、その民間人である地主に支払っている。しかも地代は年々、着実に値上がりし続けている。これが仮に、辺野古《へのこ》に移転してしまったらどうなるだろう。辺野古にはすでに米軍基地がある。その沖合を埋め立てて飛行場を移設しても、当然、新たな地代が発生することはない。普天間の地主に地代が入ることもなくなる。それでも、普天間の飛行場跡地に新たな借り手がすぐ見つかるなり、再開発話に上手く乗るなりできればいいが、もしそうならなかったら――そう考えると不安で堪らない、それなら今まで通り、米軍に使ってもらっている方がいい、という地主は少なくない。しかしそういった声も、地元二紙は報じない。

ではそういった声を五大全国紙が報じるかというと、不思議なことに、それもしないのだ。

私は記者として、ありのままの沖縄を全国に知ってもらおうと、民族問題についても基地問題についても、公平に書くよう努めた。一方の意見だけでなく、反対の意見を持つ沖縄県民も数多くいると書き続けた。しかし、本社はそれらをほとんど採用しなかった。

「これ、面白いか？」

そうなのだ。沖縄は差別されている、基地で苦しんでいる、本土を憎んでいて、あわよくば再び「琉球」として独立しようとしている——そういう分かりやすい構図の方が、本土の五大紙もネタとして扱いやすいのだ。普段は「右寄り」な読日《よみにち》新聞までが、沖縄のリアルな姿には興味を示さず、平気で「左寄り」に書くのだ。

沖縄は、いつまでも可哀相な島のままの方が「面白い」——。

それが全国紙の、いや、その他のメディアや学者、知識人を含む「世論を作る側」の本音なのだ。

たぶんそれだけなら、私も産京新聞を退社したりはしなかったと思う。支局勤務はいずれ終わる。次がどこかは分からなかったが、まったく別の地方にいけば、また違った気持ちで仕事に臨めるだろう。その程度に楽観する余裕は、まだ私の中にもあった。

しかし、事件は突如として、私の目の前に姿を現わした。

その夜も残業で遅くなり、午前一時くらいになって、ようやく支局から出ることができた。それでも、国際通りまでいけばバーやクラブはまだ開いているし、普通の土産物屋《みやげ》はともかく、二十四時間営業の量販店は外国人観光客でそこそこ賑《にぎ》わっている、そんな時間帯だった。翌日は珍しく休みがとれそうだったので、私も時間は気にしていなかった。たぶん、馴染みの居酒屋もまだ開いているだろう。あそこで、スク豆腐と海葡萄《うみぶどう》で泡盛《あわもり》を一杯やり、シメには軟骨ソーキそばでも頼んで——。

そんなことを考えながら、国際通りから一本入った裏通りを歩いていた。人通りはほとんどなかったように記憶している。九月の終わり。気温は二十七、八度あったと思うが、歩いている分にはそれもさほど気にならなかった。

通り沿いに広いコインパーキングがあった。何台停まっていたかは記憶にないが、私はなぜか、手前から三台目辺りに停まっている黒っぽいワンボックスカーに目をやった。たぶん、アイドリング程度のエンジン音が聞こえたのと、車の周りに人影があったからだと思う。

二人いた。うち一人は白人で、タバコを吸っていた。もう一人は黒人で、車内を覗き込みながら体を揺らしていた。二人ともやけに体格がよかった。分厚い胸、丸く盛り上がった背中、ボウリングの玉のような肩、筋肉に埋没《まいぼつ》した首。米兵に違いないと思った。しかしそれ自体は、沖縄では決して珍しいことではない。週末ともなれば、逆にありふれた光景ということもできた。

だがすぐに、私はその二人の他にも人影があることに気づいた。これもおそらく白人だったと思うが、駐車スペースでいえば五台目くらいの奥まった場所に、やはり米兵と思《おぼ》しき屈強そうな体格の男が地面に跪いていた。いや、違う。彼の股の下に、さらにもう一人いる。その一人は完全に伸びているように見えた。四肢を投げ出し、アスファルトの地面に大の字、仰向けで寝っ転がっていた。

私は、酔い潰れた仲間の介抱をしているのかと思った。おい、しっかりしろよ。そんな意味で、頬を張るくらいはしそうな雰囲気だった。だが跨っていた男は、いきなり仰向けになった男の顔面を、叩き潰すように拳で殴りつけた。ごつん、と鈍く重たい音が、駐車場の外にいた私のところまで届いてきた。

やがて、タバコを吸っていた白人が立ち止まっている私に気づき、犬を追い払うような仕草をしながら「Go away」と怒鳴った。ほぼ同時にワンボックスカーのスライドドアが開き、身を屈《かが》めながら一人降りてきた。開いたそのドアに、さっきまで体を揺らしていた黒人が入っていく。二人は軽く掌を合わせた。タッチ交代。そんな意味に見えた。

マズい、と思った。理屈ではない。記者の嗅覚だとか、プロの勘だとか、そんなものでもない。むしろ生存本能みたいなものだ。これはマズい事態だ。何かとてつもなく悪いことが起こっている。このままではいけない、このままでは――。

タバコの白人が、車外に出てきた男に何事か話しかけた。その男も白人だったと記憶している。彼は私を見、次に奥で跪いている男を見、彼に向かって「Let's go」とか、何かそんなふうに声をかけた。

それを受け、跪いていた男は立ち上がったが、仰向けで殴られた男はピクリともしなかった。立ち上がった男はこっち向きに歩いてきて、さも面倒臭そうにドアを開け、運転席に乗り込んだ。左ハンドルではなく、右ハンドルの日本車だった。

続いてタバコを吸っていた白人が助手席に、途中で出てきた男は再びスライドドアを開けて後部座席に乗り込んだ。そのとき車内から「What's?」とか、ちょっと怒鳴り声みたいな、あるいは悲鳴のような声も交じって聞こえたが、それもすぐエンジン音に掻き消されてしまった。

眠りから覚めたように、ヘッドライトがカッと辺りを照らした。やはり、奥で寝転がっている男はそのままだった。

猛獣の咆哮《ほうこう》を思わせる排気音が空気を震わせ、ワンボックスカーが勢いよく駐車スペースから飛び出してくる。たぶん、輪止めのロック板を乗り越えたのだと思う。一瞬、横転するのではないかというくらい車体が傾いた。

急ハンドルを切り、私が電柱に身を寄せて避けると、車はそのまま駐車場を出ていった。ヘッドライトの逆光で顔は見えなかったが、助手席に乗っていた白人が、何か鳥が飛び立つような、羽を広げるようなジェスチャーを手でしていたのは見えた。ナンバーを確認しようとしたが、通常、日本のナンバーで平仮名になっている部分が【Y】であることしか分からなかった。「Yナンバー」は米軍関係者の車両であることを意味している。車は国道五八号の方に向かっていった。

急に辺りが静かになった。代わりに乱れた自分の心拍が、やけに大きく耳の奥で響いていた。

どうしよう、どうしたらいい――。

私はまず、倒れたままの男の様子を見にいった。途中、ワンボックスカーが停まっていた場所に目をやると、何か白っぽいものが落ちているのが見えた。女物の、靴の片一方だった。

暗くてよく分からなかったが、男の顔は全体に変色しており、相当な出血、内出血があるように思われた。意識も朦朧《もうろう》としており、声をかけても反応はなかった。

私は一一九番に電話をし、暴行を受けた男が倒れていると説明した。住所も詳しく告げた。しかし現場に到着したのはパトカーの方が先で、三人の制服警官のうち、二人が男の様子を窺い、もう一人が私に事情を尋ねた。

私は見たままを彼に説明した。確認できただけで白人が三人、黒人が一人。体格から米兵であると推測した。案の定、走り去るときに確認したナンバープレートには【Y】の文字があった。

そう聞いたときの警官の顔を、私は一生忘れないだろう。

落胆、悔しさ、悲しみ、憎しみ——。

そして「Yナンバーですか……」とひと言吐き出した、彼の声が、ひどく震えていたことも。


駐車場奥に倒れていた男性の名前は、伊佐勝彦《いさかつひこ》。福岡県の私大に通う二十二歳の学生だが、週末を利用して那覇市内の実家に帰ってきていたらしい。伊佐は到着した救急車で病院に搬送されたが、まもなく死亡が確認された。脳挫傷《のうざしょう》だった。

また事件当夜、伊佐は庭田愛都《にわたまなつ》という、二十歳の後輩と一緒だったことが分かった。伊佐の実家が沖縄ということで、一緒に遊びにきていたのだ。その庭田愛都こそが、あの白い靴の持ち主だった。

二日後、庭田の遺体が中頭郡中城村《なかがみぐんなかぐすくそん》の空き地で発見された。四人以上の男性から性的暴行を受け、最終的には扼殺《やくさつ》されたものと見られた。下着は剝ぎ取られ、ブラウスのボタンは千切《ちぎ》れて失くなっていたが、スカートは穿いたままだった。

私は当然、目撃者として警察の事情聴取に応じた。知っていることはすべて話し、犯人グループ一人ひとりの着衣や、顔についてもできる限り思い出して供述した。犯行に使用された車種についても、ヘッドライトやテールランプの形から、トヨタのハイエースであることまで特定できた。

だが、最初から分かってはいた。私も、沖縄県警本部の刑事たちも。おそらく、事件現場に最初に臨場した制服警官三人も。

この事件は、立件できない――。

理由はいうまでもなく、日米地位協定だ。正確にいうと「日本国とアメリカ合衆国との間の相互協力及び安全保障条約第六条に基づく施設及び区域並びに日本国における合衆国軍隊の地位に関する協定」となる。

日本は戦後長らく「日本国とアメリカ合衆国との間の相互協力及び安全保障条約」、俗にいう日米安全保障条約により、独自の安全保障というものを考えずに過ごすことを許されてきた。多くの日本人は今も「他国が日本に攻めてきても、米国が必ず守ってくれる」と思っているはずだ。それ自体は決して間違いではないが、しかしごく一方的な見方といわざるを得ない。

米国は何も、キリスト教的な慈悲の心から「私たちが日本を守ってあげます」と約束したわけではない。そもそも日本は、結果的に負けはしたものの、世界一の大国である米国に対し、戦争を仕掛けた無謀《むぼう》な国なのだ。ハワイの真珠湾を奇襲して米海軍太平洋艦隊に大打撃を与え、戦況が不利になると「特攻」と称し、戦闘機ごと敵に突っ込む自爆攻撃を兵士に命ずる、非常に危険な思想を持ち、行動をとる国家なのだ。こんな国に再び軍備を許してはならない――というのが、米国側の考えの、もっとも分かりやすい説明ではないだろうか。

もう一方にあるのは「反共の砦《とりで》」という、日本の役割だ。もしくは利用価値といってもいい。

米国から見て、日本の背後には朝鮮半島があり、中国大陸があり、当時のソビエト連邦があった。第二次大戦後に訪れるであろう東西冷戦の時代を見据えていた米国は、共産主義国家のさらなる膨張《ぼうちょう》を喰い止めるためには、日本列島を自由主義国家の前線基地にするのが効果的であると判断した。そのため、建前としては「私たちが日本を守ってあげます」としながら、連合軍が撤退したのちも日本に駐留し続ける策をとった。

これがいわゆる「日米安全保障条約」の基本コンセプトであり、この条約の細目を定めたのが日米地位協定だ。

ごくごく簡単にいえば、日米安保によって米軍は、日本のどこにでも軍を配備する権利を有し、日米地位協定によって日本国内の基地を使用することが可能になった。また米軍人、軍属及びその家族は、犯罪を犯しても日本の法律では罰せられないことになった。

この日米地位協定の「日本の法律では罰せられない」という部分に、日本人はしばしば泣かされてきた。厳密にいえば、日本側に捜査権、裁判権がないのは公務中の犯罪についてのみであって、公務中でない米軍関係者が犯罪を犯せば、法律上は逮捕も捜査も起訴《きそ》もできるはずなのだが、別項に「犯人の身柄がアメリカ側にあるときは、日本側が起訴するまで引き渡さなくてもよい」と定められており、事実上、公務中でないときに犯罪を犯しても、基地に逃げ帰ってしまえば日本側は捜査も裁判もできない取り決めになっている。

伊佐勝彦に対する傷害致死もしくは殺人の罪、庭田愛都に対する集団強姦《ごうかん》、殺人及び死体遺棄《いき》の罪は、犯人が米軍関係者である限り、不問とするしかなかった。

事情聴取の最中、私は繰り返し繰り返し、あの夜の出来事を脳内で再現し続けた。犯人グループが目の前にいたあの数分間、私にはもっとすべきことがあったのではないかと自身を責めた。

私は彼らを見た瞬間、確かに、何か違和感のようなものを覚えた。だから足を止めもしたのだ。しかし、その段階で警察に通報するという発想は持ちようがなかった。まだ、その違和感を「犯罪と疑うべき何か」とは定義できずにいた。

では、奥にいた一人が伊佐に馬乗りになり、殴りつけた瞬間はどうだったか。それだけで充分、暴行罪に当たる行為ではあった。しかし、あのときは大の字になっているのが日本人であるとは分からなかった。米兵同士という先入観を捨てきれなかった。仲間内の揉《も》め事《ごと》であれば、わざわざ日本人が口を出すまでもない。ひょっとすると、そんなふうに思いたかったのかもしれない。

あるいはあの瞬間、私がもっと冷静に見ることができていれば、伊佐の体格が他の三人とは明らかに違うことが分かったのではないか。いや、それもどうだろう。伊佐は仰向けに倒れていた。立っている人間と比較するのは難しかったように思う。

　やがて私は、白人の一人に「Go away」と追い払われそうになった。すぐに車のサイドドアが開き、外にいた黒人と中から出てきた白人が「タッチ交代」をした。それでも私は、目の前で起こっているのが「犯罪である」とまでは断定できなかった。車内で女性が輪姦されており、その恋人は殴られて地面に大の字になっている。そういう構図を脳裏に描けなかった。ただその場に留まり、事の成り行きを見ていただけだった。目の前にある車の中で、庭田愛都という若い女性が、屈強な黒人や白人の男性に組み敷かれながら、それでも必死で助けを呼んでいたはずなのに。あのとき、あの場所で、それに応えることができたのは私だけだったというのに。

　しかも、私は車両ナンバーを見ている。Yナンバーであることは確認している。だが、走ったか。走ってもっとちゃんと見て、【沖縄】に続く三桁《けた》の数字でも、大きく表示された四つの数字のうちの一つでも、覚えようとしたか。いや、しなかった。直後に私がとった行動は、向こうに倒れている伊佐の様子を見にいく、というものだった。男が倒れているのだ。しかも馬乗りになって殴られていたのだ。まず警察に通報するのが先だろう。警察に通報すれば、その内容から消防署にも同報が流れる。記者なのだから、それくらいは分かっていたはずだ。なのに、なぜだ。なぜ私は、警察ではなく救急車を呼ぶことを優先してしまったのだ。気が動転していたなどという言い訳で済ませられる過《あやま》ちではない。仮に私がナンバーを完全に覚えていて、直ちに警察に通報し、車両が手配されて犯人グループを確保することができていたなら――。

庭田愛都の命は助けられた可能性が高い。検死の結果、彼女の死亡時刻は翌日の夕方頃と判明した。そう、助かったはずなのだ。あの黒い夜が明け、朝から昼、夕方になるまで、耐え難きを耐えて、彼女は生きていたのだから。

もう、これ以上仮の話を重ねることに意味などないのだが、もし犯人グループが逮捕されたとしても、米軍側から、彼らが公務中であったことを証明する書類が提出されてしまえば、結局は捜査も裁判も日本側はできなくなる。そして、米軍に引き渡してしまったら、日本側が望むような処分はされない。せいぜい厳重に注意をして帰国させるとか、その程度の処分だったに違いない。

伊佐勝彦、庭田愛都の事件にはさすがの本社も興味を示し、記者が事件の目撃者という「ウリ」もあってか、記事は大々的に取り上げられた。だが、それがなんの解決にもならないことは誰の目にも明らかだった。

もう正直、個別の案件で有罪だの無罪だの、裁判権があるだのないだの、身柄がどっちだのという話は、どうでもよかった。

問題は日米安保だ。それに付随する日米地位協定だ――。

事件の三ヶ月後、私はこの問題に本腰を入れて取り組むため、産京新聞を退職した。

三十歳になったばかりの、冬のことだった。

## 2

二月六日木曜日。東が出勤したとき、矢吹はすでに通常の巡回護送で東京地検に押送《おうそう》されていた。

昼休み。たまたま食堂のテーブルが一緒になった留置係の曽我《そが》警部補と、矢吹の話になった。

「どうでした、矢吹は、留置場で」

曽我が、味噌ラーメンをすすりながら上目遣いで東を見る。

「……まあ……大人しいもんですよ。なんせ、歳が歳なんでね……あんまり、若いのと一緒にしても可哀相だし、かといってね……ヤクザ者と一緒にして、変な言い合いにでもなったら面倒だから……初日は、あれでしたけど……酔っ払って飲み屋の看板叩き壊した、あの人……」

分かった。あの五十代のサラリーマンだ。一つ頷いてみせる。

「あれと一緒にしてたんですが、すぐ釈放でしょ……その後は、スリのヤスさんと……あれだ、自転車盗で暴れた奴か……そんなでしたんで、わりと静かでしたよ」

東もカレーライスをひと口頬張った。

「……本とか、読んでますか」

「いや、読んでないですね」

「暇な時間は何やってるんですか」

「壁際に座って、目を閉じてることが多かったかな……瞑想《めいそう》みたいな感じで……あ、でも、ヤスさんとはちょっと喋ってましたね」

あの矢吹が、スリの爺さんとか。

「内容、聞こえました？」

「いや、聞こえませんよ。ボソボソッとですもん……でも、ちょっと笑ってたかな」

「矢吹がですか」

「いや、二人とも。けっこう楽しそうでしたよ」

そういう一面もあるのか。

東が取調べを担当している被疑者は、決して矢吹一人ではない。他にも傷害容疑のサラリーマンと、強制わいせつ容疑の飲食店経営者がいる。明日、明後日《あさって》はまた本署当番なので、場合によってはまた取扱い事案が増えてしまう。できれば、その二人についての書類は今日中に仕上げてしまいたい。

　また小川が缶コーヒーを買ってきてくれた。

「はい、東係長」

「うん、ありがとう」

　刑事課に引き上げたばかりというのもあり、今現在、小川は東とまったく同じシフトで動いている。明日、明後日は本署当番で、日曜が休み。その後の三日は通常勤務で、来週は木、金が本署当番。土日はちょうど休みになる。

　急に訊いてみたくなった。

「そういや、小川……」

　コーヒー代を差し出しながら視線を合わせる。

「はい、なんでしょう」

「お前って、週末にデートする相手とか、いるのか」

　別に、誰かがこっちを向いたわけではなかった。ただ、なんとなく周りのみんなの耳が大きくなったようには感じた。

「なんですか、いきなり……そんな」

「お前、いくつだっけ」

「三十七、もうすぐ八ですけど」

「いい歳だな。そういう相手、いないのか」

「だから……」

この反応をどう解釈すべきだろう。一つは、いるけど職場ではいいたくない、というパターン。相手が水商売の女だったり、ましてや風俗嬢だったりすれば、確かに職場ではいいづらい。周囲に暴力団関係者の影でもあろうものなら、上司としてそんな交際は絶対に認められない。

それとも、好きな女はいるが気持ちを伝えられていない、というパターンだろうか。この小川なら、あり得る。いかにも、その女の前にいくとモジモジしてしまいそうなタイプだ。とはいえ、東がそういう場面を見たことがある、わけではない。

「好きな娘《こ》はいるのか」

「やめてくださいよ……こんな昼間っから」

今の反応で分かった。

「そうか、いるのか」

「いや、ですからね」

「どんな娘だ」

「東係長……もう、やめましょうよ」

「今度会わせろ。上司の意見は聞いておくもんだ」

「いや、ほんと……参ったな」

何も参ることはない。こういうことはオープンにしておく方がいいのだ。特に警察という組織の中では。

それでなくとも東は、小川に「ある疑い」を抱いている。

まだ小川が新宿六丁目交番勤務だった、一昨年の五月。東はとある陰謀に巻き込まれ、命の危険にまで晒《さら》された。そのとき「御守」ともいうべき重要書類を届けてくれたのが、他でもない、この小川だった。

事がすべて終わってみれば、東の身を守ってくれたのは「歌舞伎町セブン」、あるいはその中核を担う陣内陽一だったのだと、そう考えるのが最も自然なように思える。ということは、小川もなんらかの形で「セブン」に関わっている可能性がある。それともあの夜、小川が書類を届けにきたのは単なる偶然だったのだろうか。

東が小川を刑事に推薦し、引き上げたのは、簡単にいえばこういうことがあったからだ。小川はかねてから刑事課勤務を希望していた。「御守」の礼ではないが、だったらその願いを叶《かな》えてやろうと思ったのだ。もう一つは、小川を手元に置いて様子を見たかった。いや、割合からしたら、そっちの方が大きかったかもしれない。小川は「セブン」と関わりがあるのか、ないのか——。

しかしその疑念と、小川がどんな女と交際しているのかという疑問は、とりあえずなんの関係もない。

いってしまえば、東の個人的な興味だ。

翌七日は本署当番。管内で発生するあらゆる刑事事件に即時対応しなければならない勤務の日だ。よって、矢吹を始めとする被疑者の取調べなどは、基本的にできない。というか、そんな暇はまずない。

その日の手始めは、新宿駅東口付近で起こった、サラリーマン同士の喧嘩《けんか》。経緯を簡単にいうと、こうだ。

四十六歳の男性サラリーマンの持っているカバンはややくたびれていて、ストラップを留める金具が少し曲がり始めていた。それが三十二歳の男性サラリーマンの、ダウンジャケットの袖をかすり、運悪くナイロンの生地を切り裂いてしまい、中の羽毛が辺りに舞い散った。三十二歳の男は「ちょっと待て」と四十六歳の方を呼び止め、「どうしてくれるんだ」と迫った。まさか、カバンの金具が服を切り裂いたなどとは思わない四十六歳の男は、「言いがかりはやめてくれ」とその場を立ち去ろうとし、そうはいくかと力ずくで引き止めようとした三十二歳が、勢い余って四十六歳を転倒させてしまった。これに怒った四十六歳が、逆に三十二歳に摑みかかり、喧嘩になったというわけだ。

東は四十六歳の方、盗犯係のデカ長（巡査部長刑事）が三十二歳の方の事情を聴いた。これの処理に十一時過ぎまでかかった。

次は北新宿二丁目のラーメン屋に侵入盗。夕方の開店に備えて店にきてみると、レジに置きっ放しにしてあった売り上げ十二万円前後と、壁に飾ってあった「開運大判・小判」の額がなくなっていた、という事案だ。

「その大判小判は、本物だったんですか」

東の問いに、色白で小太りの店主はかぶりを振った。

「刑事さん、ああいうもんはね、本物か偽物かが問題じゃないんだよ。あれはね、俺の師匠が、俺がこの店を出すときに、祝いの品としてくれた大切なものなんだ」

「でもね、大将。偽物が盗まれたのと本物が盗まれたのじゃ、事件としての意味合いが違ってくるんですよ。本物だったら、被害額は何十万かも、ひょっとしたら何百万かもしれないじゃないですか」

「いや、そんな、何百万ってこたぁねえな。師匠、わりとケチだったし」

「そのお師匠に、いくらくらいの品だったか、確認できませんか」

「そりゃ無理だよ。もう三年も前に死んじゃったもん」

これの処理が終わったのが、十三時半。いったん署に帰って昼飯にしようか、と思っていたところに、電話がかかってきた。新宿署からだった。また事件か。

「はい、もしもし」

『ああ、篠塚です。東さん、いつ頃戻れそうですか』

「たった今、戻ろうかと思っていたところです」

『そうですか、それはよかった。では、お待ちしてます』

「何かあったんですか」

『ええ。実は、代々木《よよぎ》に殺しで特捜《とくそう》（特別捜査本部）が立つことになりまして。うちからも、三人ほど出さなきゃならんのですが』

なるほど、それは一大事だ。

四階の刑事課に戻ると、飯坂課長のデスク周りに各係の統括係長や担当係長が集まっていた。

「すみません、遅くなりました」

会釈《えしゃく》をしながら輪に加わると、いきなり飯坂に指差された。

「東、お前、カミオカシンスケってフリーライター、知ってるんじゃないか？」

上岡慎介のことだ。

「ええ、知ってます」

「殺されたの、その男だぞ」

「えっ……」

冷たい、砂交じりの風のようなものが、頬から耳、さらに首の後ろへと、肌を擦《こす》るようにしながら、吹き抜けていった。

「いつ、ですか」

「今朝早くだそうだ。最近お前、その上岡とは会ったか」

「ええ、何日か前に」

「何日前だ」

あれは、矢吹の調べを始める前日だ。

「三日前です」

「何か心当たりはあるか」

「……いえ、特には、ありません。何しろ、奴はフリーライターですんで。普段どんな生活をしてたかも、どんな人間と付き合いがあったかも、私には……」

記憶の中にある上岡の顔が、にわかにぼやけていくようだった。

いつも短髪だったが、かといって綺麗に刈っているふうでもなかった。短くしたのが、少し伸びてしまった感じ。そのせいか、なんとなく額が広く見えた。目は二重で、やや垂れ目。歳のわりにほうれい線が深かった。だからだろうか。ちょっと「亀」に似ていたような印象がある。

その、短髪の亀顔が、徐々に遠ざかり、小さくなっていく。

「……課長」

東は今一歩、飯坂に近づいた。

「なんだ」

「自分を、代々木の特捜に送ってください」

「そういうだろうと思ったよ」

飯坂はすぐさま他の統括係長、担当係長の顔を見回した。

「ウチからは三人出してほしいといわれた。東と、あとは……盗犯はどうだ」

盗犯係の名倉《なぐら》統括係長が小さく首を傾げる。

「できれば、ウチはちょっと……四谷《よつや》の特捜に、まだ前島《まえじま》を出したばかりですし、これ以上減ると、当番が回せなくなります」

それを受けて頷いたのは、知能犯捜査係長の森山《もりやま》統括だった。

「ウチも、坂口《さかぐち》と山崎《やまざき》を特殊詐欺の共捜（共同捜査本部）に出したままなので、正直キツいです。それもあって、太田《おおた》と関川《せきかわ》は、ここんとこほとんど休めてなくて……なんか、顔色悪いですし」

飯坂が、低く唸りながら頷く。

「応援、出せる状態じゃないよな、知能班は」

「ええ。実際、補充をもらいたいくらいです。ウチは」

「あとは、地域に誰か、捜査経験者はいなかったか」

知能班の稲葉《いなば》担当係長が「ああ」と発する。

「東口交番の新藤《しんどう》係長は、部長（巡査部長）のとき刑事部でしたよ。確か、特殊班（特殊犯捜査係）だったんじゃないかな」

隣にいた盗犯係の井出《いで》係長が、パッと顔を上げる。

「そういや、神社前交番の水沢《みずさわ》さんも、刑事経験あるっていってましたよ。どこだったかは忘れましたけど」

再び飯坂が頷く。

「じゃあ、その辺をもう一度調べて、こっちで当たってみる。とりあえずウチからは、東係長を出すということで」

「はい」

しかし、あの上岡が、殺されるとは――。


特捜にも参加していない現時点で、考えても仕方ないことは東も分かっている。それでも、つい思考は上岡殺害事件に囚《とら》われがちになる。

なぜ殺されたのか。どこで、どうやって殺されたのか。犯人は複数なのか、単独だったのか。凶器はなんだ。刃物、拳銃、鈍器で殴打《おうだ》、絞殺《こうさつ》、自殺を装っての転落死――。

夕方、数分だけテレビのニュース番組を観ることができたが、その間に上岡殺しに関する報道はなかった。関係者に確認すれば何か分かるかもしれないが、明日の朝には東も特捜入りする。その時点で判明していることは、そのときにすべて知ることができる。いま考えても仕方ない。慌てる必要はない。それよりも今は、新宿署を離れる前にやっておくべきことをやるのだ。やれることはすべて済ませて、特捜にいこう――。

そう考えてはいるのだが、やはりいつのまにか、上岡殺しについて考えている自分に気づく。「今はよせ」と自身に言い聞かせ、また書類仕事に戻る。しかしまた――そんなことを繰り返していた、通常勤務終了間際の十七時五分過ぎ。

「東さん、ちょっといいですか」

振り返ると、すぐ近くまで篠塚統括がきていた。両眉に、微かに力がこもっている。あまりよい話ではないと察した。

「はい……何か」

篠塚は人差し指でドア口を示した。

頷いて席を立ち、二人で廊下まで出る。人気のないところで立ち止まるのかと思ったが、篠塚は階段を下りていく。

「統括、どこまでいくんですか」

「署長室です」

なるほど。そういう話か。

二階の署長室。篠塚がドアをノックする。

「篠塚です」

「……どうぞ」

「失礼します」

ドアを開けると、応接セットには高柳署長、三上《みかみ》副署長、飯坂刑事課長の三人がすでに着座していた。

「まあ……座って」

高柳に勧められた、左側の三人掛けに篠塚と座る。

話を切り出してきたのも高柳だった。

「この顔触れを見れば、君も大体の察しはつくだろうが」

この男、言いづらいことは自分では言わないタイプか。

「……はっきり仰《おっしゃ》っていただいてけっこうです」

三上がチクリと眉をひそめる。飯坂は半分目を閉じて無表情、知らぬ存ぜぬを決め込んでいる。

高柳は、小さく息を吐いて話し始めた。

「では……簡潔に済ませよう。今日の午後、代々木の特捜に出す人員について刑事課で話し合いが持たれ、そのときは君が立候補してきたと、飯坂課長からは聞いている……が、簡潔にいうと、この話はなくなった。君には、引き続き矢吹近江の取調べを担当してもらいたい」

そこまでは、この部屋に入る前から分かっている。

「理由を、お聞かせ願えますか」

飯坂が「それ見たことか」といわんばかりの顔をし、聞こえよがしに鼻息を吹く。おそらく、署長がそんなことをいったところで、東は簡単には引き下がりませんよ、くらいの抵抗はしたということだろう。

高柳は、ふざけたように両眉を吊り上げた。

「だから、矢吹近江の調べを続行してもらうためだよ」

「それはそんなに重要な任務ですか」

「フリーライターの殺しは重要で、警察官に対する公務執行妨害は重要ではないと、そう君は考えるのか」

くだらない言葉遊びはやめてもらいたい。

「公妨の立件はさして難しい仕事ではありません。しかも、矢吹は逮捕されて身柄もすでにここにある。あとはちゃんと話を聞いて調書を書いて、印を捺《つ》かせるだけでしょう。しかし、殺人事件は違います。所轄と機捜（機動捜査隊）の初動ではマル被（被疑者）を確保できなかった、だからこそ特捜を立てるわけでしょう。口幅《くちはば》ったいことをいうようですが、私は刑事で本部を三回経験しています。それもずっと強行班、殺人班でした。必ず戦力になります」

「それは分かっている」

余計な口をはさむな。人の話は最後まで聞け。

「加えていうならば、私は上岡慎介という男を個人的に知ってもいます。実際、三日前にも新宿郵便局近くの飲食店で会い、話をしています。だからといって、犯人の目星がつくわけでも、命を狙われた原因に心当たりがあるわけでもありませんが、確実に捜査の役には立ちます……もう一度いいます。私は殺人犯捜査の専門家です。加えて上岡慎介の知人でもあります。お願いします。私を代々木の特捜に出してください」

高柳は「分からない」といわんばかりの顔で小首を傾げた。

「殺人犯捜査の専門家という意味では、当然、現役の捜査一課も特捜入りするわけだから、何も君が出張る必要はない、そういう考え方もある。確か、八係といっていたかな……カツマタという主任のいる係だそうだが、そういうことに関しては、むしろ君の方がよく知っているだろう」

カツマタ、あの勝俣健作《かつまたけんさく》が、特捜入りするのか。

メラリと、炎の赤い舌が東の頬をひと舐めした。

勝俣、勝俣、勝俣。あの男だけは、絶対に赦さない――。

「……東さん」

知らぬまに顔色でも変わっていたのか、隣の篠塚が案ずるような目で覗き込んできた。

「……はい」

「どうか、しましたか」

「いえ……なんでもありません」

分かっている。久々に勝俣の名前を聞いて、青臭い怒りに震え、場所もわきまえず取り乱したことは自覚している。しかし、ここは冷静に考えなければならない。そう、ちゃんと考えた方がいい。

勝俣は元公安、おそらく裏社会にも深く通じており、目的を達成するためなら手段を選ばない男だ。個人的な感情はさて措《お》くにしても、安易に関わるべき相手ではない。

仮にこのまま特捜入りすることが叶ったとしても、所詮、東は隣接所轄からきた応援要員。一方、勝俣は捜査一課殺人班の主任、いうなれば捜査の現場をリードする立場だ。それでなくとも、勝俣は職権を超えて捜査本部を掌握《しょうあく》する術《すべ》に長《た》けている。かつての、同じ殺人班の主任という立場であればまだ対抗のしようもあるが、今のこの状況ではあまりに東に分《ぶ》が悪い。下手《へた》をすれば、勝俣は東を陥れるために捜査方針すら捻じ曲げかねない。

　ここは一つ、「後《ご》の先《せん》」を狙う策の方がよさそうだ。

「……分かりました」

　そう東がいうと、高柳、三上、飯坂、篠塚、四人が一斉に視線を向けてきた。

　高柳が、肘を膝について身を乗り出す。

「分かった、というのは？」

「署長の仰る通りにいたします。私はここに残り、引き続き矢吹近江の取調べを担当いたします……」

　一瞬、場の空気がゆるみかけたが、東は間を置かずに続けた。

「ただし、代々木の特捜には刑事課強行犯捜査第一係の小川幸彦《ゆきひこ》巡査部長をいかせてください。これさえ通していただければ、私は署長のご命令通り、全力で矢吹近江の取調べに当たる所存です。いかがでしょうか」

　高柳は「ああ」と頷き、飯坂、篠塚と順番に見て、反応を窺った。

　二人とも、小川の特捜入りについて異論は唱えなかった。

# 3

二月七日、金曜日。

陣内は夕方五時頃に大久保《おおくぼ》のアパートを出た。今夜出す料理をタッパーに詰めて持っているため、あまり寄り道はできない。せいぜいコンビニで週刊誌を買うとか、借りっ放しになっていたＤＶＤを返却しにいくとか、そんな程度だ。

五時半頃には店に着いた。

黒ペンキで「エポ」と手書きしてある、クリーム色のシャッターに鍵を挿し込む。また錆《さび》が出てきたのか、どうもこれの回りがスムーズでない。裏から潤滑剤《じゅんかつざい》をスプレーするくらいで直ればいいが、そうでなければ業者を呼ばなければならない。それも少々気が重い。

「よっ……こらせっ」

片手でシャッターを撥ね上げ、照明のスイッチを押す。階段はせまい上に、かなり急だ。荷物があるときは、体を斜めにして上らなければならない。

二階まで上がり、左手の引き戸にまた別の鍵を挿すと、

「ああー、ジンさん、遅いよォ」

下から声がし、見ると、もう杏奈は階段を上り始めていた。

声が変に明るく、大きい。それに、今日は酒の配達を頼んでいない。何をしにきたのだろう。何かあったのか。

陣内は引き戸を開け、中の照明を点けた。

「……ごめんごめん、料理に、ちょっと手間取っちゃってさ」

近くまできたので見てみると、やはり杏奈の表情がおかしい。陣内は先に杏奈を店に入れ、自分も入ってすぐに戸を閉めた。

杏奈は、今にも泣き出しそうな顔をしている。

「……どうしたの。何かあった」

いきなり、杏奈は陣内に抱きついてきた。思わず、料理の入ったタッパーを取り落としそうになった。

「ちょっと、杏奈ちゃん」

片手で引き剝がしながら、杏奈の顔を覗き込む。荷物は、とりあえずカウンターに載せておく。

「杏奈ちゃん」

「さっき……小川くんから、メールがあって……」

ぽろりと、白い頰を伝った滴が床に落ちる。

杏奈はポケットから携帯を出し、少し弄ってから陣内に画面を向けた。

「……上岡さんが……代々木で、殺されたって……」

「えっ」

携帯を受け取り、その文面を読んだ。

【斉藤杏奈さま
いきなりですみません。用件だけ伝えます。今朝、代々木署の管内で上岡さんの遺体が発見されました。何者かに殺害された可能性が高いです。代々木への応援は東係長の予定でしたが、変更になって僕がいくかもしれないです。何か分かり次第、また連絡します。こちらからします。

小川幸彦】

冗談でも、何かの間違いでもなさそうだ。

杏奈が、陣内のジャンパーの襟《えり》を掴む。

「ねえ、上岡さんが殺されたって、どういうこと、なんでなの」

「分かんないよ、俺だって」

「『歌舞伎町セブン』だから？　上岡さんが『目』だったから、だから殺されたの？」

下のシャッターは開けっ放しだ。杏奈もさほどの大声でいったわけではないが、それでも口にして良い事と悪い事がある。

陣内は、両手で杏奈を抱き寄せた。

「……分からないよ。俺だって、いま知ったんだから……この段階じゃ、小川だってまだ何も分からないはずだ。奴は新宿署の刑事で、殺されたのは代々木署の管内なんだから。たぶん、応援にいってみないことには、死因とか、そういうことも分からないんだろう」

杏奈が胸元から見上げてくる。

「でも……殺害、されたって……」

「そこだけなんだよ、分かってるのは、きっと。ああいった事件には、検死とか、司法解剖とか、いろいろ手続きがあるから、そういうのの結果を待たないと、なんともいえないんだよ……」

勝手なものだと、自分でも思う。

普段の自分たちは殺す側。遺体が発見されてもそうとは分からないよう、常に始末した遺体や現場を偽装《ぎそう》してきた。そしてそれは成功してきた。ある部分で、自分たちは警察の捜査能力の限界を嘲《あざけ》り、またある部分では、警察がヘマをして自分たちが見逃されることを期待してきた。

しかし、今は違う。警察が上岡の死因を突き止め、犯行に至る経緯を捜査し、明らかにしてくれることを望んでいる。

杏奈が、ぎゅっと力を込め、抱きついてくる。

「ジンさんまで……殺されたり、しないよね……」

杏奈の母親は、かつての仲間に殺された。その後、杏奈を二十一になるまで育ててくれた斉藤吉郎《よしろう》もまた、同じ相手に殺された。その仇《かたき》は陣内が討《う》った。

これ以上、家族や仲間が殺されるのは見たくない――。

杏奈が、ずっとそう思ってきたのは陣内も分かっている。

「……大丈夫だ。俺は、そう簡単に殺《や》られたりしない。杏奈ちゃんだって、大丈夫だよ。君は、俺が守る。どんなことをしても、君だけは、俺が必ず守るから」

だが、殺しの道に絶対はない。

だからこそ、上岡は殺されたのだ。


市村への連絡は陣内がした。ミサキとジロウには、市村から知らせてもらうことにした。

『とりあえず、いっぺん集まった方がよさそうだな』

予想通りの反応だった。

「お前、忘れたんじゃないだろうな。マキコとユタカが殺られたのは、そうやって集まったときだったんだぞ」

マキコは杏奈の母親、ユタカは当時「手」を担っていた若者だ。マキコとユタカだけでなく、陣内もそのとき全身に火傷を負って死にかけた。

『あんだオメェ、俺を疑ってんのか』

「そんなことといってないだろ。集まったところをドスンと、一網打尽《いちもうだじん》にされるのはご免だっていってるだけだ」

『それくらい俺だって考えてら。例えば、原宿《はらじゅく》に最近手に入れたカラオケ屋がある。そこなら集まっても目立たねえ』

メンバーで集まることへの不安はあったが、集まらないことによる不安も、また同様にあった。杏奈ではないが、上岡が「歌舞伎町セブン」のメンバーだったから殺されたのか、それとも、まったく関係のない個人的な理由で殺されたのかは、現段階では分からない。残りのメンバーで集まって、無事を確認し合うだけでも意味はある。

結局、市村の提案を受け入れ、原宿のカラオケ屋に集まることになった。時間は、明日の夜明けまでなら何時でもいい、ひと晩中、三階の奥の部屋を押さえておくということだった。とはいえ金曜の夜なのだから、陣内は「エポ」を開けなければならない。閉店は早くても午前一時過ぎになる。そういうと、市村は『じゃあ、二時頃を目安ってことにしておく』といって電話を切った。

しかし、金曜の夜だというのに、予想に反して客はひどく少なかった。九時半頃、常連客の劇団員四人が稽古《けいこ》あとのミーティングがてら飲みにきたが、一人が十一時頃に「眠い」と言い出し、じゃあ今日は早めに解散しようと話がまとまり、零時前には客が一人もいなくなった。次の客に長居されて閉められなくなっても困るので、四人を見送ってすぐ、陣内は下のシャッターを閉めてしまった。

食器とグラス、空になったタッパーを簡単に洗い、身支度を終えたのが零時半頃。タクシーで原宿まできて、市村が指定したカラオケ屋を探し当て、時計を見たのがちょうど午前一時だった。

その場で連絡をとると幸い、市村はもう部屋に入っているという。

『カウンターで、カラオケなしの個人予約だっていえば入れる』

「そんなんで大丈夫なのか」

『ここは普段、カラオケなしの個人予約は受け付けてねえんだよ』

それが合言葉としてどれほど有効なのかは分からなかったが、指示通りにカウンターでいうと、二十代前半と思しき女性店員は「三階の一番奥、三〇九のお部屋へどうぞ」と笑顔で告げた。

いってみると、三〇九号は他の部屋と変わらない、ごく普通のカラオケルームだった。ただし、廊下の突き当たりにあるため、通りかかった他の客に中を覗き込まれる心配はない。また、すぐ隣が非常口になっているため、仮に何かあっても容易に逃げ出すことができそうだった。

市村はドアの真正面、短い脚を大袈裟《おおげさ》に組んで、ソファにふんぞり返っていた。

た。


「……すまん。店、意外と早く済んじまった」

「そんなこともあろうかと思って、俺だけは早く出てきたんだよ」

ヤクザの組長も案外暇なんだな、という台詞が思い浮かんだが、あえて口にはしなかった。

テーブルを「コ」の字に囲ったソファ。七、八人は楽に座れる。陣内は、市村から二人分ほど空けて座った。

「何か、分かったことはあるか」

市村は、テーブルに置いたタバコの箱に手を伸ばしながらかぶりを振った。無精ヒゲのせいか、それとも少し疲れているのか、いつもより少し老けて見える。それでも陣内よりは四つも若い。まだ、四十八になるかならないかだ。

「テレビのニュースでやってる以上のことは、なんも出ねえ」

「テレビで、やってたのか」

「まあ、ごく短くだけどな。代々木のウィークリーマンションで殺されてたらしい。犯人は覆面《ふくめん》をした三人組だって話だ。正面玄関を堂々と通過していったらしい。最初から、殺る気満々だったわけだ」

ウィークリーマンションなら防犯カメラ等の設備もありそうだが、覆面をしていたのではそれも意味なしか。

ひと口目を大きく吐き出し、市村がこっちを向く。

「……最近、上岡には会ったか」

「ああ。アレの翌日に、店にきた」

アレとは、渕井敏夫を含む三人を始末した、あの件だ。

「何かいってなかったか」

あの夜は、学生風のグループが先にきていて、そこに上岡があとから入ってきた。

「なんか、仕事で大荷物抱えてたな。抱えてたっていうか、ショルダーバッグが、パンパンに膨らんでた」

「忙しそうだったか」

「そう、いってた」

「どんな仕事かは聞いたか」

「まあ、米軍基地反対のデモの取材とかいってたかな……それが上手くいったら、本にしたい、みたいなこと……」

そうだ。重大なことを忘れていた。

「あ、その、上岡と話してるときに、土屋昭子が入ってきたんだ」

市村が片眉だけをひそめる。

「土屋って、あの……ＮＷＯの下働きしてた、あの女か」

New World Order――日本語でいうところの「新世界秩序」だ。

「ああ。そのときは、仕事っぽい話しかしなかったけどな。その、デモ絡みで本にするって話、私にも一枚嚙ませてよ、みたいな」

「上岡がメンバーだってことは、知ってたのか、あの女」

「分からない。でもそのときは、知らない体《てい》だった。両方とも、すっ惚けて喋ってた」

「で、上岡はなんていった」

「何を」

「嚙ませてくれっていわれて」

「そりゃ、断ったさ。あんたとなんか、危なっかしくて組めないって……どっちの意味かは、分からないが」

市村が首を傾げる。

「まあ、な……俺も、ＮＷＯ云々は置いといたとしても、あの土屋昭子って女の噂は、ちょいちょい耳にするよ」

「どういう噂だよ」

もうひと口吸って、市村がタバコを灰皿に押し潰す。

「取材対象が組だろうがなんだろうが、ズカズカ入ってきて、訊きたいことだけ訊いて帰っていくらしい……怖いもの知らずっていうか、なんていうか。それも、あれだろ、後《うし》ろ盾《だて》にNWOがあるからとか、そこまであからさまじゃないにせよ、睨みの利くオヤジがバックにいることでも臭わせるんだろう。実際、事前に大和《やまと》会方面から電話が入って、失礼のないように、とかなんとか、いわれたって話も聞いたぜ」

市村が、ふいにテーブルを見回す。

「……何か飲むか」

「いや、今はいい」

一つ頷き、また市村が続ける。

「他には何を話した」

「上岡とか」

「ああ」

「他に……ああ、帰り際に、祖師谷の母子殺人の取材もしてるっていってたな。いや、興味があるっていっただけだったかな」

「どっちだよ」

「覚えてねえよ、そんなこと。俺も、そんな真剣に聞いてたわけじゃないし」

そもそも上岡が殺されるなんて、夢にも思っていなかった。

市村が低く唸る。

「……ジンさん。土屋昭子に、連絡とれるか」

「ああ、とれるよ。自宅も一回、忍び込んでるしな」

「ちょっと、探り入れてみろや。こっちはこっちで尻尾《しっぽ》掴んでんだ。滅多《めった》なことじゃ、嚙みついてこねえだろ」

そこにようやく、ミサキとジロウが現われた。ミサキはともかく、ジロウが入ってくると、急に部屋がせまくなったように感じる。

ミサキが市村と陣内を順番に見る。

「なんだい。年寄りばっかり早く集まりやがって」

「うるせえ。いいから座れ」

この二人は、もともと市村が組とは関係なく飼っていた、いわば個人的用心棒みたいなものだった。今もその名残りか、ミサキは口振りこそ横柄《おうへい》だが、基本的に市村の命令には素直に従うところがある。

市村が席を詰め、ミサキ、ジロウの順番で腰を下ろす。

ミサキの表情が険しい。だいぶ苛《いら》ついているようだ。

「……上岡が殺されたって、どういうこったよ」

市村が首をひと振りする。

「まだなんも分かんねえ。ニュースは観たか」

「あんたが観ろっていうから点けたけど、フィギュアスケートの結果しかやってなかったぜ。まさか、こっちまでトバッチリ喰うような話じゃないだろうね」

「分かんねえよ、まだ」

まもなく杏奈も入ってきた。夕方より、また一段と落ち込んでいるように見えた。

市村が訊く。

「元締め、小川はどうした」

「しばらく、これないって。特捜っていうの、捜査本部に入ることになったから、連絡は、できるだけしないでくれって……何か分かったら、あっちからするって……」

いいながら、室内を見回す。

「だから、この五人で、全部……なんか、急に、少なくなっちゃったね……」

冗談でなく、今にも泣き出しそうな顔をしている。

そんな杏奈を、ミサキが睨《ね》め上《あ》げる。

「そんな辛気臭《しんきくせ》え顔してっと、あんたも殺られるよ。ちっとはシャンとしなよ、元締めなんだろ」

「うん……ごめん」

杏奈が陣内の隣に座り、ようやく場が整った。

市村が、一つ咳払いをする。

「じゃ、とりあえず俺の把握してるところから、始めさせてもらうぞ……」

そうはいっても、ニュースで観たことと、さっき陣内と話したことでほとんど終わりだった。

むしろ、付け加えたのはミサキだった。

「……特捜が立つくらいだから、関係者って関係者には、片っ端から聞き込みにくるからね。ジンさん、まずあんたは覚悟しなよ。上岡が常連だったことくらい、すぐに割れんだから。喋っていいことと駄目なこと、頭ん中でよーく整理しときな……それから元締め。あんたも町会関係とかイベント絡みで、上岡とは表の付き合いがあったろう。そっちもくるかもしんないから、準備しときなよ。ま、あんたの場合、今みたいな顔してりゃ疑われないよ。せいぜい、涙もろいお人好《ひとよ》しのお嬢ちゃんで通すんだね」

いや、と市村が身を乗り出す。

「あんま構え過ぎるのも、どうだろうな。上岡は、歌舞伎町じゃ知らねえ奴はいねえってくらい顔が広かった。行政にも首突っ込んでた。そういった意味じゃ、聞き込みくらい当たり前って思っとくくらいでいいんじゃねえのか」

ミサキが、蠅《はえ》でも追い払うように手を振る。

「組長さん、あんたもあんま分かってねえな。警察の組織捜査ってのはね、網を広げられるだけ広げて、そこに引っかかってきた奴を篩《ふるい》にかけて、残った奴を絞り上げる、その繰り返しなんだよ。下手に片脚でも引っかかってごらん。痛くもない肚《はら》探られて、上岡は裏で殺しの手引きをしてた、その仲間が関根組《せきね》の組長だ、『エポ』ってバーのマスターだ、信州《しんしゅう》屋って酒屋の若い女主人だ……なんて、芋蔓式《いもづるしき》に挙げられないとも限らないんだよ」

でも、と杏奈が割って入る。

「その、特捜っていうのには、小川くんがいるわけだから……」

ミサキが、大きく扇《あお》ぐように手を振る。

「ダメダメ。あんな、交番から上がったばかりのデカ長なんて、全然使い物になんないから。せいぜい道案内させられて、どうでもいいような報告書書かされて終わりだよ……とりあえず、刑事の動きはあたしが探るよ。これでも、元同業者だからね。そいつがサツカンかどうかくらい、ニオイで分かるんだよ……なあ、ジロウ」

隣のジロウが、無言で頷く。直接確かめたわけではないが、ミサキの日頃の言動から、ジロウも元は警察官だったのだろうことは分かっている。

それが今では、陣内も舌を巻くほど見事な「始末」をする、殺しのエキスパートだ。

つまり、裏を裏返せば、また表――。

世の中、分からないことだらけだ。

# 4

二月八日、土曜日。

勤務規定通りであれば本署当番の明けは午前十時半なのだが、その時間に上がれることは、実際にはない。何をさて措いても、取扱った事案に関する書類は自分で書かなければならないし、場合によっては逮捕状やその他の令状を請求しに、地裁や簡裁にいかなければならなくなることもある。そういった残務も昼までに終わればいい方で、たいていは夕方、ほとんど通常勤務終了時刻までかかってしまう。特にここ、新宿署は取扱い事案がズバ抜けて多いため、他の署より当番勤務がキツい。

しかも今回は、途中から小川が特捜にいってしまったため、余計に忙しかった。

「……お先に」

「お疲れさまでした。お気をつけて」

庁舎警備をしている生活安全課の巡査長と挨拶を交わし、署をあとにする。

確かに、体は疲れている。ぼんやりとした、熱のようなものが体中に溜まっている。最近知ったのだが、スポーツだけでなく、長時間デスクワークをしたあとでも乳酸は体に溜まるらしい。とすると、この微熱のようなものが乳酸なのだろうか。

しかし、体のそれとは相反して、頭はすこぶる冴《さ》えている。連行したマル被に事情聴取をしているときも、書類仕事をしている間も、使っていない脳の反対側では上岡殺しについて、ずっと考えていた。

腕時計を見ると十八時十分。代々木の特捜はどんな様子だろう。

早い連中なら戻ってきている時刻だが、たいていは十九時過ぎになる。捜査員の集まり具合を見ながら、十九時半、遅くとも二十時には捜査会議を始めるだろう。会議自体は、各捜査員からの報告が多ければ三時間、四時間かかることもある。その辺はケース・バイ・ケースだ。

会議が終わったら、そのまま講堂で食事。缶ビールなんかを飲みながら、弁当をツマミにだらだらと各自、会議の続きのような時間を過ごす。戻りが遅かった連中は、その話の輪に加わって情報収集をする。上の連中はその間、本部デスクか別室で幹部会議。下の連中は、食事が終わったら署の風呂を借りるか、そのまま道場に布団を敷いて寝てしまうかだろう。

さて、小川はどうするだろうか。

あまり社交的なタイプではない。むろん、与えられた仕事はきっちりこなすだろうが、自分から本部捜査員の輪に加わって、ああだこうだと持論を述べたりはしそうにない。であるならば、呼び出しは零時前後が適当だろうか。

携帯電話で調べてみると、代々木署のすぐ隣に居酒屋があると分かったが、近過ぎるのはかえってよくない。ならば、最寄りの初台《はつだい》駅辺りで探した方がいい。すると、ちょうどよさそうな焼き鳥屋が見つかった。

東は新線新宿駅まで歩き、そこからひと駅——メールを打つ間もなく初台駅に着いてしまった。

駅を出てすぐ、その目当ての焼き鳥屋に入り、

「はい、いらっしゃいやし」

テーブル席を希望した。長居しづらければ、あとで別の店に移ってもいい。そんな腹積もりで、串焼きをいくつか注文した。飲み物はウーロン茶にしておいた。

ようやく落ち着いてメールが打てる。

【今夜中に話がしたい。初台駅近くの店にいる。何時でもいい。連絡を待つ。東】

さて、小川はどう出るか。


返信のメールがあったのは二十一時三十二分。

【お疲れさまです。今し方会議が終わりました。様子を見て、一時間後くらいにならいけると思います。場所はどこですか。小川幸彦】

会議は意外と短く済んだようだ。すると、小川がこられるのは二十二時半くらいか。

東は全国チェーンの居酒屋名とその住所、電話番号を打って返した。最初の焼き鳥屋はけっこうな人気店で、連れもいないのに長時間テーブル席を占拠しているのが申し訳なくなり、結局、その向かいにある居酒屋に移動してきていた。個室席が空いていたので、話をするにはむしろこっちの方が都合がよかったくらいだ。

小川は連絡通り、二十二時半には店に現われた。

「お疲れさまです……すみません、だいぶ、お待たせしてしまいました」

「気にするな。特捜がどんなものかくらい、分かってて呼び出してんだ。何時までだって待つさ。むしろ早かったくらいだ」

手元にあったメニューを差し出す。

「何か食べたか」

「ええ、弁当を少し」

「何も飲まなかったのか」

「はい、まだ」

「じゃあ飲め」

小川は、ちらりとメニューを見ただけで生ビールに決めた。東は、焼酎のお湯割りにした。

「食い物も頼めよ」

「はい、じゃあ、串盛りを……二人前にしますか」

「いや、俺はさっき食べた。お新香か何かでいい」

「分かりました。じゃあ……」

通りかかった店員を呼び止め、小川がオーダーした。

さして飲みたくもなかったが、東は残りのウーロン茶をひと口飲んでから切り出した。

「……で、どうだった。どこまで分かった」

きゅっと、小川が眉根をすぼめる。

「……捜査情報って、基本的には、外部に漏らしちゃいけないんですよね」

「俺は部外者じゃない」

「でも、特捜には……」

「つべこべいうな。もともとは俺が入るはずだったんだ。それに、俺は事件の三日前に上岡に会ってる。いずれそれについての事情聴取はある。しかし、ただで喋るつもりはない。相手が誰になるかは分からんし、交換条件というんじゃないが、そいつから聞き出すくらいのことはする……でも、お前が俺にちゃんと報告してくれれば、その手間は省ける」

小川はしばし考え、やがて「分かりました」と頷いた。

カバンからシステム手帳を出し、中ほどのページを開く。

「じゃあ、まず……犯行現場は、代々木三丁目、◎の▲、マンスリーハイツ代々木、二〇五号室でした。防犯カメラに、犯人グループらしき姿が映っていたというのは？」

「ニュースで観た」

「でも実は、上岡さんの他に現場にいたであろう人物は、その三人だけじゃないんです」

小さな違和感を覚えたが、今は口をはさまずにおく。小川もそのまま続ける。

「もともとその部屋は、サイトウユウスケという名前で借りられていました。入居時に書かれた住所は架空のものでした。管理人によりますと、そのサイトウユウスケを名乗っていたのは上岡……」

どうやら、自分でも気づいたらしい。

「……ではなく、別の人物だったそうです。上岡は、単にその部屋を訪ねてきただけだったようです。七日、午前四時七分に訪ねてきて、そのまま二〇五号室にいたものと思われます。そして、覆面の三人組が現われたのが、午前五時十三分。ちなみにマンションの営業は午前九時からで、管理人はまだフロントにいませんでした。エントランスは普通のオートロック式、各部屋と連絡をとって開ける方式なので、よって、開けたのは中の人物、上岡かサイトウということになります」

飲み物が先にきた。東が受け取り、生ビールは小川に渡す。

「すみません、ありがとうございます」

「ところで、その……」

　少し声を小さくする。

「……覆面ってのは、モノはどんなのだ」

　うーん、と小川が首を捻る。

「映像も、そんなに解像度がいいわけではないので、はっきりとは分からないんですが、なんていうか……なんかこう、動物の皮膚を縫い合わせたみたいな」

「なんだそれは」

「いや、あるんですよ、そういうホラー映画のキャラクターが。そういうのの製品か、もしかしたら手作りなのかもしれないですけど、とにかく、クオリティは低いのに、それが、かえって不気味っていうか……そう、不気味な感じです」

「もちろん、周辺の防カメは追跡してるんだよな」

「はい、それはＳＳＢＣ（捜査支援分析センター）が進めていますが、まだこれといった結果には結びついていません」

「上岡の自宅はどこだ」

「高円寺南《こうえんじみなみ》です」

「家宅捜索は」

「しました。今のところ、目ぼしいものは出てきていませんが、パソコンなども押収《おうしゅう》しているので、その内容が明らかになれば、何か、出てくるかもしれません」

「そうか」

しかし、動物の皮を縫い合わせたような覆面とは、どんなものなのだろう。東には想像がつかない。

「……分かった。続けて」

「はい。では……死因に、いきましょうか」

「ああ」

「凶器は、ナイフです。刃渡りは十センチ程度で、さほど大きなものではないと思われます。上岡も、かなり抵抗したようで、腕や肩、頭部にも、防御創《ぼうぎょそう》が複数ありました。でも……動きが、止まってからでしょうか……顔面を……というか、頬を、刺され……腹部を、十一回、刺されて……出血性ショック死、でした。さらに、死後……心臓も、刺されています。念のため、ということなんだと、思います……」

こんなところで言葉を詰まらせるようでは、まだまだ未熟といわざるを得ない。

「その、自称サイトウはどうなった」

「その男は……三人組と一緒に、マンションを、出ています」

「顔は映っているのか」

「一応、映っていますが、三人の陰に隠れている時間が長いので、役に立つかどうかは……」

「それは、三人に拉致《らち》されたのか、それとも合流したということなのか」

「なんとも、いえません……」

「他に分かってることは」

小川が一枚、手帳のページをめくる。

「か……上岡は、岐阜《ぎふ》県出身で……実家には、まだ、父親がいまして……」

もう、この辺でいいだろう。

「小川……お前、上岡と知り合いだったのか」

小川は、ハッと顔を上げ、だがまたすぐに伏せた。

それだけで東には充分だった。

「知り合い、だったんだな」

小川は答えない。

「なぜ認めない。何か、俺に知られたくないような関係だったのか」

自分で口にしてから、東自身、初めて気がついた。

以前から、小川は「歌舞伎町セブン」と関わりがあるのではと疑っていたが、ひょっとして、上岡もなのか。小川と上岡は「歌舞伎町セブン」で繋がっていたのか。

そしてその、「歌舞伎町セブン」の中心人物とされているのが、陣内陽一。

これは、確かめてみる必要がありそうだ。

陣内がマスターを務めるバー、「エポ」の定休日はいつなのだろう。一般的に、歌舞伎町が最も暇になるのは月曜だといわれている。今日、二月九日は日曜日。週末ほどの書き入れ時ではないだろうが、それでも店を開ける可能性はあるので、いってみようかと思っている。

十七時半までは署で書類仕事をしていた。本当はもう少し早く終わるはずだったのだが、代々木の特捜の捜査員二人が訪ねてきて、今月四日、上岡と会ったときの様子を聞きたいというので、思い出せる範囲のことはすべて話してやった。さらにどういう間柄かと訊くので、フリーライターと警察官、それ以上でも以下でもないと答えておいた。二人が帰ったのが十六時頃。それからまた書類仕事に戻り、気づいたら十七時半だったので、慌てて片づけをして新宿署を出た。

新宿ゴールデン街に着いたのは十八時ちょうど。街の中心、花園三番街の通りを中ほどまでいくと、「エポ」のシャッターが上がっているのが見えた。

どうやら、営業はするらしい。

近くまでいってみる。細い階段には照明も灯っている。踏み板は分厚い木製。ここはどんなに注意深く上っても、必ず足音が鳴る。そんなところにまで東は、何やら陣内らしさを感じてしまう。

　二階まで上がってみた。店の出入り口はなぜか開いたままになっている。雰囲気は、まだ準備中といった様子だ。

　戸口に顔を覗かせると、カウンターで中腰になっていた陣内はすぐに気づき、体を起こした。

「……東さん」

「こんばんは。まだ、準備中ですか」

「いえ、大丈夫ですよ。お入りください……いらっしゃいませ」

　いいながら、背後の棚の照明を点ける。それか。それが消えていたから準備中に見えたのか。

「じゃあ、お言葉に甘えて……ここ、閉めておきますか」

「ああ、すみません。ちょっと、空気を入れ替えてただけなんで、もう、閉めていただいてけっこうです」

　どこの席がいい、というのは特にない。並べられているスツールは六つ。どこに座っても陣内とは問題なく喋れる。

　東はコートを脱いで奥から三番目、ほぼ真ん中の席に座った。

　陣内が、ちらりと東の恰好を見る。今日は普通にスーツだ。

「お仕事帰りですか」

「いえ、今日は休みです」

勤務交替表上ではそうなっている。

「お休みの日に、わざわざいらしてくださったんですか。ありがとうございます」

会釈のように頭を下げながら、陣内はドリンクメニューを差し出してきた。

「何に、いたしますか。マッカランは今、十二年しかありませんが」

「じゃあ、それをロックで」

「かしこまりました」

陣内は背を向け、少し悩むようにグラスの並ぶ棚を見上げた。最初に会った頃より、いくぶん体が引き締まって見えるのは気のせいか。

「……そうだ、これにしよう」

選ばれたのは、底の分厚いロックグラスだった。樹氷のようなカットが施されており、とても高級感がある。

用意された氷は、最初こそ大きめのキューブ状だったが、陣内はそれをアイスピック一本で、あっというまに丸く削ってしまった。

「……ほう。上手いもんですね」

「まあ、一応、プロですから」

それを先ほどのロックグラスに入れ、マッカランを注ぐ。マドラーでしばらく回し、グラスの表面が曇ってきたら、

「……お待たせしました」

出来上がりらしい。

「ありがとう。いただきます」

それと、小鉢にミックスナッツ。

いつ、切り出そうか――。

そんなことを思っていたら、

「……今日は、あれですか……上岡さんの、ことですか」

陣内からそういってきた。さすがだ。小川とは頭の出来が違う。

「ええ。やはり、ご存じでしたか」

「出入りの業者さんから聞いて、知りました……驚きましたよ」

そういって、東の手元に視線を落とす。

「……そのグラス、上岡さんにも、よくお出ししたものなんですよ。とても、気に入ってくれていました」

「そうだったんですか」

訪問の目的は最初から分かっていた。そういうことか。

ならば、かえって話はしやすい。

「上岡さんが、このお店に最後にきたのは、いつですか」

「確か……水曜日、じゃなかったかな」

「亡くなる二日前、ですか」

「そう、なりますか……」

「その日は、上岡さんと、どんな話をしましたか」

すっ、と陣内が背筋を伸ばし、東から距離をとる。

「……これは、捜査ですか」

小川が「歌舞伎町セブン」のメンバーなら、東が特捜入りしていないことは知っていて不思議はない。知っていながら、惚けて訊いているのか、この男は。あるいは本当に知らないのか。

「いえ、捜査ではありません。私は、上岡さんの事件の担当からははずれました」

「なのに、調べてるんですか」

「調べる、というか……まあ、そうですね」

陣内が、ほんの数センチ、首を傾げる。

「なぜですか。仕事でもないのに、なぜ上岡さんがこの店で、最後に何を話したかなんて、お訊きになるんですか」

参った。こんな質問攻めに遭《あ》うとは思っていなかった。だが、陣内に明かして不都合な話でもない。

「なぜかといえば、そうですね……上岡さんとはここ一年くらい、たまに会って、情報交換のようなことをしていました。私としては……親しくしていたつもりです。そんな彼が、他所《よそ》の管内で殺害され、私はその捜査に携《たずさ》わることができなくなった……別に意地とか、そういうのではありません。何か私にできることはないかと、そう思っただけです」

陣内は小さく頷きながら、東の目を覗き込んできた。

「もう一つ、伺っていいですか」

「はい。どうぞ」

「東さんは、もし私が殺されても……今回の上岡さんのように、東さんとは関係ない場所で、殺されたとしても……同じように、私の死について、調べますか」

どういう謎かけか、判断に窮《きゅう》した。ひょっとして、上岡に向けられた刃《やいば》は今、「歌舞伎町セブン」全体に向けられているのか。もしそうだとしても、それを調べられて困るのは「歌舞伎町セブン」の方ではないのか。それとも、何かもっと別の意味があるのか。

しかし、どの道「たられば」の話だ。どう答えようとかまわないはずだ。ここは、自分の思う通りに答えたい。

「……ええ、そうすると、思いますね」

「この店に、何度かきているからですか」

「それも、あります」

「それ以外にも、あるんですか」

なるほど。そういうことをいわせたいのか。

「……以前も、お話ししたことがあると思うんですが……私は、あなたにとても興味を持っている。それだけでは、答えとして不充分ですか」

充分であろうはずがない。それは東とて分かっている。言葉を選ばずに済むなら、私はあなたが「歌舞伎町セブン」の一員だと知っているから、その「歌舞伎町セブン」が単なる殺し屋集団でないことも分かっているからと、そういってしまいたい。ただ、正直にそういってしまったら、何かが終わる。そうも思っている。

自分たちは、分かり合えないくらいでちょうどいい――。

今の東の気持ちをいえば、そういうことになる。

数秒、吟味《ぎんみ》するような間を置いてから、陣内は頷いた。

「……分かりました。私の思い出せる範囲で、お話しします……あの夜、上岡さんは、十時半かそれくらい、わりと早い時間に、お見えになりました。重たそうな、ショルダーバッグを担いでいました。何が入っているのか訊いたら、カメラとか、紙の原稿とか、着替えとかだといってました。ずいぶん、忙しくしていたみたいです」

殺された夜、上岡はどんなバッグを持っていたのだろう。今、陣内がいったのと同じものだろうか。それは現場に遺留《いりゅう》していたのだろうか。それとも、犯人グループに持ち去られたのだろうか。

「仕事の話は」

「少し、しました。いま手掛けている仕事が上手くいったら、本にしたいとか、そんなことをいってましたね」

「その、いま手掛けている仕事というのは」

「例の、基地反対デモの取材をしてるといっていました。それと、祖師谷の事件も」

「それと、バッグに入れていたという、紙の原稿とは関係があるんですかね」

「さあ、それはどうでしょう。編集者と会ったから、とか、そんなふうにいっていた記憶はあるんですが」

「どこの出版社かは」

「いや、どうだったかな……それは、いってなかったんじゃないかな。記憶にないです」

この辺は、あとで小川に流してやってもいい。

それと、これだけは単刀直入に訊いておこう。

「陣内さんは……上岡さんが、こういうことになってしまった、何か、原因のようなものに、心当たりはありますか」

ひと息、陣内はゆるく吐き出し、かぶりを振った。芝居には見えなかった。

「いえ。心当たりは……何もないです」

「その夜の上岡さんは、いつも通りでしたか」

「少し、疲れているようには見えましたけど、あれだけの荷物を担いで歩き回ってたら、誰だって疲れると思うし……特に変わった様子では、なかったと思います」

その答えを聞きながら、東は陣内の表情に意識を集中していた。

陣内こそ、普段と変わらない様子に見える。そのことが、なぜだか憎らしい。その完成された「陣内陽一」という仮面を、薄皮一枚でもいいから剝いでやりたいという衝動に駆られる。

陣内の、本気が見たい。この男の、本当の顔が見たい——。

もうひと口、マッカランを含む。

「……こんな、過去のことみたいな訊き方はしたくないんですが……陣内さんにとって、上岡さんは、特別なお客さんでしたか」

低い溜め息。あらかじめ用意してあったような、いかにも寂しげな眼差《まなざ》し。違う。そんな顔ではない。

「そうですね……常連客十人を挙げろといわれれば、そのお一人では、あったと思います」

だが今、自分で墓穴を掘ったことには気づいていまい。

「では……常連客七人だったら、どうです？」

にわかに、陣内の視線が固定される。

ここだ。ここが攻めどころだ。

続けて訊く。

「いや、一人減らして……六人だったら、上岡さんは入りますか」

すると、ひと筋――針のように尖った「気」が、陣内の両目から発せられるのを見た。東に向けてではない。むしろ下向き。カウンターに軽く触れた、彼の両手の間辺りにそれは刺さったが、それでも、こっちの手元が、指先が、霜《しも》に侵《おか》されるほどの冷気を感じた。

これだ。この男の本性は、こうなのだ。

「……ずいぶん、意地の悪い質問をなさるんですね」

声までが冷たい。細く磨き込まれた、氷柱《つらら》を思わせる。

「失礼。お気に障ったのなら、謝ります。ただ私は……ひょっとしたら、この件では協力し合えるのではないかと、思ったものですから。あえて不躾《ぶしつけ》な訊き方をしました。申し訳ない」

残りのマッカランを一気に呷《あお》り、東はスツールから下りた。

「ご馳走さま。おいくらですか」

陣内が、ゆっくりと、首を横に振る。

「今日は……奢《おご》ります」

「それは困る」

「今日は、勤務中ではないんでしょう。たまには奢りますよ」

氷柱の残響か。まだ声が冷たく鼓膜に刺さる。これ以上は逆らえない。

「そうですか……では、ご馳走になります」

それでも、これで終わりにはできない。このままでは帰れない。

今一度、東は陣内に正面を切った。

「……上岡さんについて、何か思い出したり、誰かから聞いたりしたら、いつでもけっこうです。ご連絡ください。私も何か分かったら、お知らせします」

名刺に、携帯番号を書き加えて渡す。

受け取った陣内は、ニヤリと片頰を持ち上げた。

「情報交換協定、ということですか」

「……そう、思っていただいて、けっこうです」

「今日お話ししたことは、今後、他の刑事さんには」

ようやく、陣内の言葉に温度が戻ってきた。

東は頷いて返した。

「それは、陣内さんのご判断にお任せします」

「分かりました。そうします……ありがとうございました。また、いらしてください」

グラスの中で、ころん、と氷が動いた。

丸かったそれは、いつのまにか、二つに割れていた。

## 5

東の靴底が、階段の最後の段から離れる。もう凹凸もほとんどない、古びたアスファルトに下りたそれは、まもなく花園神社の方へと消えていった。

そこまで待って、ようやく陣内は大きく息をついた。

カウンターの端に置いていた、ラークの赤箱に手を伸ばす。一本銜《くわ》えると、自分でも可笑しくなるくらい、その先端が震えた。自覚はなかったが、相当緊張していたようだ。火を点けるのもひと苦労だった。

ひと口目を大きく吐き出し、煙の行方を目で追う。

東弘樹。実に、不思議な男だと思う。

小川から、東は上岡の事件捜査には加わらないと聞いていたので、聞き込みがくるとしても別の刑事だろうと高を括っていた。その点において、自分に油断があったことは否めない。それは認めるにしても、やはり東の訪問はある種の「禁じ手」だったと思う。

仕事でもないのに、東は上岡殺しについて聞き込みをして、一体何を知ろうというのだ。他の事件との絡みでもあるのか。それとも、上岡の事件と「歌舞伎町セブン」に何かしら関連を見出しているのか。

手元には東の名刺がある。連絡をとり合おう、という意味のことをいわれた。それで最低限、自分を疑っているのではないという感触は得られた。それは即《すなわ》ち「歌舞伎町セブン」を疑っているのではない、という意味にもとれる。東は、陣内が「セブン」のメンバーであることを知っている。「常連客」という喩《たと》えは用いたものの、あれは実質「上岡は『セブン』に入っていたのか」という質問だった。さらに「一人減らして」と断ったのは、『セブン』から陣内を引いた六人に、上岡は入るのか」という意味だったはずだ。

東は「あなたに興味がある」と繰り返した。陣内が「セブン」のメンバーと知った上で「興味がある」と。

刑事なら捜査すればいい。自分たちの尻尾を摑んで逮捕すればいい。だがどうも、そういう意欲は見せない。確かに「セブン」には東を助けた過去がある。それに恩義を感じているようなことも、東は以前、言外に臭わせた。だからといって、刑事という生き物が、そう簡単に人殺しを裏の稼業とする集団を見逃すとは思えない。

それでいて陣内自身も、東という男にある種の興味を抱いている。こんなことを他のメンバーにいったら袋叩きに遭いそうだが、東には、自分が何者かを知ってほしい、そんな気持ちがある。「歌舞伎町セブン」とはなんなのか、本当のところを知り、認めてもらいたい、そんな欲求がある。

むろん、実際に明かしたりはしない。ひとたびそれを口にすれば、東とて陣内を許しはしないだろう。逮捕し、取調べをし、躊躇なく死刑台へと送るだろう。

一人、厄介だな、と呟いてみる。

いつのまにか、タバコはフィルターの手前で燃え尽きていた。

翌月曜日は休みにする予定だったが、午後、東急ハンズでインテリアライトを衝動買いしてしまい、それをアパートに持ち帰っても仕方ないので、結局またゴールデン街まできてしまった。

普段の陣内は、まず衝動買いなどしない。どうやら自分も本調子ではないらしい、注意しなければと自身に言い聞かせる。箱から出して、置き場所を決めたら、今日はそれで帰ろう。

商品名は「ＬＥＤキューブキャンドル」となっている。白っぽい半透明の立方体だが、スイッチを入れると、蠟燭《ろうそく》のような淡いオレンジ色の明かりが灯る。連続点灯と、まさに蠟燭のように明かりが揺れるモードとがある。緑とか赤にも色を変えられるタイプの商品があったが、どうせ使わないだろうと思い、蠟燭系単色のこれにした。

ふと、自分も何か癒《いや》しが欲しかったのか、と思い至った。仲間を失い、だがそれについて具体的な行動をとることもできず、また同じ危険が自身に、あるいは他の仲間に及ぶことを怖《おそ》れている。特に、杏奈に何かあったら、そう考えると不安で堪らなくなる。

とはいえ、こんな偽りの灯で不安が消えるはずもない。

最初に据えてみたのはカウンターの一番奥だが、実際に置いてみると、どうもバランスが悪い。近くにオーディオセットがあるのがよくないのかもしれない。ならば逆に、出入り口に一番近い辺りはどうだ、思いきってロフトに上がる階段口に置いてみたら――。

そんなふうに次々試していたら、予想外にも、階下で何者かの足音が鳴り始めた。シャッターは上三分の一、下ろしてあったはずなのに。

しかしそれも、途中で誰なのか察しがついた。

「……おい、いるんだろ」

いかにも脚の短そうな上り方だと思っていたら、やはり、市村だった。

「すみません、今日は休みなんですが」

「うるせえ。だったら中途半端にシャッターなんざ開けとくんじゃねえ」

いいながら、市村は三番目のスツールに「よっこらしょ」と上った。陣内は二つ置いて、一番奥に腰掛けた。

「……なんだよ。くるならくるって、電話くらいしろよ。今は、あんまり直接会わない方がいい」

「余計な心配すんな。ちゃんと、通りの前後に若いモンを立たせてあるわ。誰かくれば連絡が入るし、そもそもこんな時間に、こんな場末の飲み屋にくる物好きなんざいやしねえ」

「暇なヤクザの組長さん以外はな」

チッ、と市村が舌打ちをはさむ。

「それよりジンさん、土屋昭子とは連絡とれたのかよ」

「ああ……何度か電話してみたんだが、なかなか繋がらない」

「じゃあ、さっさと忍び込んで、引ん剝いてヒーヒーいわしてやれ。なんで上岡にちょっかい出そうとしやがった、このクソ売女《ばいた》、ってな」

なんて言い草だ。

「別に、ちょっかいなんか出してないさ。ただ……あんまり、そういうネタには深入りしない方がいいって、そんなことをいってた」

アア？　と市村が顎をしゃくる。

「そんな話、聞いてねえぞ」

「この前は言いそびれた」

「そういうネタってなんのこった」

「分かんないよ、そんなの。だから、なるべく早く連絡とって、確かめてみるよ。上岡の件も、何か知らないかちゃんと訊くから……それより昨日、ここに、東がきたぞ」

市村が、スッと目を細める。

「上岡の件でか」

「ああ」

「なんでまた。捜査、はずれてんだろ」

「それは、そうなんだが……東は、俺が『セブン』のメンバーだって知ってるからな」

フン、と市村が鼻で笑う。

「あれだろ、土屋昭子がバラしたって話だろ。でもよ、それを東が鵜呑《うのみ》みにするかどうかは、また別の話だぜ。『歌舞伎町セブン』なんざ都市伝説だって、そう思ってる奴の方が、むしろ世間じゃ多いんだ」

残念ながら、それはない。

「いや、東は完全に勘づいてる。それだけじゃない。上岡もそうだったんじゃないかって……」

市村の眉が「逆八の字」に吊り上がる。

「ハァ？　そう、東がいったのか」

「直接じゃないが、そういう意味にとれるような、訊き方はされた」

風か。下でシャッターがガシャンと揺れた。

市村が顎をひん曲げる。

「まさか……上岡の家を漁《あさ》ったら、俺たちに繋がるようなものが出てきた、なんて話じゃねえだろうな」

「その可能性は否定できないが、でもそれだったら、捜査本部にいる小川が真っ先に知らせてくるだろう。そんな証拠が出てきて、一番困るのは奴なんだから」

「違えねえ」

「もちろん、油断していい相手じゃないが、昨日の東は、そういう話が目的じゃなかったように思う。少なくとも、俺たちについて調べてやろうとか、暴いてやろうとか、そういうことより……なんだろう。純粋に、上岡の死について考えてるっていうか」

ケッ、と市村が唾を吐くような仕草をする。こいつの癖《くせ》みたいなものだ。

「デカに純粋も糞もあるかよ。俺はそこまで、あの男がお人好しには思えねえ」

確かに。東がお人好しだとは、陣内も思わない。

まあいい。話題を変えよう。

「それより、なんか分かったか、上岡について」

「ん、いや……あんまり、それらしい話は出てこねえな。組関係に恨《うら》まれるような下手は、さすがに奴も打ってねえ。お前のいった通り、反米軍基地デモの取材はしてたみたいだが、それも特にトラブってた節はねえ。あとはなんだ……祖師谷の事件とかいってたな。そっちの方は、俺はよく分からなかった。そこは小川に調べさせた方がいいかもな」

取材絡みで殺された、わけではないのか。

「借金とか、そういうトラブルは」

「ねえと思うぞ。一応、食える程度に表の仕事はあったみたいだし、こっちのな……裏の収入も、多少なりともあったわけだから。ギャンブルにはまってたって話も聞かねえ。せいぜいパチンコ程度だったんだろう。女関係も、ない。風俗で適当に処理してたみたいだな。ちなみに、お気に入りだったのは『熱帯魚』って店のカレンちゃんだ。おっぱいのデカい、外人みてえな顔した娘だ。見るからに整形バリバリだけどな」

「熱帯魚」なら知っている。「ルノアール」の斜め向かいのビルに入っているソープランドだ。

「……意外と、綺麗に生活してたんだな」

「ああ。変態プレイがお好みってわけでもなく、ごく普通のサービスで満足してくれてたってさ。カレンちゃんも寂しそうにいってたぜ。上岡さん、殺されちゃったんですってね、って」

上岡が真面目な男だったことは、陣内も分かっている。その真面目さゆえ「歌舞伎町セブン」に興味を持ち、引きずり込まれる結果になったのだとも思う。

だからこそ、知りたい。

上岡は「セブン」のメンバーだから殺されたのか。自分たちが仲間に引きずり込んだから、だから殺されたのか。それとも、個人的なトラブルが原因だったのか。

どちらにせよ、自分たちの手で、何かしらの弔《とむら》いはしてやりたいと思う。


火曜の昼間には、なぜか渋谷のラブホテルで、ミサキと杏奈の二人と会うことになった。道玄坂《どうげんざか》にある、一見、パチンコ屋と勘違いしそうな派手な建物だ。あるいは遊園地のアトラクションか。

真っ赤なアーチ状の自動ドアを通り、フロントで「予約をしたフクダです」と告げる。すぐに【313】のプレートが付いた鍵が出てきた。

「女の子を呼んでるんで、きたら、内線で知らせてください」

「承知しました」

「二人でもいいんでしょ？　私を入れて、三人」

「はい、けっこうです」

フロント周りとエレベーターの中はさほどでもなかったが、もう、三階の廊下はまさに遊園地といった造りだった。天井にまで電飾が施されており、あちこちでハートや星形が瞬《またた》いている。部屋の内装に至っては、ほとんど「お菓子の国」だ。ピンク色の壁、天井、カーテン、ソファ。窓や鏡の枠《わく》、ドレッサーは金色。ベッドに掛かる天蓋《てんがい》こそ白色だが、布団はまたピンク。枕も同色で、しかも大きなハート形をしている。

「誰だよ、こんなとこ選んだの……」

十分ほどして、フロントからコールがあった。

「はい、もしもし」

『フクダさまのお連れさま、二名さまがお着きになりました』

「通してください」

玄関までいき、ドアを開けて二人を待った。先にエレベーターを降りてきたのは杏奈。白いワンピースにグレーのハーフコート。らしくないファッションではあるが、さほど違和感はない。

ひどいのはミサキだ。白黒の、派手な縞《しま》模様のブラウスに、タイトなシルバーグレーのスーツ、黒い毛皮のロングコート。カツラだろうが、髪はロングの金髪。デリヘル嬢というよりは、明らかにキャバ嬢寄りの変装だ。

二人を部屋に招き入れ、すぐに鍵を閉める。

「……なあ、ここにしようって決めたの、誰だよ」

むろん、陣内はミサキだと思い込んでいたが、

「え、ジロウだけど」

違った。杏奈も、意外そうな顔をしてミサキを見る。

「てっきり、ミサキさんだと思ってました」

「あっそう。ま、どっちでもいいだろ、そんなの」

二人はコートを脱ぎ、杏奈がミサキの分もハンガーツリーに掛ける。そのやり取りが、妙な想像を掻き立てる。こういう、レズビアンのカップルもいるのではないかと思う。

駄目だ。早く真面目な話をしないと気が変になりそうだ。

「……とりあえず、ミサキ。警察関係の動き、聞かせてくれ」

ミサキが、ドレッサーの椅子にどっかりと座る。

「ま、ジドリは普通にやってるわな。ジドリってのは、現場周辺の聞き込みね。防カメ映像も、虱潰《しらみつぶ》しに拾って回ってるよ。関係者の聞き込みは、あたしじゃチェックしきれないから、そこだけは小川頼みかな……あと、ガサな。上岡の自宅、っていっても高円寺南のボロアパートだけど、もうほとんど空っぽだね。パソコンから何から、一切合財《いっさいがっさい》持っていきやがった」

その点は市村も心配していた。

「そうか……パソコンを持っていかれたのは、マズいよな。何が出てくるか分かったもんじゃない」

でも、と杏奈が割って入る。

「上岡さん、大事な文書とか写真は、パソコンには保存しないっていってたけど」

ミサキが杏奈の方を向く。

「どういうこと」

「泥棒に入られて、情報が盗まれたら誰に迷惑かけるか分からないから、大事なデータはいつも肌身離さず、持って歩いてるって。パソコンは、本当に机みたいなもので、そこで入力とか編集の作業はするけど、できた原稿とかは、ＵＳＢメモリーとか、メモリーカードに保存してるって」

良いような、かえって悪いような話だ。

「だとすると、遺体からそのメモリーが押収されてる可能性もあるわけだ」

ミサキが頷く。

「犯人が持ち去った可能性もあるけどね。ひょっとすると、警察の手に渡るより、そっちの方がマズいかもしれない」

杏奈が訊く。

「上岡さんが、私たちについて書いた文書がある、ってことですか」

「ないとは言いきれないだろ。そもそも奴は、そういう目的であたしたちに近づいてきたんだから」

「そうかもしれないけど、でも、もうさすがに、消してくれてるんじゃ……」

「仮に消してても、復元されちまえば同じだろ」

そうなると、やはり頼れるのは小川か。

「小川に、そういうメモリーがあったかどうか、調べさせるか」

「あったらどうする。奴に消させるか？　ま、不可能じゃないだろうけど、バレたら相当マズいことになるね」

杏奈が、キュッと唇を結ぶ。

「……バレたら、クビですか」

「さすがに、間違って消したって言い訳すれば、即クビにはなんないだろうけど、それでも特捜からははずされるだろうね。署に戻っても、刑事課にはいらんなくなるだろう。十中八九、交番勤務に逆戻り……場合によっちゃ、離島に異動なんてことも、絶対にないとはいえないね」

せっかく念願の刑事課に配属されたのに。それは気の毒過ぎる。

陣内からミサキに訊く。

「警察がどういう方向で捜査してるのかは、分からないのか」

「特捜の方針か。さすがに、外から探ってるだけじゃ、そこまでは分かんないね。それも小川に訊くしかないよ」

それには、杏奈がかぶりを振る。

「こっちからは連絡するなっていわれてるんですよ。何か分かったら、小川くんから連絡くれることになってるんです」

「ああ、そんなこと、この前もいってたね……しかしあの野郎、生意気だな。刑事に上がって、天狗《てんぐ》になってんじゃねえのか」

それはないと思うが、連絡できないのは何かと困る。

最低限、小川自身の様子だけでも知らせてきてくれればいいのだが。

二人と別れ、東急本店の近くにある喫茶店に入った。

土屋昭子に電話を入れてみたが、相変わらず出なかった。メールをしてみても返信はない。

喫茶店を出て、赤坂《あかさか》の自宅マンションまでいってみた。七階建ての、比較的新しい建物だ。土屋の部屋は四階。外装が薄茶色のタイル貼りになっているお陰で、前回は簡単によじ登ることができた。隣のビルとの間隔が、両手両足を突っ張るのにちょうどいいのだ。とはいえ、それはあくまでも夜の話。今はまだ夕方の四時。まばらではあるがまだ通行人もいるので、とてもそんな真似はできない。

このまま夜になるのを近くで待とうか。それとも、また違う日に出直そうか。ともかく今は、いったんここを離れることにする。

あの夜のことが、自然と脳裏に甦《よみがえ》る。

土屋は「歌舞伎町セブン」を「新世界秩序」に取り込むため、あの東に入れ知恵をしたと白状した。東に、陣内の正体を明かすことで、二人が敵対するよう仕向けたつもりだったといった。

しかし現実は、まったく逆の方向に動いた。「セブン」は一時的に東を擁護《ようご》すると決め、実際に守りきった。

そして土屋は陣内にいった。

「そう。いくら引き離そうとしても、あなたはどんどん東に引き寄せられていった。私を、振り返ってはくれなかった」

気味の悪い言われ方だが、まったくの的外れとも言い難かった。

そして、陣内自身も理由は分からないのだが、どこか、東に対するのと似たような感情を、土屋にも抱いている自分に気づく。

陣内はあの夜、彼女を殺せたのに、殺すべきだったのに、あえて殺さなかった。

そのことの意味を、陣内はときおり、一人で考えてみる。

深い深い暗闇に、黒蜜のような甘やかさを感じるのは、自分だけなのだろうか、と。

# 第三章

## 1

産京新聞の記者という立場は失ったが、それまでに私が築いた人脈や取材ノウハウまで消えてなくなったわけではない。私が沖縄のために、無惨にも命を絶たれた伊佐勝彦と庭田愛都のために、できることはまだいくらでもあるはずだった。

そのために、いかなる第一歩を踏み出すべきか。

もう産京新聞の那覇支局員ではないのだから、いっそ東京に移り住んでもいいし、なんなら沖縄と東京、両方に拠点を構えてもいい。ただ、今後フリーで活動していくことを考えると、やはり大手出版社の集中する東京に軸足を置く方が堅実であると思われた。

それでも引越しのときは、さすがに心が痛んだ。馴染みの居酒屋にも立ち寄り、東京にいくと告げると、寂しくなると泣かれた。違う、私は沖縄のために東京にいくのだと、そう伝えたかったが、できなかった。またきます。私にいえたのはそれだけだった。

最後に食べた、茄子《なす》の油味噌炒めの味が、今も懐かしい。


東京に移り、私が最初にコンタクトをとったのは民自党の世良芳英《せらよしひで》参議院議員だった。那覇支局に異動になった当初、内閣府特命担当大臣、沖縄及び北方対策担当の任にあったのが彼だった。

すぐに会うのは難しかった。たまたまそのときは党内でも無役だったが、農政、外交、安全保障と、得意分野の多い世良は多忙な日々を送っているようだった。運よく電話が繋がっても、五分、十分話すのがせいぜいだった。なるべく早く時間は作るといわれたが、実際に会えたのは三ヶ月後、食事の時間がとれたのは五ヶ月後だった。

都内のホテルにある中華料理屋の個室。私と同年代の秘書と、三人で食事をした。世良は日頃から「忙しい、忙しい」とよくいっていたが、見たところ血色はよく、相変わらず精力的な印象だった。強いていえば、初めて会った頃より少し太っていたかもしれない。

「お元気そうで、何よりです」

「ありがとう。幸い、体は頑丈にできてるみたいでね。どんなに寝なくても体調を崩したりはしないし、仕事も普通にできるんだよな。国会で居眠りもしないし……あ、別に変なクスリなんてやってないからな、勘違いしないでくれよ」

世良は私よりひと回り以上年上。このときは四十四とか、それくらいだったはずだ。よく冗談をいう明るい性格で、記者時代に知り合った政治家の中では、特に話しやすい人だった。

「君は、どうなの。沖縄から東京じゃ、いろいろ調子も狂うでしょ」

「まあ、そうですね。沖縄では、なんか自分だけ忙しくしてるみたいに感じてましたけど、こっちでは、みんな忙しくしてるのに、自分だけ暇っていうか……今は、何しろフリーですんで。自分で仕事増やしていかないと、冗談でなく干上《ひあ》がりそうです」
二、三度頷き、世良はスープをひと匙《さじ》、口に運んだ。
「……そうか……フリーになったっていうのは、どういう、あれなの……何か、やりたいことでもできたの」

実によい話の流れだった。

「はい。実は、大学生のカップルが、沖縄で米兵に惨殺された事件で……」

「ああ。あれ、君が目撃者だったんだってね」

やはり知っていたか。

「はい。率直にいうと、あれがきっかけです。沖縄の米軍基地、軍関係者の起こす犯罪、問題はいろいろあります。ただ、一つひとつに対処することももちろん大切なんですが」

「うん。君のいいたいことは分かるよ」

「日米地位協定。あれを、抜本的に見直す必要があると思うんです」

「そうだね……それはね、私を含む多くの政治家が、思っていることでもあるんだよ。思ってはいるんだけれども……まあ、簡単ではないよな」

分かっている。米国相手に、簡単にいく話などありはしない。

「世良さん。そもそも論になりますが、ああいった不平等協定を、いまだ日本が受け入れ続けなければならない本当の理由って、なんなんでしょうか」

世良が生ビールの入ったグラスに手を伸ばす。

「それはもちろん、日米安保があるからだよ」

「ええ、日米安保の必要性は、多くの国民が理解していることだと思います。一部の的外れな平和主義者を除けば、米軍が日本から撤退することの危険性に異論をはさむ人はいないでしょう。米軍がフィリピンから撤退した途端、案の定、中国はミスチーフ環礁《かんしょう》に軍事施設を建設し、南シナ海の領有権を強力に主張し始めました。同じようなことが尖閣周辺に、沖縄に起こることは当然考え得る。さらにそれが本土にまで及ぶ可能性だってある……というのは、至極《しごく》真っ当な主張だとは思います」

ふっ、と世良が笑みを漏らす。

「相変わらず、滑舌《かつぜつ》がいいね。ライターだけじゃなくて、フリーでならアナウンサーもいけるんじゃないの。プロダクション、紹介しようか」

　多少議論に熱が入っても、決してユーモアを忘れない。それは世良の美点であり、同時にやりづらい点でもあった。

　世良が続けた。

「そう……日米安保が必要なのは、誰しも分かってる。アメリカの軍事力という後ろ盾を排除し、自衛隊だけでこの国が守れるのかといったら、それは絶対に『NO』だ。憲法九条がどうこうの話じゃない。集団的自衛権の問題でもない。いまだ我が国は、個別的自衛権すら行使したことがないんだからね。それができるくらいなら、とっくに北朝鮮に拉致された国民を取り戻しにいってるさ……まあ、それはいいとしてだ。君が問題にしてるのは、地位協定の方だよね」

「はい。個別的、集団的自衛権の論議も重要だとは思いますが、今のところ伺いたいのは、地位協定のあり方についてです」

　一つ、世良が頷く。

「まあ、アメリカはああいった地位協定を、米軍を置く各国と結んでいるよね。なので、地位協定という枠組みそのものが悪だとはいえない。いえることがあるとすれば、一つは、沖縄には米海兵隊がある……荒くれ者が揃っているとか、前科者が多いなどといわれてもいるけれども、それを我々にどうこうできるわけがない。米軍の採用基準にまで、日本政府が口をはさむわけにはいかない。君がいいたいのは……あれだろう、君が直面したような米兵による犯罪を、なんとか日本の法律で裁くことはできないのかと、そういうことだろう」

それも、実をいうとちょっと違う。

「いえ、地位協定で米兵の立場を守ろうとするのは、分かるんです。交通死亡事故などは確かに看過できない大問題ですが、逆に、小さなケースで考えてみれば……例えば、ちょっとした物損事故で米兵が一々地元警察に拘束されたり、冤罪《えんざい》などで逮捕されたりしたら、米軍の軍事即応態勢は維持できないと、それは確かにそうでしょう。ですが、それだったら米軍側で、きちんと軍事裁判をするなりして、これこれについてはこうしましたよと、多少の時間はかかっても判決を下して、刑罰を科して、それを日本側に公表すべきでしょう。それが法治《ほうち》国家同士の、あるべき関わり方なのではないでしょうか。地位協定があるからって、米兵が日本で好き勝手できるわけじゃないし、犯罪を行えば無罪放免にはならないんだぞと、そういう協定に変えていかなければならないんじゃないですか」

また一つ、世良が頷く。

「君の考えはもっともだ。一理も二理もあると思うよ……国対国という、単純な図式がすべてであればね」

聞きたかったのは、そういう話だ。

「どういう、ことでしょう」

「まあ、なんというか……日本という国が、ある一つの意思で動くわけではないのと同様に、アメリカもまた、一枚岩ではないということさ。当たり前だけどね。かつて……ラムズフェルド国防長官が、普天間は早期に移転すべきだと発言したが、米軍が実際に、そのように動くことはなかった。沖縄でヘリが大学敷地内に落ちれば、日米で話し合って、一時的に飛行訓練を自粛するよう決める。でもその後は、また何事もなかったように夜まで飛び始める。一部には、かえって墜落《ついらく》事故前より、夜遅くまで飛ぶようになったという報告すらある……政治家には政治家の思惑があり、軍人には軍人の思惑がある。アメリカには軍需《ぐんじゅ》産業や、ドルという基軸通貨を守らなければならないお家事情もある。その上での、軍だからね。構造は単純ではないよ」

　世良がひと呼吸置く。

「……では仮に、君のいうような方向で地位協定を改定するとして、だ。我々は一体、誰と交渉すればいいんだろう。誰を説得すればいいんだろう」

　先の世良の説に沿うとすれば、こうではないか。

「政治家とは別に、米軍やアメリカの財界とも交渉をしなければ、ということですか」

「誰が？」

「日本の政治家が」

「それが仮に通ったとしても、実際にそうはならない、という話を、私はしているんだよ」

なるほど。

「……ということは、日本の官僚、ですか」

今一度、世良が頷く。

「そういうことだ。地位協定締結《ていけつ》へ向けての交渉を担当したのは、当時の外務省幹部だが、それを守ってきたのはむしろ法務省だ。地位協定に付帯して、『日本側は、日本に著《いちじる》しく重大な意味を持つものでない限り、第一次裁判権を放棄することに同意する』……という密約まで、現実に存在する。法務省刑事局長は、それを全国の地検の検事正などに通達し、徹底させている。日米地位協定が日本の国内法に優先するよう、法務省が取り計らっているわけだ。しかもこれを、密約の形にしたいといったのは、あくまでも日本側だ」

なるほど。私が直面したようなレベルの事件では、日本という国に著しく重大な影響はない、と解釈されるわけだ。確かに、テロほどの被害が出たわけでも、抗議デモが暴徒化したわけでもない。ある程度マスコミに報じさせて、騒がせてガスを抜いて、少し時間が経てば、国民は自然と忘れていく。その程度のことでしょう？　とアメリカはいいたいわけだ。

さらに世良が続ける。

「知っての通り、省庁では前例踏襲《とうしゅう》が絶対の不文律《ふぶんりつ》だ。駆け出しの若手ならいざ知らず、上にいけばいくほど、官僚は先達《せんだつ》のしたことが否定できなくなる。最終的には、否定は疎《おろ》か、その過ちを守ることこそが自分の生涯の仕事だと信じ込むようになる。そうでもしないと、退官後の人生を棒に振ることになるからね……つまり、日本の行政機関であるはずの外務省と法務省が、なぜだか日本に不利な地位協定を必死で守り、全力で米兵による凶悪犯罪を見逃してきたわけさ」

よく分かった。この問題に対する、世良のスタンスが。

ならば、もう一歩踏み込んで訊いてみたい。

「その、なぜだか、ですよ。占領下にあった日本は不平等条約を拒《こば》めなかった、という話なら分かります。でも、もう戦後も六十年を過ぎているんですよ。それなのに、なぜいまだに状況が変わらないんでしょうか」

「君は『WGIP』を知っているか」

ひょっとして「War Guilt Information Program」という、あれか。

「……いえ、題名くらいで、詳しい内容はあまり」

「別に難しい話じゃない。その題名通りのことだよ。直訳したら『戦犯情報計画』となるんだろうが、『戦争についての罪悪感を日本人の心に植えつけるための宣伝計画』みたいに訳されることが、多いようだね。個人的には、その訳もどうかとは思うが……ちなみに、極東《きょくとう》国際軍事裁判はいつからいつまでだった」

それはさすがに覚えている。

「昭和二十一年から、二十三年まで、ですよね」

「そう。一方、WGIPは終戦直後から始まっている。放送、新聞を中心とするメディアから学校教育に至るまで、アメリカはあらゆる手段を用いて、先の戦争は日本の軍国主義が引き起こしたものであり、国民はそれこそを恥じ、憎み、未来永劫《えいごう》その気持ちを忘れないように、アメリカのせいだったなどとはゆめ思わないように……と、全階層の日本人の心に刻みつけていったわけさ。では、旧日米安保の署名は何年？」

「ええと、昭和……二十七年？」

「惜しいな。署名は二十六年で、発効したのが二十七年だね。現行の日米安保はその八年後、三十五年だ……何をいいたいか、分かるよね」

恐ろしいことだが、納得はいく。

「はい……すでに、WGIPによるすり込みが、定着してきていた時期である、と」

「断言はできないけどね。とある報告書によると、昭和二十三年くらいまでは、まださほど日本人に戦争贖罪《しょくざい》意識は定着していなかったらしい。だがそれから三年、四年……現行安保締結時では十二年。何しろ小学校から大学まで、そこだけは一貫して教え込んでるんだから、日本が一方的に悪かったんだっていう、アメリカの見解を。抜群にお勉強のできた東大出の官僚なんかは、いの一番に、この考えに染まっていっただろうね。それらが現代でも、省庁やら教育やら、メディアやらを動かしている……そう考えると、アメリカとの交渉が如何《いか》に難しいか、分かってもらえると思うんだが」

だいぶ分かってきた。

これが如何に根深く、解決の難しい問題であるかが。

世良は信頼のおける人物であり、使命感も情熱も人一倍持っている政治家だとは思う。しかし、やるべきことがあり、それが実現できる立場にありながら、実際にはできないのだと、諦めてしまっているようにも感じられた。

その一方で、やるべきことはある、でもその手段がなかなか見つからない者もいる。

砂川雅人《すながわまさと》は、まさにそんな人間の一人だと思った。

その日は『今、沖縄を考える』と題された新聞社主催のシンポジウムを取材しに、パシフィコ横浜を訪れていた。アネックスホールの三分の一を使い、三百人規模で行われたイベントだが、沖縄県議会議員や琉球大学の教授などを招き、基地問題から安全保障、文化、芸能に至るまで、実に幅広いテーマで活発な討論がなされていた。

終わったのは、夕方の五時頃だった。

荷物をまとめ、会場を出ようとしていた私に、旧知の新聞記者が声をかけてきた。

琉球タイムスの江添辰雄《えぞえたつお》だ。

「……生田《いくた》くん、久し振りじゃない」

「ああ、どうも」

江添は私より二つ年上で、沖縄における報道のあり方について意見が合うことはなかったが、でも、遠慮なく議論し合える仲だったし、いい友人だとも思っていた。

「どう、フリーになって。もうどんくらい？」

「丸三年、ですかね。この前までページ任せてもらってた月刊誌が、先月で休刊になっちゃって……ほんと、フリーは大変です」

「沖縄、全然きてないんじゃないの？」

「いえ、ちょくちょくいってますよ。先月もいきましたし……っていっても、日帰りの弾丸取材でしたけどね」

「はは、東京からで日帰りか。そりゃキツいや」

そうそう、と江添は私の肩を抱きにきた。

「……ちょっとさ、生田くんに紹介したい奴がいるんだよ。少し時間、いいかな」

「ええ、かまいませんけど」

そのとき紹介されたのが、砂川雅人だった。「砂川」というのは沖縄に多い姓だが、砂川自身は色白で線も細く、本土の人間が抱くような沖縄人のイメージにははまらない男だった。どちらかというと、大学で研究でも続けていそうな学者タイプに見えた。当時はまだ、三十になっていなかったと思う。

「初めまして、砂川雅人です」

「生田です。よろしく」

みなとみらい駅まで戻り、三人でコーヒーショップに入った。

だが席に着き、向かい合わせに座ると、第一印象とはがらりと変わって、砂川から積極的に喋りかけてきた。

「生田さんって、あの、大学生カップルが米兵に殺害された事件の目撃者なんですよね」

それ自体は、沖縄でもさほど有名な話ではない。江添から聞いたのだろうと私は察した。

「うん、まあ……なんにも、できなかったけどね」

「何もできなかったのは、生田さんのせいじゃないですよ。誰にも、なんにもできません。沖縄はいまだ、アメリカに占領されたままなんですから」

珍しいな、と思った。そういうのは、沖縄の年配者の一部が口にする台詞であって、若者の感覚でいったら、それは「ない」と、私なんかは思っていたのだ。まあ、若者といっても砂川と私は三つしか違わないのだが。

「砂川さんは、そういうことに関心があるの」

うん、と砂川は、真っ直ぐに頷いた。

「やはり、沖縄から米軍基地はなくさなきゃならないと思うし、それを訴えていくなら、いつまでも沖縄に閉じこもってちゃ駄目だと思うんですよ。そんなことを話していたら、江添さんから、似たようなことをいって沖縄から東京に移った人がいるって……生田さんのことを伺って」

事実は、ちょっと違う。私が江添にしたとしたら、それは日米地位協定における日本側の不利を正したい、という話であって、沖縄から米軍基地を追い出したいというそれではない。そもそも、江添にそんな話をした覚えも、私にはなかった。

ただ初対面の砂川に、そこまで話す必要も感じなかった。

「まあ、私の場合は記者を辞めて、フリーの物書きという立場をとったわけだから、なんていうか……正直、地方じゃフリーで食っていくの、難しいしね。東京じゃないと仕事にならないってのが、実情なんですよ」

「分かります分かります」

分かってないな、と思ったが、それも言いはしなかった。

砂川の勢いは止まらなかった。

「今はインターネットだってあるし、地方からだって情報発信は可能ですけど、逆に玉《ぎょく》石混淆《せきこんこう》っていうか、いくら真面目にやっても、真正面から受け取ってもらえないところがあって。ムーヴメントの輪が、どうしても県から外には広がっていかないんですよ。だから勉強の意味も兼ねて、まずは東京に出てみようと。本土は、本当は沖縄をどう見ていて、どうしようとしているのか。政治家がいうように、本当に共存共栄を目指しているのか。そういうことをね、僕自身が肌身で感じて、本土の人にもね、沖縄の苦しみを肌身で感じてほしいんですよ」

なんというか、物事を右とか左とか、白とか黒とか、本土とか沖縄とか、単純に図式化して考え過ぎなんじゃないか、と思った。世良の諦念ではないが、アメリカという国も、日本も、知れば知るほど内情は玉虫色であり、それは沖縄も同じなのだ。基地に出ていってほしい人はむろん大勢いるが、居続けてほしい人も相当数いるというのが実情だ。

とはいえ、彼のエネルギッシュな語りには魅力を感じた。私とは少し方向性が違うが、でも協力し合える部分はある。

そのときは、そう思ったのだ。

## 2

十日の月曜日になって、東は五日ぶりに矢吹の取調べを再開することができた。送検後は十日間の勾留《こうりゅう》が認められるが、本署当番やら休みやらですでに三日が過ぎてしまっている。かといって残り七日すべてを使えるわけでもない。次の本署当番や休みもその中には入ってくる。しかし、所轄署における刑事の仕事というのはそういうものなのだから致し方ない。

六日間のサイクルのうち、二日は必ず本署当番にとられる。休みは四週間で八日とらなければならない決まりになっている。これらを当てはめていくと、捜査や取調べといった仕事は週に二日、よくても三日くらいしかできない。それでは仕事が回らず、書類は休日に出勤して片づけるなんてことも珍しくはない。何しろ、刑事の仕事の大半は書類作成なのだ。

事件送致をするには、まず送致書、証拠金品総目録、書類目録から始まり、逮捕関係、証拠物関係、実況見分・検証関係、供述関係の各書類、前科照会書、身上調査照会書などが必要になる。特に新宿のような街では次から次へと事件が起こるので、現実には、やってもやっても書類仕事が終わることはない。

とはいえ、矢吹近江に関しては比較的楽だった。東はあくまでも取調べのみの担当ということになっている。実況見分だの証拠物云々といったものは、警備係の松丸に揃えさせる。文章が下手糞だろうが要領を得なかろうが関係ない。必ず奴にやらせる。すでに一部の書類は東の手元に届いてもいる。お陰で、こちらから矢吹に振る話題にもいくつか選択肢ができた。

「矢吹さんは、関西のお生まれなんですね」

今日からは矢吹と一対一だ。小川が代々木にいって抜けたからといって、別の誰かを補助につけるつもりはない。

「ああ……とはいっても、すぐに神奈川に移り住んだんでな。関西弁は使えないし、面白いこともまるでいえない」

「そうですか。私は、わりとユーモアのある方だと感じましたが」

「そんな、何か私は、面白いことをいったかな」

「松丸の顔の話とか」

「あんなのは、つまらん嫌味さ」

ふいに、矢吹が遠い目をする。

「そう……終戦まで、その神奈川の家にいたんだが、あいにく家が火事になってしまってね。空襲とか、そんなんじゃない。ただのもらい火事だった。それから、東京に引越したり、親父の仕事の都合で九州に移ったり……」

その父親、矢吹勉《つとむ》が貿易商だったことは、松丸が回してきた資料に載っていたので分かっている。矢吹自身もかつては貿易会社を経営していたし、今も二社で顧問をしている。ただ、今現在、経営者として名を連ねているのは国内向け商社一社だけのようだ。

「やはり、貿易を手掛けるようになったのは、お父さまの影響ですか」

「そういうことに、なるだろうね。金儲《かねもう》けをするのに手っ取り早かった、というだけのことだが」

「主に、どの辺の国と付き合いがあったんですか」

「それはもう、世界中さ。アメリカ、ロシア、アジアもたいていの国とは商売をした。昨今はもっぱら韓国、中国だが、昔はフィリピンや台湾との方が多かったね」

大したものだ。

「そういう、交際範囲の広さも、公安に目をつけられた一因だったんですかね」

「あるだろうな、それは。ロシアから帰ってきて米軍基地追放を訴える連中と酒を飲み、意気投合して寄付でもしてやろうものなら、たちまち矢吹って野郎はけしからんと、方々からチェックが入ったもんだ」

そろそろ、こっちの話題に方向修正を試みよう。

「矢吹さんご自身は、米軍基地についてどうお考えですか」

「どこの」

上手い質問返しだ。

「まあ、代表格といえば、沖縄ですよね」

矢吹が、困り顔で一つ頷く。

「あれはね……分からんよ。米軍は銃剣とブルドーザーで沖縄の土地を奪った、とはよくいうがね、当時は占領されてたんだから。それをいったら、勝てる見込みのない戦争に踏み切った日本の軍部を恨め、って話にだってなるしね。今現在の沖縄にあるのは、良くも悪くも条件闘争だから。本気で米軍を追い出そうなんて誰も思っちゃいない。よりよい条件を引き出すためにいってるだけ。誰も本気で琉球独立なんて考えちゃいない。そう中央政府に対して喚《わめ》いて、憂さを晴らしているだけ……私には、そう見えるね」

それがすべてではないと思うが、「沖縄問題＝条件闘争」という図式は多くの識者が口にする見解ではある。

「それなのに、基地問題を訴えるグループと意気投合するんですか」

「だから、分からないと、私はいっているんだよ。あそこで活動してる連中は、ほとんど沖縄県民じゃないっていうしね。たいていはこっちから出張してる、それこそ左翼と呼ばれてる連中なんだから。ただ一ついえるのは、常に政権を揺さぶる手段を、我々のような平民は持っていなきゃならんということさ……それはいいですね、はいどうぞ、それもいいですね、やっちゃってくださいと、諸手《もろて》を挙げて政権のやることを、なんでもかんでも認めちゃいかんってことさ。政治家同士はね、対等な立場なんだから、異を唱えるからには対案を出さなきゃならん。それが出せないなら文句をいうな、といわれても仕方がない。しかしこっちは平民なんだから。国会で質問なんざできないんだから。選挙で民意を示すっていったってね、お題目を一つに絞られちまったら、それこそ沖縄問題なんてどっかにすっ飛んじまう。そういう、平民でもあの手この手を考えて、能動的に動こうとする奴は、私は好きだね。少々主張に無理があると思っても、じゃあやってみろと、援助を買って出ることはあるよ」

なかなか、いい具合に調子づいてきた。

「例えば、砂川雅人さんなんかも、そういう若者の一人だった、というわけですか」

矢吹と松丸が口論になったのは、新宿署管内で行われた反米軍基地デモについて話し合われていたときらしいが、そのデモの代表者の欄には、矢吹近江ではなく【砂川雅人】という名前があった。

「んん……そういうことに、なるかな」

「どんな人物ですか、砂川氏は」

「どんな、か……ま、いってみれば、沖縄への出張左翼とは正反対だな。沖縄から東京にきて、中央に対して直接物申したいと、そういう男だよ。初めの頃は本当に勢いだけだったが、最近はよく勉強もしている。ここ何年かの付き合いだが、その間だけでもずいぶん成長した印象はあるな。米軍基地の話に限らず、国際問題もひと通り頭に入ってる。アメリカが、軍用地云々だけに留まらず、沖縄という装置を如何に巧みに操ってきたか。『琉球』という言葉を用いることで、如何にアメリカが本土と沖縄の対立を煽《あお》ってきたか……俗にいう『分断統治』ってやつだが、そういうことも、ちゃんと論じてみせる。いずれは、政治家にでもなるつもりなんじゃないかな」

なるほど。そういう人物の活動を支援してきたことから、この矢吹近江という男は「左翼の親玉」とか「フィクサー」などと認識されるようになったわけか。

上岡の事件については常に気にしていたので、日に一回は必ず小川と連絡をとるようにしていた。

小川は地取《じど》りや鑑取《かんど》りといった外回りの捜査ではなく、上岡宅から押収してきたパソコンの内容を調べる班に組み込まれているという。そうはいっても、消去されたメモリーを復元するとか、そんな専門技術を要する仕事ではなく、保存されているファイルの内容を調べ、必要とあればそれを印刷してチェックする、といった類の任務らしい。

電話口の小川は、かなり参っている様子だった。

『何しろ、量が膨大なんです……歌舞伎町に関することだけでも、暴力団関係、風俗関係、事件関係と……ほとんど全部、雑誌とかに発表済みの原稿なんですけどね……これのどこかに、どエラい地雷がひそんでいて、上岡……は、それを踏んでしまったんじゃないか、って……そういう視点で読み続けるわけですから……ほんと、集中力が続かないっていうか……こんなことといったら、本当に、マル害（被害者）には申し訳ないですけど……眠くて仕方ないです』

そんな小川にも外回りの仕事が言いつけられ、少しだけなら会えるというので、新宿駅近くの喫茶店で待ち合わせることにした。

先に着いたのは東だった。腕時計を見ると十四時十七分。店内は空席が七割といった状態。近くに客がおらず、またあとからきたとしても盗み聞きされにくい、奥まった席を選んだ。

小川がきたのはそれから二十分後。

「すみません、またお待たせしてしまって」

「一々謝るな。時間がもったいない」

コーヒーを二つ注文し、すぐ本題に入った。

「で、どうだ。どこまで進んだ」

「はい……自分の捜査は、ほとんど進捗なしです。例えばですけど……一昨年の『ブルーマーダー事件』とかについても、上岡は書いてるわけですよ」

それなら知っている。殺される直前に会ったときも、上岡は「ブルーマーダー事件」の話をしていた。

「進捗のない話は省け。他はどうだ。勝俣はどうしてる」

「ああ、勝俣主任ですか……あの方は、正直分からないです」

「どう分からない」

小川が深く腕を組む。

「一応、鑑取り班に入ってるんですが、相方は代々木署の、三十代の、ヨシザワという担当係長でして。ですから……まあ、同格ではあるんですが、何しろ勝俣さんよりだいぶ若いので……ああいうのを『老獪《ろうかい》』っていうんですかね。ヨシザワさん、すぐ撒《ま》かれちゃうらしいんですよ」

勝俣は東より一つ年上。三十代の警部補とでは、どう贔屓目《ひいきめ》に見ても釣り合いのとれたコンビとはいえない。

小川が続ける。

「三日目くらいに、それが会議で問題になって。でも全然、勝俣さんって動じないんですね。代々木の課長に怒鳴られても、一課の管理官に睨まれても、じゃあ、俺についてこられる奴に代えればいいじゃないかって、平然と言い放って。途中で迷子になるような……なんていったかな、まあ、ナントカのお守《も》りはご免だ、みたいな、けっこうな暴言を勝俣さんが吐きまして。そしたら、そのヨシザワさんが怒っちゃいまして。そりゃ怒りますよね。部下も大勢いる前で『お守り』ですから。でも、コンビ解消とはならず、依然として、ヨシザワさんが勝俣さんに喰いついていくも、毎日撒かれて、別々に会議に戻ってくると……そういう状況です」

勝俣に関しては、相変わらずということか。

注文したのとは別のウェイトレスがきて、コーヒーを二つ置いていった。

ブラックのままひと口飲み、次の質問に移る。

「……他はどうだ。覆面の三人組は、まだ割れないのか」

小川の目が「あっ」という、心の声を漏らす。実に分かりやすい男だ。

「進捗、あったな」

「ええと……はい……あり、ましたね」

「なぜそれを先にいわない」

小川はカップに手を伸ばしかけ、だがすぐに引っ込めた。

「いや……特にこれに関しては、デスクから、絶対に外部に漏らすなと、絶対にだぞと、何度も何度も、いわれてたもんで。漏れたら全員、査問《さもん》を覚悟しろって」

怖気《おじけ》づいたというわけか。情けない。

「ちょっと待て。俺は部外者か？　それは違うぞ、小川。実際、特捜から二人きて、上岡と会ったときの話もさせられた」

「それは、参考人としてなんですから、別でしょう」

察しの悪い男だ。

「いいか、小川……こんな、脅すような言い方は俺もしたくはないが、でもお前だって、上岡とはただの知り合い以上の関係だったんだろう」

目線は動かさず、表情も変えず。小川にしてはよく堪《こら》えた。欲をいえば、平然と「関係ありません」くらい答えられれば、なおよかった。

そうはいっても、カードはまだ何枚も東の手の内にある。

「お前と、上岡。上岡と、陣内陽一……知ってるよな、『エポ』っていうバーのマスターだ。じゃあ、お前と陣内は、どうなんだ」

「な、なんの話ですか」

まだまだ甘い。反応が早過ぎる。しかも語尾で声が震えた。

「さて、なんの話かな。それはお前が、自分の胸に訊いてみたらいい。俺はそんなことより、覆面の三人の素性に興味がある」

はぁーっ、と小川が大きく息をつく。正直、こいつは本当に大丈夫なのか、と思う。こいつが仮に、東が想像する通り、陣内陽一と関係しているとして――こんな奴で、陣内は本当にいいのか。仲間にするにしたって、もうちょっとマシな奴はいなかったのか。

それも、今のところはさて措く。

「さっさと白状しろ。覆面の三人、もう一人いた素面《すめん》の男でもいい。分かったことを教えろ」

ＳＳＢＣは、近隣の防犯カメラ映像を人海戦術で回収し、徹底的に分析したはずだ。マンション、テナントビル、コンビニ、民家、コインパーキング、月極駐車場、駅、バス停――あらゆる場所に仕掛けられた防カメの映像を取り寄せ、繋ぎ合わせ、犯人の後足《あとあし》（犯行後の行動）を炙《あぶ》り出《だ》すのが彼らの仕事だ。

小川がもう一度、溜め息のように吐き出す。

「……はい……犯人グループは、近くの路上まで移動し、覆面の二人と、素面の一人は、停めてあった黒いワンボックスに乗り込みました。ナンバーの割り出しも急いでいるんですが、そこはまだです……覆面の一人は、車には乗り込まず、そのまま徒歩で……犯人グループは、明らかに、防カメの設置場所を事前に調べてますね。男は覆面のまま、しばらく歩いて……カメラの死角へ死角へと回って、姿を消しました。ところが、周辺駅の客の乗り降りを、ＳＳＢＣが徹底的に調べると、同じ服装の男が、代々木八幡《よよぎはちまん》から小田急《おだきゅう》線に乗り、下北沢《しもきたざわ》で降りていることが分かったんです」

犯行のあった代々木三丁目からなら、最寄りはおそらく南新宿駅、次は参宮橋《さんぐうばし》駅、その次がようやく代々木八幡駅だ。徒歩でふた駅分、後足を消そうとするとは。かなり計画的な犯行だったと思われる。

「下北で降りて、それから」

「その後は、また見失ってしまいましたが」

「……が、なんだ。勿体つけるな」

「改札のカメラが、顔をバッチリ捉えてました」

「それが誰かは、分かったのか」

「はい……ひょっとすると、そろそろ、東さんのお耳にも、入っているんじゃないかと思うんですが」

小川が言い渋る人物といったら、陣内とか、思いつくとしたらその辺りだが、「お耳にも」という台詞とは馴染まない。

「誰だ」

聞き耳を立てる人間など周りには一人もいないのに、小川はテーブルに身を乗り出し、内緒話のように口を囲った。

「……昨今、新宿でもデモを行っている団体の、代表をしている」

まさか。

「砂川、雅人か」

「やはり、ご存じでしたか」

上岡殺しは、沖縄に繋がっていたのか。


小川と会った翌日、木曜は本署当番。明けて金曜は十六時くらいまで書類仕事に追われた。宿題もだいぶ残ったが、体力的に限界だった。あとは明日の土曜か、日曜にでも出てきてやろう。

「お先に失礼します」

「ああ、東さん、お帰りですか。お疲れさまです」

少し、気分を変える必要があった。「エポ」にでも寄って、陣内と話をしてみようか。

あの「エポ」という空間と、陣内陽一という男の存在は、東にとってはある意味「非日常」といえる。あそこにいくと、自分が日頃こなしている仕事のルーティンが、どうしようもなく単調なものに思えてくる。自分は刑事として、いつのまにか社会を平面的に見ることに慣れ過ぎているのかもしれない、しかし、本当はもっともっと奥行きがあり、上に高くも、下に深くも広がっており、さらに裏も、そのまた裏もある——あの場所にいくと、そんなことを再認識させられる。

とはいえ、時刻はまだ十六時半にもなっていない。いくらなんでも、まだ店は開いていないだろう。

そんなことを思いながら青梅《おうめ》街道を歩いていると、電話がかかってきた。ポケットから取り出してみると、ディスプレイには知らない携帯番号が表示されている。

「もしもし」

一拍置いて、相手が声を発した。

『……東さん、お久し振りです』

聞いたことのあるような、ないような声だ。

「失礼ですが」

『公安の、カワジリです』

カワジリ、あの、川尻冬吾《とうご》か。

「お前……いつ、本部に戻った」

川尻とは七年前、北新宿に始まり長崎県対馬《つしま》で終わった、在日朝鮮人絡みの事件で行動を共にした。公安部員にしては人間味があるというか、不思議と東は、この川尻が嫌いではなかった。その後は、八丈島《はちじょうじま》の駐在所勤務になったと聞いた。戻ってきたら刑事部にこないかと電話で誘ったこともあった。

しかし、そうか。やはり公安部に戻ったのか。

『戻ったのは、一昨年です……東さん、少し、お話しできませんか』

「今、この電話でか」

『いえ、近くにいるので、できればどこか……人目につかないところで』

近くにいる。つまり、川尻には自分が見えているのか。

「……分かった。このまま中央公園まで歩く。それまでに、都合がよければ声をかけてこい。なければそのまま公園に入る。それでいいか」

『はい、けっこうです。では』

その場で踵《きびす》を返し、新宿署のある交差点を左に曲がり、新宿中央公園の方に向かった。

高層ビルに見下ろされながら、人通りのまばらな幅広の歩道を進む。今の川尻がどういう人目を気にするのかは知らないが、あまり話しかけやすい状況ではないかもしれないと思った。案の定、中央公園に入るまで、向こうからの接触はなかった。

だが、公園に入った途端だ。

「……止まって」

植え込みとを隔てる、ベンチも兼ねたパイプ状の柵に腰掛けていた男が、低くひと言発した。一見したところは、ジョギング途中で休憩をしているランナーだ。黒いヤッケを着ており、フードをすっぽりとかぶっている。肩にはオレンジ色の木漏《こも》れ日《び》が斜めに当たっている。

「……川尻です」

顔も上げず、もうひと言。

まさか、電話を切ってから先回りして公園に入ったのか。それとも、たまたま近くにいたので、ここで待っていたのか。

なんにせよ、だ。

「……俺は、どうしたらいい」

「すみません、立ったままでお願いします」

誘い出して、呼び止めておいて、こっちだけ立ち話か。

「……なんの用だ」

「単刀直入に申し上げます。矢吹近江の取調官を東さんにするよう要請したのは、私です」

ハァ？　と大声で訊き返したくなった。

「なんのために」

「お分かりでしょう。先走ったのはおたくの松丸係長です。余計な手出しは困ります。緊急措置《そち》として思いついたのが、東さんです。まだ新宿署にいらっしゃるのは知ってましたから」

「だから、なんのためだと訊いている」

「声、小さめでお願いします……今ここですべてをお話しすることはできません。しかしいずれ、きちんとご説明いたします。ですので、今は私に協力してください……矢吹近江に、沖縄の軍用地転売の、真の目的を吐かせてください」

話が急過ぎて、まるで分からない。軍用地転売の話など、松丸の寄こした資料に載っていただろうか。

だが質問する暇は、東には与えられなかった。

ヤッケの男は立ち上がり、ほんの一瞬だけ、東にその顔を晒した。

確かに、川尻冬吾だった。

七年前のあの夜、対馬の小さな船着き場で、頭の半分なくなった血だらけの男——公安がスパイとして運営していた青年を抱き起こしながら、静かに涙を流した、あの川尻冬吾だ。

「……お願いします。矢吹から、普天間の軍用地転売の真の目的を、聞き出してください。私には、東さんしか頼める人がいないんです。またご連絡します」

会釈もせず、ヤッケの男は走り出した。

東はただ、その後ろ姿を見送るしかなかった。

夕方の散歩を楽しむ老人とすれ違い、手を繋いでぶらぶらと歩く学生風のカップルを避《よ》け、それでもゆるくカーブした遊歩道を、川尻は定規《じょうぎ》で計ったように、直線的に走り抜けていく。

冗談でなく、忍者のようだった。

やはり、公安の人間は好きになれないと、改めて思った。

## 3

金曜の夜になり、ようやく小川から連絡が入った。だが、まだ陣内は店をやっていて、常連客もいたので、あまり多くは話せそうになかった。

「おう、元気か」

小川も状況が分かっているのだろう。短く『はい』といっただけで用件に入った。

『陣内さん、お店が終わってから、なんだったら明け方でもいいです。少し話せませんか』

「ああ、いいよ。どこら辺がいい？」

『……鬼王《きおう》神社でも、いいですか』

また妙なところを指定してきたものだ。鬼王神社といったら、あの高山町会長が倒れて亡くなっていた場所ではないか。

「分かった。じゃあ、適当にメールするよ」

『お願いします』

電話を切ると、カウンターで飲んでいる、キャバ嬢のヒカルが冷やかすような目で見てきた。

「あー、ジンさん、デートの約束だぁ」

「悪いか。俺だってまだまだ、恋がしたい年頃なんだぜ」

いっていいて、自分で背筋がむず痒《がゆ》くなった。

とっくの昔に、自分は男ではなくなっている。

女の抱き方なんて、もうほとんど覚えていない。

常連客もみな帰り、後片づけが終わったのが午前四時。本当にこんな時間でいいのだろうかと思ったが、メールをすると、ほんの一、二分で小川からかかってきた。

『お疲れさまです。お店、終わりましたか』

「ああ。でも、本当に今からでいいのか」

『はい。今日を逃したら、またいつ出られるか分からないんで。僕は今からでも……陣内さんがよろしければ、ですけど』

「分かった。じゃあすぐに出る。十分で着く」

『僕も、それくらいです』

実際には十分もかからなかった。いいとこ五、六分。それでも先に着いていたのは小川だった。

鬼王神社は新宿区役所通りに面しており、むろんメインの鳥居は通り側にあるのだが、裏にもひと回り小さな鳥居があり、小川はそこを入って左手、古びた社《やしろ》の陰に身をひそめていた。

陣内の姿を認め、小さく頭を下げる。陣内も石段を上がり、鳥居をくぐっていった。

「お待たせ。そっちは、ずいぶん大変そうだな」

「いえ、そんな……まあ、いろいろ、大変ですけど。陣内さんこそ、すみません。お店もあるのに、こんな時間に」

そこは一応、頷いておく。

「まあ、な……上岡が殺されて、君もその捜査で忙しい。杏奈だって普段は店がある。市村とあの二人が動いて、いろいろ情報は集めてはいるが、何しろ『エポ』には呼びづらくてな。結局、一番自由に動ける俺が、報告の取りまとめ役みたいになってるよ」

もう少し奥まったところに二人で移動する。午前四時半。まだ空は真夜中と同じ色をしている。息は白いはずだが、それもこの暗さでは分からない。

まず陣内から訊く。

「ミサキから、上岡のアパートに家宅捜索が入って、パソコンから何から全部持ってかれたって聞いたが」

陣内の目を見ながら、小川が頷く。

「はい。その内容を調べるのが、目下《もっか》の僕の役目なんですが」

なんと。

「そうだったのか……で、何か出てきたか」

小川は、一拍置いてから、大きくかぶりを振った。

「いいえ。上岡さんは、『歌舞伎町セブン』に関する記録は何一つ、パソコンには残していませんでした。残っているのは、雑誌とかに発表済みの記事ばかりでした。たぶん、僕らに関するデータは、あらかじめ消去してあったんだと思います」

小川は俯《うつむ》き、悔《くや》し気《げ》に奥歯を嚙み締めた。

「……上岡さん、すごい、用心深くて……消去しても、普通はたいていのデータが復元できるんですが、でも上岡さんの場合、こまめに上書き消去してあったんでしょう」

「上書き消去？」

ああ、と小川が顔を上げる。

「例えば、カセットテープでいうとですね、カセットのラベルを剝がしたら、何が録音されているか、とりあえず、分からなくなるじゃないですか」

「まあ……そうだな」

「でも、音そのものが消えたわけではないですよね。コンピュータのデータも、基本的にはそれと同じで、ファイルを消去するのって、実はカセットのラベルを剝がすのと似た行為なんです。それでもカセットだったら、デッキに入れて再生すれば音は聴けますけど、コンピュータのファイルは、それがどんなソフトで書かれて、開くことができるのか、簡単には分からなくなります。だからいろんなソフトを使って、データの復元を試みるんですが、上岡さんの場合は違うんです。空いてるメモリーに一度、無意味なデータを目一杯書き込んで、それをまた消去してあるから、復元したところで、その無意味なデータしか見えてこない、という……それも、専用のソフトを使ってやったんでしょうけど、とにかく、少なくとも上岡さんのパソコンに、僕らに繫がるような記録はありませんでした。それをまず、お伝えしたくて」

今の説明はよく分かったし、安堵もしたが、小川が昔懐かしいカセットテープを喩えに用いたことにも、陣内は少し驚いた。

ただし、それですべての不安が拭えたわけではない。

「でも杏奈の話だと、上岡は重要なデータを、なんとかメモリーに入れて、肌身離さず持ってたって」

小川が頷く。

「そうなんです。黒くて、キャップのない、スライド式のＵＳＢメモリーを、いつも持ってました。それは僕も知ってるんです」

「それは、現場で発見されたのか」

「いえ、ありませんでした……犯人が持ち去ったか、それ以前に紛失していたのか、それも分かりません」

むろん、それに何が入っていたのかは、警察にも分からないわけだ。

小川が内ポケットに手を入れる。

「それと……これは持出禁止の資料なんですが、上手いことコピーがとれたんで、お渡ししておきます」

小さな茶封筒。中を確かめると、写真が五枚入っていた。

小川が続ける。

「犯人グループが、覆面をした三人組だというのは、ご存じですか」

「ああ、市村から聞いた」

「この男が、そのうちの一人です。スナガワマサトといいます。裏に書いてあります」

暗いのでちゃんとは見えないが、アップの写真が二枚、数人で写っているのが二枚、集合写真の一部を引き伸ばしたようなのが一枚。アップの一枚の裏に「砂川雅人」と手書きしてある。

「……こいつが、上岡を殺したのか」

「それはまだ、なんともいえません。覆面をしている時点で、何かしらの犯行に及ぶ計画ではあったと思うんですが、この砂川が殺害したかどうかは分かりません。それと、三人とは別に、偽名を使ってウィークリーマンションに宿泊していた男がいました。上岡さんは、そのウィークリーマンションに男を訪ねていって、そこにあとから三人が現われて、上岡さんは殺されたと見られています。宿泊客だった男は、三人と一緒に現場を離れています」

ちょっと、状況が上手く想像できない。

「その、宿泊客の男の顔は」

「一応、防犯カメラにも映っているんですが、身元まではまだ」

「そうか……じゃあこっちも、この砂川について、それとなく探ってみるよ」

「あ、その砂川なんですが、実は、昨今騒ぎになってる、反米軍基地デモの主導者らしいんです」

すぐにピンときた。

「上岡は殺される直前、反基地デモの取材をしてるっていってた。他にも、祖師谷の母子殺人も調べてるみたいにいってたが、そうなると……デモ絡みで殺られたと考えた方が、よさそうだな」

小川も頷き、だが何かを思い出したように、陣内の顔を覗き込んできた。

「それと……あの、さっき、『エポ』には呼びづらいって」

「そりゃそうだろう。上岡が殺されたんだ」

「そうなんですけど、実はうちの……新宿署の、東さんなんですが」

強烈な意志を宿した、あの、日本刀のような輝きを放つ視線を思い出す。

「奴が、どうかしたか」

「前に、東さんは、陣内さんのことに気づいてるって……」

「土屋昭子がバラしたからな」

「でも、それだけじゃなくて、たぶん……僕と、上岡さんがメンバーじゃないかってことも、疑ってるみたいで」

おそらく、それも間違いない。

「この前、うちにもきたよ、彼。そのときにもいってた。上岡は六人に入ってるんじゃないか、みたいに……ご丁寧にも、俺一人分を差し引いて訊いてきた……もうほとんど、確信に近いニュアンスだったな」

小川が、細く息を吐き出す。

「……正直、いま僕は、特捜内の仕事で手一杯です。カツマタって、有名な捜査一課の刑事がいるんですが、その人がもう、とにかく特捜を好き放題に引っ掻き回してて。でもそれだけじゃ済まなくて、今日からヒメカワっていう、これまた曰《いわ》くつきの女性刑事の班が、応援に入ってくるらしくて……まあ、そんな警察の内部事情を聞かされても、陣内さんは困るでしょうけど」

ここは、曖昧《あいまい》に頷いておく。

「でも陣内さん……大変は大変ですけど、特捜の足並みが揃ってないっていうのは、ある意味、僕らにはチャンスだと思うんです」

いま気づいたのだが、今日、小川は何度か「歌舞伎町セブン」という意味で「僕ら」という言葉を使ったような気がする。これまで、小川がそんな言い回しをしていたという印象はない。

「……チャンス？」

「ええ。上岡さんは、僕らの仲間だったわけですから……『歌舞伎町セブン』の、メンバーだったんですから。たとえ六人になっても、この始末は僕らで、僕ら自身の手で、つけなきゃならないと思うんですよ」

驚いた。この坊やが、こんなことをいうようになるとは思っていなかった。

小川が、苦しげに眉をひそめる。

「……僕、パソコンに残ってた原稿の、タイトルを見てて、気づいたんです……上岡さん、実はここ二年くらい、徐々に、歌舞伎町関連の原稿、書かなくなってたみたいで……それもあると思うんですけど、収入が、目に見えて減ってきてて……そりゃそうですよね。あれだけ得意としてた歌舞伎町ネタを、封印しちゃったら、そうなりますよ……でもそれが、上岡さんなりの、スタンスだったと思うんです。思いっていうか、覚悟、みたいな……もう、自分は『セブン』のメンバーなんだから、表立った歌舞伎町の仕事は、減らしていこう、みたいな……そういうの上岡さん、全然いってくれなかったし……僕と飲みにいくときは、いつも銀座か六本木で、それも、必ず奢ってくれて……上岡さんがそんなだったなんて、僕、全然気づかなくて……」

パッ、と小川が顔を上げる。

「だから、陣内さん……やりますよね？　六人になっても、七人揃ってなくても、上岡さんに関しては別ですよね。僕らの手で、始末つけますよね、ね？　陣内さん」

小川が、陣内のダウンジャケットの胸を摑む。

「正直、僕だって手一杯ですけど、でも特捜にいるんだから、上岡さんが殺られて、その特捜に僕はいるんですから、今回は逆に、役に立てると思うんですよ。なかなか外には出られないし、ひょっとしたら、また『目』もできないかもしれないですけど……でも、何かしたいんですよ……上岡さんは、僕らの、仲間だったんですから」

陣内は小川の手首を摑み、ゆっくりと引き剝がした。

「……言いたいことは、分かる。何かあったら、そのときは頼むよ。でもな、俺たちはヤクザでもなければ、家族でもない。俺たちで始末をつける必要があるのか、ないのかは、上岡がなぜ殺されたのかという、その一点にかかっている」

ぽんと、その肩を一つ叩く。

「俺たちは、殺し合いはしない。殺るなら、一方的に、速やかに、人知れず……それが『歌舞伎町セブン』の流儀だ。気持ちは分かるが、俺は逆に、警察が解決する方が理に適《かな》ってるんだったら、それでいいと思う。そのためなら、俺たちが仕入れた情報を提供してもいいと思ってる。小川くん……あんまり逸《はや》るな。動くべきときがきたら、必ず声をかけるから……君も、仲間なんだからさ」

うな垂れるように、小川が頷く。

「……はい」

それでいい——。

悲しみや苦しみ、憎しみに、怒り。そんなものの二つや三つ、いつも肚《はら》の底に転がしておくくらいで、人間はちょうどいい。

小川から提供された写真は、陣内から杏奈と市村に、市村からミサキ、ジロウへと渡り、共有された。今後セブンは、これを端緒にさらなる情報収集を図る方針だ。

ただ、そもそも歌舞伎町は上岡のホームグラウンド。それくらいのことは警察も当然把握している。陣内に心当たりがあるようなところには、必ず刑事が先回りし、事情を聴いていた。

例えば、二丁目の風俗ビルの一階にある、豚骨ラーメン屋。

「ああ、上岡さんの件ね。うちにも刑事がきたよ」

勢いよく麺の湯切りをしながら、店主が頷く。

「大将、上岡さんと仲良かったんでしょ」

「いや、仲が良いってほどじゃないけど、こんな店だからね。いろんな噂話も、入ってくるからさ。そういうのは、ちょいちょい話したよね……ヤーさん絡みの情報とか、けっこう提供したよ」

「上岡さんって、いつも一人だった？」

「そうね。うちに、誰か連れてきたことは、なかったよね」

飲み屋も何軒か回った。一つは「北欧バー」を名乗る店だったが、なんてことはない、内装をすべて「ＩＫＥＡ」で揃えたというだけの、酒も料理もごく普通の洋風居酒屋だ。

その夜はたまたまオーナーのテルマが店におり、話ができた。彼はちょっと前まで歌舞伎町ではナンバー・ワンのホストだった。それもあり、交友関係は非常に広い。

「おっ、ジンさん、ちぃーす。なんすか、珍しいじゃないっすか」

「うん、たまには顔出さなきゃな、と思って」

「あざぁす、あざぁす……俺ホント、ジンさん大好き」

かなり、今夜も酔っているようだ。

「ちょっとこないうちに、店の感じ変わったね」

前はいつきてもガラガラだったが、今夜は八割がた席が埋まっている。店のスタッフも増え、普通のウェイトレスではあるが、綺麗めの女の子も二人ほどいる。

テルマは「そうなんすよ」と、ライオンのように逆立てた髪を撫でつけながら答えた。

「やっぱ『北欧バー』ってコンセプトがイマイチだったみたいで、いっぺん、飾りつけを全部『ニトリ』に変えたら、なんかそっちの方がよかったみたいで、いきなり流行《はや》り始めちゃって」

半分ネタなのだろうから、そこは笑って流しておく。

しばらく共通の知人の噂話をしていたら、テルマの方から話を振ってきた。

「そういや……上岡さん、殺されちゃったんすよね」

「そう、俺もびっくりしたよ。そういう、ね……事件とまったく無関係な街ではないんだけど、でも、知り合いがそんなことになるなんて、ほんと……びっくりした」

「ま、俺の場合、いますけどね。前のカノジョは、首吊って死んじゃったし、アニキアニキって慕ってた、ヨコミネジュンタさん……あ、盃《さかずき》とかそんな仲じゃないっすよ、アニキってのはシャレっすよ……でもあの、ほら、天洲《てんしゅう》会の内輪《うちわ》揉めで、何発も撃たれて殺されちゃって」

話が横道に暴走しても困るので、やんわりブレーキをかけておく。

「上岡さん、ここにもよくきてたの」

「うん、ちょいちょい、きてくれてたみたいっすよ」

「じゃあ刑事とか、聞き込みにきたんだ」

「ん、いや、うちはきてないっすよ。ま、俺がいないときにきたのかもしんないっすけど……っつーか俺、ほとんどいないんで、分かんないんっすよ……おーい、サオリ、ちょっと」

綺麗めのウェイトレスの、背の高い方を手招きで呼びつける。

「はい……なんですか」

「上岡さん、けっこうここ、きてくれてたんだよな」

「ああ、あの、ライターの上岡さん……はい、わりとよく」

「刑事、きた？」

「ここにですか？」

「うん」

「上岡さんの件でですか？」

「うん、聞き込み聞き込み」

「いえ、きてないですよ。少なくとも、私の知ってる限りではないです」

テルマはくるりとこっちを向き、彼女を指差した。

「……しっかりしてるっしょ。ほんとはね、マネージャーをこいつに代えたから、繁盛《はんじょう》し始めたんすよ。もうほんと、すげー才能の持ち主なんすよ。いっそ、俺の嫁にしちゃおうかな」

彼女は「勘弁してください」とかなり強めにいったのだが、それは聞こえなかったらしい。

陣内はテルマではなく、彼女に訊いた。

「上岡さん、ここには一人でくることが多かったんでしょ」

こくん、と小さく頷く。

「はい、たいていはお一人で」

「たいてい、ってことは……連れがいることもあった？」

「そうですね。亡くなる、ちょっと前にいらしたときは、男の方と一緒でした」

陣内も、すでにハイボールを二杯ほど飲んでいたが、そんな熱は一瞬にして冷めてしまった。

上岡が誰かを連れて店にきたというのは、今回、この界隈《かいわい》を回り始めてから初めて聞く話だった。

「へえ。いや、上岡さん、うちにくるときもたいてい一人だったからさ……ふぅん、珍しいこともあるもんだな。それって、どんな人だった？」

彼女は、記憶をたどるように首を傾げた。

「どんな人、ですか……どんな人、だったかな……確か上岡さんより、だいぶ若い感じの人だったとは、思うんですけど」

一か八《ばち》か、当ててみるか。

「あ、たぶんあれだ、あのほら、デモとかやってる、砂川くんじゃないの？」

「……砂川くん？」

あれ、知らないんだ、などといいつつ、手帳にはさんでおいた砂川雅人の写真を取り出す。アップのではない。集合写真から切り出したような一枚を、彼女に向ける。

「……この、真ん中の人じゃない？」

「いえ、違います。この方ではないです」

そう簡単に有力情報が得られるとは、陣内自身思ってはいなかったが、こう真正面から完全否定されるとも思っていなかった。

一見して分かるくらい、砂川とは外見の違う、誰か。

上岡は一体、誰とこの店にきたのか。


また、土屋昭子のマンションを訪ねてみた。

何十メートルか通り過ぎた辺りでタクシーを降り、ゆっくりと戻りながら、四階にある土屋の部屋の様子を窺った。

ベランダに面した窓に明かりはない。夜中なので当たり前ではあるが、洗濯物なども出ていない。明かりが灯っているのはエントランスと、最上階の端っこの窓、一ヶ所だけだ。

マンションの十メートル手前まできた。

午前三時十分過ぎ。知り合いだからといって、遠慮なく電話をかけていい時間帯ではない。歌舞伎町で遊んでいる者同士ならまだアリかもしれないが、普通に生活している人に対して、それはあまりに迷惑な話である。

それでも、陣内は土屋の携帯にかけてみた。なんとなく、正面からくる乗用車のヘッドライトに目をやりながら、相手が出るのを待っていた。

走ってきた車はタクシーだった。行灯《あんどん》が点いていないので気づかなかったが、近くまできてみると、助手席側には赤い文字で【迎車】と表示されている。

タクシーはなんと、土屋のマンションの前で停車した。

あとは、ほんの数秒の出来事だった。

エントランスから、白いロングコートを着た女がキャリーバッグを引きずって現われ、タクシーのドアが開き、女はキャリーバッグごと後部座席に乗り込み、間髪《かんはつ》を容《い》れず発進。そのままタクシーは陣内の目の前を通り過ぎていった。女は座席で携帯電話を操作していた。

間違いない。女は土屋昭子だった。

タクシーが次の角を左折すると、ようやく陣内の耳に、その土屋昭子の声が届いてきた。

《ただいま電話に出ることができません。発信音のあとに、ご連絡先とメッセージを録音してください。のちほど、折り返しご連絡いたします》

思わず舌打ちをした。

詰めが甘かった。

「折り返し……しねえくせに」

そう、呟いてみるのがせいぜいだった。

束はいまだに、ブラインドタッチというのができない。入力モードが「ローマ字」ではなく「かな」というのも、一つの要因になっているのかもしれない。

自分ではそれでいいと思っているし、パソコンが苦手だと感じることもないが、キーボードに一切目をやらずに打ち続ける部下や同僚を見ると、やはり自分は得意な部類には入らないのだと認めざるを得ない。

また——。

知らぬまに英数ボタンを押していたらしく、打ち込んだ文章が一行丸ごと、意味不明なローマ字の羅列になってしまっている。こうなったらもう、やり直すしかない。

ああ、面倒臭い——。

決して職場で口に出すことはないが、いつも肚の中では思っている。マイクで喋って、それで入力できる機器も世の中にはある。あれが使えたらどんなに楽だろうとは思うが、少なくとも刑事がそれをやるわけにはいかない。供述内容から被害状況から、口に出して人前でベラベラ喋る——そんなこと、たとえデカ部屋の中であろうと、していいはずがない。

やはり、ブラインドタッチは習得した方がいいのだろうか。モニターを見ながら入力することができれば、こういう失敗はなくなるはずなのだ。

そんなことを思っていたら、にわかに周りの空気が、ひゅっと引き締まるのを感じた。こういう変化は、誰か部外者がデカ部屋に入ってきたときに起こる。

東はそれとなく、モニターから目を上げた。

ロングヘアを後ろで括《くく》った女が、ドア口からこっちに歩いてくる。左肘に畳んだグレーのコートを引っかけ、それでバッグが半分隠れてはいるが、一見するだけでその黒革が安物でないことは分かる。分かるというか、感じさせるものがある。パンツスーツも黒。身長は東とほとんど変わらない、百七十センチ前後。一応、知った顔ではあった。名前も覚えている。

姫川玲子《ひめかわれいこ》。良い噂も悪い噂も、片手では足りないほど囁かれている、曰くつきの女刑事だ。確か今は、本部の捜査一課に戻っているのではなかったか。

なんと、その姫川が真っ直ぐ東の方に向かってくる。だが直接挨拶されるまで、東はあえて反応を示さなかった。

彼女は、東のデスクの真横で立ち止まった。

「……東係長。ご無沙汰しております」

ぴっちりとまとめた黒髪の頭を、ジャスト十五度、東に下げてみせる。そうまでされたら、返さないわけにもいかない。

椅子から立ち、東も会釈を返した。

「こちらこそ……前にお会いしたのは、和田《わだ》さんの退官祝いのときでしたか」

「そう、ですね。そうなりますね」

姫川が、東の机をそれとなく覗き込む。

「あの……今、お忙しいですか」

「この署にきて以来、暇だったときなんてありませんよ」

「じゃあ、少しお時間いただいても、よろしいでしょうか」

隙のない女だ。良い意味でも、悪い意味でも。

「何か私に？」

「ええ、ぜひお伺いしたいことがありまして」

「どんな話でしょう。ことによったら、私ではお役に立てないかもしれない」

「そんなことはありません……それに私、今、上岡慎介の事件の特捜にいるんですよ。ご興味、ありませんか」

なるほど。そういう駆け引きを、公然と仕掛けてくるのか、この女は。

決して愉快ではないが、面白くないわけではない。

小さめの会議室を用意し、そこに姫川を案内した。

「ロ」の字に組まれた会議テーブルの角を勧める。

缶コーヒーは、ブラックと微糖を一本ずつ。

「お好きな方を」

「ありがとうございます。じゃあ、こっちを」

迷うことなくブラックに手を伸ばす。やはり、そういうものか。

東は残った微糖を手に取り、プルタブを引きながら訊いた。

「……で、私にどのような」

「ええ、実は」

外が寒かったのか、姫川は缶を両手で包むように持っただけで、開けもしない。

「いま私、捜査一課の十一係にいるんですが」

「ええ。一課に戻られたというのは、なんとなく……聞いています」

しかもヒラ警部補のまま。一体どんな手を使ったのだろう。

姫川が、両手にある缶を握り直す。

「その、十一係の統括が、ハヤシさんなんですよ。ハヤシ、ヒロミ警部補」

林広巳なら知っている。二つか三つ年上で、東とは刑事講習が一緒だった。彼は捜査一課の資料班が長かったはずだ。

「そういえば、和田さんの会のときは見かけなかったな。会場にいましたか、彼は」

「いえ、ギックリ腰かなんかで、急遽《きゅうきょ》欠席したんだと思います」

「そうか。知らなかったな……元気ですか、今は」

「ええ、今は元気にしてます。腰も心配ないみたいで……で、その林さんから聞いたんですが、東さんは二十八年前の、『昭島《あきしま》市一家殺人事件』の特捜にいらしたんですよね」

いきなり、二十八年前とは驚きだ。

「……それが、お訊きになりたいことですか」

「はい。ぜひ」

「上岡の事件と、どういう関係が」

自分でいってから、ふいに頭の中で小さく火花が爆《は》ぜた。

別々にあった線が、いきなり一本に繋がり、意味が通じた。

そうか、「祖師谷」か――。

姫川が東の右目と左目、右左同時に焦点を合わせてくる。まるで、こっちの思考を盗み読もうとでもいうような目だ。

「……『祖師谷母子殺人事件』、ご存じですよね」

やはり、そういうことか。

「ええ、もちろん。ニュースと新聞レベルですが。なかなか、捜査は難航しているようですね」

「私、代々木に転出する前は、『祖師谷』の特捜にいたんです」

もう分かってはいるが、ここは少し惚けておく。

「ほう。そこからなぜ、『上岡事件』の特捜に？」

「上岡は殺される前に、『祖師谷事件』の取材を熱心にしていました」

「なるほど。あなたは、上岡殺しは『祖師谷』絡みだと睨んだわけだ」

「そういうことです」

姫川が、促すように小首を傾げて訊く。

「二十八年前の『昭島市一家殺人』、『祖師谷』のヤマと似ているとは思いませんか」

「さあ……この二十八年、一家惨殺は他にも何件かありましたしね」

「でも、死体の肛門にわざわざ銃弾を撃ち込むようなホシは、いなかったと思いますよ」

なに——。

「……『祖師谷』は、そうだったんですか」

姫川の右頬が、歪な笑みに吊り上がる。

「お訊きしたいのはその点です。『昭島市事件』当時、警視庁は犯行の手口を詳細には発表しませんでした。あの事件でも捜査は難航し、その結果、徐々に情報をマスコミに流すようになった……それでも、なぜか拳銃が使用されたことは公表されなかった。少なくとも私が確認した限りで、当時の警視庁発表にそういった内容のことは含まれていなかったか」

「……まず確認したいんですが、『昭島市事件』で、拳銃が使用されたというのは本当ですか」

答えてやる義理は一ミリもないが、不思議と、乗ってやってもいい気分にはなっていた。

一つ、こっちから確認しておく。

「あの事件は、すでに時効になっていますよね」

「ええ。時効を停止する要素がなければ、そうなります」

「ということは、昭島署にいっても捜査資料はすでにない、か……」

勿体つけに、一度大きく頷いておく。

「いいでしょう。その程度なら、私の個人的裁量でお答えしておきます……確かに、『昭島市事件』では拳銃が使用されました。遺体からは銃弾が複数発採取され、銃声を聞いたという近隣住民の証言も、あったように記憶しています。しかし、それらはすべて伏せられた……私もまだ、あの頃は刑事になりたてでね。それについて異論をはさめる立場にはなかったし、たぶん、そんな発想すら当時はなかった。むしろ、『秘密の暴露《ばくろ》』を想定した当然の措置と、理解していたように思います」

一、二秒、静止していた姫川が、こくんと頷く。

「……分かりました。ありがとうございました」

東が黙っていたら、姫川はそのまま席を立つつもりだったと思う。だがそうはさせない。

「疑問は、解消できましたか」

「はい。お陰さまで」

「では、私もそれなりの褒美《ほうび》をもらおうかな」

お返しではないが、東も真正面から、姫川の両目に視線をぶつけてみる。しかし、そんなことで動じるタマではないようだ。

「……そういえば、東さんは殺される三日前の上岡と、会ってるんでしたよね」

「ああ。それについての聴取も済んでいる」

「そもそも、どういうお知り合いだったんですか」

「おい、あんたがオマケを欲しがってどうする」

意識して強めにいうと、姫川はそれをいなすように、ふっと小さく笑みを漏らした。

「……すみません。そうでしたね」

緩急《かんきゅう》自在、というわけか。捜査で一緒にはなりたくないタイプだ。

「率直に訊こう。捜査はどこまで進んでる」

「犯人グループが、合計四人だということは？」

また質問返しだ。癖なのだろうか。

「そのうち三人が覆面着用で、一人は素面だったことは知ってる。だが、犯人グループが四人というのは、本当に正しいのか」

「覆面のうちの一人の身元が割れたことは？」

しかも、こっちの質問には容易に答えない。

「それも、大きな声ではいえないが……まあ」

「ちなみに、伺ってもよろしい？」

まさか、小川が知っていたことを、この女が知らないということはあるまい。単なる確認だろう。

「……砂川雅人」

「では、素面の男の身元は？」

一瞬、言葉に詰まった。自分でも恥ずかしくなるくらい、明らかに「知らない」反応をしてしまった。してやられた。

姫川も、得意気に胸を反らす。

「では、それで手を打ちましょう……でも、私から聞いたなんて、誰にもいわないでくださいよ」

まったく、この女は。可愛げが、あるんだかないんだか。

「いいから、早くいえ」

「分かりました……イクタハルヒコ。生きるに田んぼ、治安のチに普通のヒコで、生田治彦、三十八歳。上岡と同じ、フリーライターをしている男です」

「『サイトウユウスケ』の名前で、ウィークリーマンションに宿泊していたのが、その男だな」

「本当に、よくご存じなんですね。うちの特捜に『エス』でも仕込んでるんですか？」

「エス」、つまりスパイ。そう呼ぶには、少々頼りない男だが。

むろん答える気はない。代わりに、こっちも質問返しをしてやろう。

「それはそうと……あんた、ガンテツと仲悪いんだって？」

すると、なんだろう。ぐりっと、自ら眼窩《がんか》を抉《えぐ》るような動きで、姫川は東を睨みつけた。

「……失礼します」

それでもパイプ椅子を静かにどけ、隣の席からバッグとコートを丁寧にすくい取り、さっきより深めにお辞儀をし、姫川はドア口に向かっていった。

「ガンテツ」は勝俣健作の渾名《あだな》。姫川と勝俣の不仲は、当時刑事部にいた人間の間では比較的知られた「ネタ」だが――。

どうやら、こっちが思っていた以上に触れてはいけない話題だったらしい。


午後は矢吹を留置場から出し、取調べの続きをすることにした。

矢吹はすでに勾留の延長期間に入っており、今日からまた十日間、取調べをすることが可能になっている。

とはいえ、東が訊くべきことは当初とだいぶ変わってきている。

「このところは、いかがですか。ちゃんと睡眠はとれていますか」

見たところ、矢吹の外見にさしたる変化はない。血色も悪くないし、ヒゲもちゃんと剃《そ》ってある。

「私はこう見えて、自分が置かれた境遇に慣れるのが、人より早くてね。敷布団が薄いことにも、同室の奴の足が臭いことにも、もうさほど苦痛は感じないよ」

「それは……けっこうです」

東は、軽く開いた両手を机に載せた。

「ええと……先日、砂川さんについてはいくつか伺いましたが、どうなんでしょう。彼みたいな青年に、仕事を紹介したり、ご自身の会社で雇ってあげたりは、なさらなかったんですか」

矢吹が、さも訝《いぶか》しげに白髪眉をひそめる。

「東さん。あんたの質問は、ときどき意味が分からんね」

「そうでしょうか。単純な疑問なんですが」

「それを私から聞き出して、どうするつもりだね」

「別に、どうもしません。矢吹さんにとっては、勾留期間の延長は不本意でしょうし、不自由な思いもされているとは思いますが、公務執行妨害というのは、いわば、警察の沽券《こけん》に関わる種類の事案ですので。私の方針云々の問題ではなく、なかなかすぐ釈放というわけにはいかないんですよ」

「それは分かってる。私が分からないといったのは、あんたの質問の主旨だ」

「ですから、ないです。特には」

　本当は大ありだが。

「矢吹さんのご不快は百も承知ですが、かといってね……地検も合わせて、二十三日間も調べの時間があって、何も伺わないというのも、これまた変な話ですから。だったら、自分なりに訊きたいことを……まさに、自分の不勉強を晒すようで恥ずかしくはありますが、あまり矢吹さんのような方とは、これまで付き合いがなかったもので。何か面白い話が聞けるのではないかと、期待しているところはあります」

　こんなこじつけで矢吹が納得するとは思わないが、人間にはそれぞれ承認欲求というものがある。東はこれまでの調べから、矢吹はそれが決して弱い人間ではないと見ていた。

　自分はこんなことを成し遂げた。自分はこんな人間なんだ。

　そういう主張が、矢吹の言動の端々から感じ取れる。

　質問を続けよう。

「その……砂川さんだって、いい歳でしょう。今年、三十五歳ですか。沖縄からいつ出てこられたのかは知りませんが、なんの伝手《つて》もない地方出身者が、東京で職を得るのは簡単なことじゃない。でも彼は、矢吹さんと知り合うことができた。私なら頼りますね。矢吹さん、何か仕事紹介してくださいよ、って」

ふん、と鼻息を吹きながら、矢吹が首を一往復振る。

「砂川は、そんなことはいわなかった。他に、誰か当てがあったんだろう」

「じゃあ砂川さんは、何で生計を立てていたんですか」

「東さん。あんたやけに、砂川に興味があるんだね」

この反応からすると、砂川が殺人事件に関与したなどとは、ゆめ思ってはいなそうだ。

「いえ、私が興味があるのは、矢吹さんご自身です」

「私の、なんだね」

「なに、というか……いや、いろいろ謎ですよね。むしろ、謎の部分の方が圧倒的に多い。そもそも、貿易を手広くやっていらっしゃったのに、近年は国内向けのお仕事に特化しているんですよね」

「別に、特化したわけじゃない。たまたま、そうなってしまっただけのことだ。もう、若くないんでな……こんなことをいうのは申し訳ないが、正直、発展途上国は、この歳になるとキツい。慣れとか、そういう次元の話じゃ済まなくなってくる」

うん、と一つ、自らを納得させるように矢吹が頷く。

「例えば……テロに遭ったことは今までないが、暴動に巻き込まれそうになったことはある。そうなったら、同行の若い連中は、やっぱり私を守ろうとするんだ。私はいいよ、もう充分生きたから。でも、その若い連中が、もし私の身代わりにでもなったらと考えるとね……もう世界中、私はどこにでも、好きなところにいけるんだなんて、見栄を張るのはよそうと思ってね。あとはまあ、国内の仕事を、無理のない範囲でやっていこうと」

そろそろ、気は済んだだろう。

「なるほど……ちなみに、今やってらっしゃる会社は」

「『アロー・ワークス・ジャパン』か」

「事業内容は、主にどんなものを」

「そりゃ、いろいろやるさ。農産物、海産物から、建築資材、不動産、インターネットサービスもやったし、立体駐車場もずいぶん手掛けたな」

いい流れだ。

まるで、いま思い出したような芝居をしておく。

「……そうそう、不動産といえば、その『アロー・ワークス』さんでは、投資目的で、沖縄の軍用地転売なども、手掛けていらっしゃるんですね」

「社名は正確にな。うちは『アロー・ワークス・ジャパン』だ」

失礼しました、と東が頭を下げると、矢吹はすぐに続けた。

「東さん。あんた、軍用地の投資話と、砂川のやってたデモに、何か関連があると見込んでるのかい」

当然だろう。むろん、そうはいわないが。

「いえ、私は投資には明るくないので、その辺は、よく分からないとしか言い様がありません。なので、一応確認のために、伺っておこうかと思いまして」

矢吹が口を「へ」の字に曲げる。

「んん……確かに、関係あるように感じるかもしれんが、その辺はまったく別筋なんだ。沖縄のアレは、本当に投資だけが目的でね。しかもうちは、そのコーディネイトをして利鞘《りざや》を稼いでるだけだから。土地をまとめてどうこうしようだなんて、ましてやそれで米軍基地反対だなんて、そんな話ではないんだ。そもそも、米軍が借りていてくれるから、地価は安定的に値上がりし、投資先としての価値も揺るがない、そういう仕組みだからね」

軍用地投資の仕組み云々に、さしたる興味はない。むしろそれを語る矢吹の表情に、東は注目していた。

印象をいえば「グレー」ということになる。嘘をついているようには見えなかった。ただし、裏に別の意図がまったくないかというと、そこまでは断言できない。あるとしたら、現段階では東に見抜けなかったことになる。

これに関しては、もう少し時間をかけるべきだろう。

「そうですか……でも、それをモノにするには、現地の事情に相当詳しい方が必要になってきますよね」

「それが砂川だといわせたいのか。残念ながら、それも違うな。そっちを任せていたのは、ハナシロという、まさに現地の人間でね。おそらく、砂川とは接点もないだろう。私もわざわざ、沖縄出身ってだけで引き合わせたりはしないしな」

それには、納得した顔で頷いておく。

訊きたいことは他にもある。

「それと、矢吹さん。これはまったくの余談なんですが、砂川さんの知り合いに、生田治彦という人物はいませんでしたか」

「なんだって？」

「生田、治彦です。フリーライターをやっている、三十八歳の男なんですが」

矢吹は唸りながら、二、三回首を傾げ、しかし最後には「いや」とかぶりを振った。

「私の記憶には、ないな。そもそも砂川の交友関係なんぞ、私はあまり興味がないんだ」

これも空振りか。

# 5

小川と会った翌日、杏奈から電話があった。

『ジンさんジンさん、あたし、急に思い出したのッ』

まだ大久保のアパートで寝ていたときだったので、陣内には何がなんだか分からなかった。

「……ん、何を」

『上岡さん、あのデモの写真のこと、絶対裏があるっていってたッ』

まだ意識が覚めきっていない。周囲は明るい。窓に当たる陽射しの角度から、午後であろうことは分かる。壁掛けの時計に目をやる。十時か。いや反対だ。二時だ。午後の二時過ぎだ。

「……写真？」

反応が鈍いと思ったのだろう。杏奈はさらに捲《まく》し立《た》てた。

『んもォ、あのデモの写真だってば。沖縄の、米軍基地反対のデモのさ、発端になった事件あるじゃない。なんかさ、米軍の車がお爺さんを轢き殺してさ、でもそれは全然罪に問われなくて、米軍も完全否定しててさ、証拠写真が公開されても、そんな事実はないって、また完全否定してたじゃない』

　まるで杏奈の言葉が頭に入ってこない。沖縄、お爺さん、米軍、写真――ああ、あの話かと思い至るまで、たっぷり十秒はかかった。

『あれをさ、いつだったっけな……前にみんなで集まったときだと思うけど、上岡さんがいってたの。あの写真って、なんか前に見たことある気がするんだけど、なんだったか思い出せないって。前っていったって、事故自体が最近の話じゃない。思い出せないとか、ボケ入ってんじゃないのって、あたしはフザケていったんだけど、上岡さん、そういうことじゃないんだよなって、えらく真面目な顔していってて』

　少しずつ、話の焦点が頭の中で整理できてきた。

「……みんなで集まったとき、ってことは、場所は」

『「エポ」だよ。決まってんじゃない』

「じゃあ、俺もそのとき、いたのかな」

『ん……あ、ジンさんはいなかったかも。タバコでも買いにいってたんじゃないの？』

　そういうことも、あったかもしれない。

「そうだろう……俺はそういう話、全然記憶にない」

『記憶になくてもいいからさ、ちょっとこれ、調べてみようよ』

「調べるって……どうやって」

『分かんないけど、市村さんとかに相談してみてさ』

「市村に相談して、なんとかなるかな」

『だって他にいないでしょ。ジンさん、調べられる？』

それは無理だ。


もう一度杏奈にきちんと説明してもらって、それを市村に伝えることにした。杏奈は、自分で直接電話するといったのだが、こんな時期だ。酒屋の若い女主人と、現役の暴力団組長に接点があることが知れたら、例えばそれが東の耳にでも入ったら、かなり苦しい言い訳を強いられることになる。用心するに越したことはない。だったら、陣内が矢面《やおもて》に立つ。もうどの道、東には正体がバレているも同然なのだから。

最初にかけたのは三時過ぎ。そのときは繋がらなかった。三十分ほど置いてかけてみたが、まだ繋がらなかった。だが小一時間して、向こうからかかってきた。

『……おう、出られなくてすまなかったな。ちょいと取り込み中だった』

「もういいのか」

『ああ。コンクリート詰めにして、三十階建てのビルの基礎に埋め込んでやった』

市村の冗談で、一度として笑えたものはない。

「そりゃご苦労だったな……いや実は、杏奈から連絡があってな」

『親子の仲直りでもしたか』

　電話でなかったら打ちのめしている。

「黙って聞け馬鹿。上岡の話で、思い出したことがあるって」

『ほう。なんで今頃』

　できる限り、杏奈から聞いたままを話して聞かせる。市村も『そんなことあったっけな』と途中でいっていた。

「お前その、デモの発端になった写真って、見たことあるか」

『あるよ。テレビのニュースでもやってたろ』

「俺も、あるとは思うんだが、あんまり記憶にないんだ」

『今でも、携帯で調べてみりゃ出てくるんじゃないか？』

　その携帯で喋っているのだから、今は難しい。

「ただ、調べるったって……不審に思ってた上岡自身が、死んじまってるんじゃな、どう疑わしいのかも分からない」

『でも、あれだろ、要は、昔見たことあるけど、それがいつ、どこでだったか分からないってことなんだろ？』

「ああ」

『だったらそんなの、今どきはネットで調べてみりゃ、一発じゃねえのか』

「そうか、じゃあやってみてくれ」

『俺はできねえよ、そんなの。ジンさんやれよ』

「俺だってできないよ。パソコンだって持ってないし」

『そうか。じゃあ、ジロウに頼むか』

　意外な名前が出てきた。

「……ジロウって、そういうの、得意なの？」

『あいつ、意外とオタクっぽいとこあんだよ。けっこう、密輸拳銃のクリーニングとかやらせるんだけどよ、やり方は、たいていネットで見つけてくるらしいぜ。上手いもんだよ』

　知らなかった。あんな、ヘラクレスみたいな見てくれをしているのに、そうだったのか。あいつって、オタクだったのか。


　市村からジロウに伝えてもらって、それで済むものだと思い込んでいた。だが店を開けようかという時間になって、また市村から電話があった。

『ジロウが、お前も手伝えってよ』

　そんなふうにジロウがいうとは思えない。せめて「ジンさんにも手伝ってもらいたい」くらいのニュアンスだったのではないか。

「でも俺、店あるし」

『終わってからでいいから、手伝ってやってくれ』

「ミサキがいるだろう」

『ありゃ駄目だ。そういう、根気の要《い》る仕事には向かねえ』

なるほど。確かに残りは陣内一人だ。

「分かったよ……店が終わったらいくよ。でも、どこにいったらいい。あいつらの家じゃマズいだろう」

『そうだな。場所はまた考えて連絡する』

すると、まただ。集合場所は渋谷の、あのパチンコ屋みたいなラブホテルになった。メールで指定された部屋番号は「４１１」。フロントで「４１１のミヤモト」といえば通れるという。

指示通りにフロントでいうと、中にいた六十絡みの男は無言で頷き、さらりとエレベーターの方を手で示した。

今回は一つ上がって四階になる。

前回の三階と、内装に多少の違いこそあるものの、それでもやはり過剰にメルヘンな廊下であることに変わりはなかった。なんで五十を過ぎて、月に二回もこんなところに、などと思いつつ、四一一号室へと急ぐ。

呼び鈴を鳴らすと、すぐにジロウがドアを開けてくれた。この寒いのにTシャツ一枚だ。

「おう、お疲れ」

「……どうも」

至って真面目な顔をしているところが、逆に笑いを誘う。何しろ、見た目は髪の短いヘラクレスなのだ。

ジロウはさっさと廊下を戻っていく。陣内はドアをロックしてから靴を脱ぎ、廊下に上がった。

「……しかし……ここ選んだのって、君なんだって？」

あとから陣内が「お菓子の国」に入ると、ジロウはすでに淡いピンクのソファに腰を下ろしていた。

「ああ」

相変わらず不愛想な男だ。ここを選んだ理由を尋ねる気も失せた。男同士云々の冗談も、空回りしそうなのでやめておく。

ジロウの膝元、ゴールドで縁取ったガラステーブルの上には、シルバーのノートパソコンが据えられている。ジロウがマウスに手をやると、そのまま握り潰してしまうのではないのかと、要らぬ心配をしてしまう。

ひとまず手を洗ってから、ジロウの近くまでいく。

に送る。

「どう、案配《あんばい》は」

「まだ何も」

ジロウは、画面一杯に並べられた画像をじっと見ている。ときどきマウスでページを上に送る。

「……ちょっと、訊いていいかな」

「ああ」

質問の許可を得て、逆に訊きづらくなるというのも困りものだ。

「あの……それさ、作業としては、どういうことなの」

「類似画像検索」

それは、おそらくそうなのだろうが。

「もうちょっと、嚙《か》み砕《くだ》いて頼むよ」

するとジロウは、いま見ていたページの上に、別の枠を出現させた。

「……これが元の画像」

「ああ、うん。見たことある」

場面は夜。写っているのは今にも倒れそうな人影が一つと、車が一台。背景には、ぼやけてはいるが色鮮やかな街の明かりも写っている。

アングルは車の斜め左後ろから。撮影は後続車の車内からか、あるいは歩道からではないだろうか。撥ね飛ばされ、仰け反《のぞ》った人の後ろ姿が左側、白い乗用車の後ろ半分が右側に写っている。後ろ姿は男性に見える。白っぽい半袖シャツに、それよりは少し色のあるパンツ。シャツは、ひょっとしたら「かりゆし」かアロハで、多少は柄が入っているのかもしれないが、ハレーションのせいかちゃんとは写っていない。頭髪もほとんど真っ白だ。

白い乗用車の左側面、助手席ドアから後部ドアにかけては、赤い文字で【POLICE】と大きく入っている。そこにオレンジ色のラインが斜めに二本、かかっているのも見える。厳密にいうと【P】の辺りは人影とかぶっていてよく見えないが、車の屋根には警察車両としか思えない横長のランプが載っている。日本警察の白黒パトカーではないのだから、これはもう、米憲兵隊の車両と判断して間違いないだろう。

ジロウがマウスから手を離す。

「そもそも、この画像の出所がよく分からない。去年の十一月くらいから、急激にネット上に広まったようだが、海外のサーバでも経由してるのか、元の元まではたどれない。今は別の方法を試みている。上岡がどういう疑念を持ったのかは分からないが、俺は今、これが捏造《ねつぞう》された写真である可能性を探っている」

捏造――？

「それって、この写真はもともと、憲兵隊が老人を撥ねた瞬間のものではない、ってことか」

「だとしたら、どうなる」

どうなるもこうなるも、とんでもないことになる。

「……憲兵隊が老人を撥ね、死亡させた事故など、なかったことになるな」

「正確にいうと、沖縄で米軍基地撤廃を訴えていた老人が交通事故死したのは事実らしい。ただし、加害車両が憲兵隊のものではなかった可能性が出てくる」

「つまり……デマ」

ジロウが頷く。

「そもそも憲兵隊は老人など撥ねていないのだから、沖縄県警からそういった問い合わせがあっても、事故への関与は否定することになる。ネット上にこの画像が出回り、騒ぎになったのちに、仮に内部捜査を徹底してやったとしても、画像自体がでっち上げなのだから、憲兵隊から犯人が出てくるはずがない。当然、県警側にはゼロ回答になる。県警もその通り発表するしかない。しかし世論は……特に沖縄の世論は、絶対に納得などしない。また米軍に沖縄県民が殺された、証拠もあるのに米軍は認めない、人殺しがこの島に野放しになっている……そういう話になる」

しかし、事はそれでは収まらない。収まっていない。

「じゃあ、いま全国で、とりわけ都内でヒートアップしてる、あのデモは」

「アメリカにしてみたら、なんの根拠もない、名誉毀損の国民運動としか映らないだろうな」

　ジロウが別の画像を表示させる。さっきの画像から、人物だけを切り抜いてきたものだ。背景は真っ黒になっている。

「この被害者らしき人物と、憲兵の車が別々に撮影されたものだとしたら、一緒に検索しても元画像など出てくるはずがない。ただし、別々に検索したら出てくるかもしれない。今はそれをやってみている」

　そういってまた最初の、画像がズラズラ並んだページに戻る。

　確かに、最初の方は似たような、人がよろけたような後ろ姿の写真が並んでいる。しかし十枚、二十枚と進んでいくと、服装がちょっと似ているだけ、写真全体の色合いが似ているだけの画像が多くなってくる。

「これ、何枚くらい検索で出てきたの」

「七百……六十八件」

　陣内も横から見ていたが、ぴったり同じ後ろ姿の写っている画像は、出てこなかった。

「次は、どうする」

「車で検索する」

　それからジロウは、元画像から憲兵隊車両だけを切り抜く作業に入った。これに十五分か二十分。画像のサイズを調整し、余白を黒くしたら出来上がりだ。

それを、ネット上の検索エンジンにアップロードし、類似画像検索にかける。

「……出てきたね」

「これのチェックは任せる」

そういってジロウは立ち上がり、陣内にパソコン前のポジションを譲った。

「分かった。やっとくよ」

ジロウがやっていたのと同じように、一枚一枚画像をチェックしていく。確かによく似た画像ばかりだが、同じといえるものはなかなかなかった。検索されて出てきたのは四百二十九枚。最後の方は、ただ白いセダンタイプの車が出てくるだけになってしまった。

「終わった……なかったよ」

「じゃあ次」

今度は、人物だけを消して、車と背景を残して同様に検索する。

「……チェックして」

「分かった」

こういった作業が二時間ほど続いた。いい加減、陣内も目がショボショボしてきた。ジロウはときおり目薬を注《さ》している。

「それ、俺にも貸してくれよ」

すると、いきなり無言でボトルを放ってくる。これまでどういう人生を歩んできたのかは知らないが、仲間とはもう少し円滑なコミュニケーションを図ってもらいたいものだ。

しかし、こんな作業で本当に元画像に行き着くのだろうか。

いま陣内が任されているのは、背景になっている夜景の検索だ。そもそもぼやけた部分なので、検索エンジン側の解釈も様々だ。色とりどりのボールだったり、布の水玉模様だったり、色覚テストのカラーパターンだったり――。

いや、ちょっと待て。

「……ジロウ。これってさ、そもそもどういう仕組みで、検索結果を出してるんだろうな」

ベッドに寝転がっていたジロウが、すっと上半身を起こす。

「色とか形、画像サイズやキーワードを総合的に判断してるらしいが、詳しいことは俺も分からない」

ここまで見てきて、その中でもとりわけ、色合いが重視されているように感じる。だとしたら、だ。

「じゃあさ、試しにこれ、白黒のを作って検索してみるってのは、どうかな」

返事もせずにジロウはベッドから立ち、のしのしとこっちに歩いてくる。陣内のアイデアをどう思ったのか、という意思表示はない。それでも近くまでくれば、交替しろという意味だろうから、陣内は一つ隣にずれ、パソコンの前を譲る。なんだか釈然としないが、陣内には画像の加工ができないのだから仕方ない。

ジロウがマウスとキーボードを操り、元画像を白黒に作り変える。切り抜く作業がないので、今回はごく簡単に終わった。

それをまた検索エンジンにアップロードしてみると、

「……お」

出てきた。また似たような画像がズラズラと並んで表示されてはいるが、そのトップにあるのは、まさしく「類似」した画像だった。

「ほとんど同じ、だよな」

「ここを除いてはな」

ジロウが指差したのは、車体の左側面だ。元画像では【POLICE】の文字がある場所に、それがない。斜めに入っているラインもない。そればかりか、屋根にはパトランプもない。

その類似画像に写っているのは、ただの白いセダンだ。

「これで……捏造は間違いない、ってことになるな」

ジロウは無言でマウスのボタンをクリックし、その画像が掲載《けいさい》されているページを表示させた。

それは【伝えたい真実がある】と題されたブログだった。背景は青空を思わせる水色で、タイトル下にはカラーの写真画像が一枚貼りつけてある。コンクリート造りの、白い低層ビルが立ち並ぶ市街地の向こうに、いきなり滑走路らしき灰色の地面が広がっており、そこに大型のプロペラ飛行機が三機ずつ、縦二列に並んで停まっている。一機一機は、手前のビルより遥かに大きく見える。かなり衝撃的な画だ。これまでの流れからすると、陣内ですら、沖縄の普天間飛行場を撮影したものだろうとの察しはつく。

ジロウがページを送っていくと、下から例の、事故写真の画像が出てきた。本文はそのまた下にある。

【たまたま那覇市内で撮影した、接触事故の瞬間の写真。被害男性の命に別状はなく、よかったよかった。沖縄県内は何しろ飲酒運転が多くて危ない。みなさんも注意してください。画像は週刊キンダイに掲載されたもの。】

なるほど。確かに、普通の白黒写真よりは質感が粗い。印刷物を改めてパソコンに取り込んだもの、といわれれば納得もいく。

ジロウが【プロフィール】の文字をクリックして表示させる。

【ニックネーム／生田治彦　職業／フリーライター】

ご丁寧に、自身のバストアップの写真まで載せてある。

しかしこれで、だいぶ事件の構図が見えてきたように思う。

闇の先に手を伸べ、指先が何かに触れた――。

そんな手応えを、陣内は覚えていた。

# 第四章

## 1

　砂川は、意外なほど行動的な男だった。

　【静かな海、静かな空】と題したインターネットサイトを立ち上げ、まずそこで、米軍基地問題や米兵による犯罪についての紹介を始めた。彼自身は文章も上手いし、ページのレイアウトなどにもセンスを感じた。決して沖縄色を前面に出すことはせず、部分的にはアメリカナイズされたイラストやファッションなども盛り込み、馴染みやすいページに仕上げていた。またブログとも連動させ、「オフ会」と称してサイト閲覧者と直《じか》に会い、着々と人脈を広げていった。

　ときには私も執筆を依頼された。

「ギャラは出せないですけど、ぜひ、生田さんにも協力してもらいたいんですよ」

彼から報酬《ほうしゅう》を得ようとは私も思っていなかったので、他の仕事に支障《ししょう》がない範囲で、と断った上で、いくつか原稿を引き受けた。

当初「オフ会」として催されていた飲み会は、「ミーティング」「第◎回会議」と意味合いが変遷していき、「飲み仲間」だったはずのメンバーも、いつのまにか「組織の一員」のような結束力を持つようになっていった。その頃には、砂川のサイトのトップ画面にも【Presented by Team QS Ⅱ】と出るようになっていた。「QSⅡ」は「Quiet sea, quiet sky」、つまり「静かな海、静かな空」を英語に直訳したものであり、それをそのままチーム名にまでしたわけだ。一時期、一部の女性メンバーたちは「QSQSだから、クスクス」と、冗談めかして呼んだりもしていた。

しかし、集まりで議論されるのは至って真面目な内容だった。

会議の方向性を決定しているのは、むろん砂川だ。

「結局、地位協定の文言《もんごん》自体は、いわば氷山の一角に過ぎず、それを下支えしてきたのは外務省が調《ととの》えた山のような密約であり、現在も日米合同委員会によって、それらは量産されているわけだよ」

日米合同委員会とは、米軍基地の提供や返還、地位協定の運用に関するすべての事項を協議する場として、地位協定第二十五条に基づき設置された組織だ。定例会は月に二回開催され、日本側は外務省北米局長を筆頭に、法務省、財務省、農水省、防衛省の局長クラスが出席する。米国側は在日米軍副司令官、陸軍、海軍、空軍、海兵隊の副司令官及び参謀長クラス、在日大使館公使などだ。

メンバーたちも砂川に影響を受けたのか、この手の知識を急激に身につけていた。

「そうなんですよ。議事録の公開もなければ、発表されるのは、何が合意に至ったのかっていう、その項目だけでしょう。日本側が何を提案し、何を要求し、アメリカが何を認め、何を拒否したのかとか、そういうことが全然表に出てこない」

「出てこないっていうか、出せないんでしょう。だってこっちは、所詮そこらの省庁の局長レベルなんだから。むこうは在日米軍のナンバー・ツーが出てきてるんだからね。敵《かな》いっこない。せめてこっちだって、副大臣とか政務官クラスを出せっつーの……もうその時点で、相手の言いなりになる気満々でしょう」

「どうせ、今度はこんなレイプ事件が起きました、どうしましょう、それはきみ、捜査も起訴もしてもらっちゃ困るよ、はい分かりました、って、全部丸呑みしちゃってるんでしょうね」

こんなやり取りが土日の昼間から、新宿や渋谷にある喫茶店の貸し会議室で始まり、夕方には居酒屋に移動し、「飲み会議」と称して夜中まで続けられるというのがお決まりのコースだった。

多いときは会議に二十人、居酒屋に三十人くらい集まることもあった。少ないときでもそれぞれ十人くらい。「飲み会議」に入ると、議論はますますヒートアップしていく。

「砂川さん。とりあえず目に見える行動を起こしましょうよ。ちょっと、こっちはデモとか少な過ぎますよ。完全に冷めきってる感じじゃないですか」

こういうことを言い出すのは、たいてい二十代の若いメンバーだった。会の中心を担うのは砂川らの三十代世代。ちらほらと四十代、五十代もいるのだが、勢いがあるのはやはり二十代のメンバーだ。人数的にも、三十代メンバーに迫るものがある。

砂川も、チームの運営にはかなり手応えを感じているようだった。

「分かってる。近々、必ず行動を起こすよ。ただ、今のままじゃ駄目だ。このままいっても、代《か》わり映《ば》えのしない、どこかでやってるデモとしか、社会には受け止めてもらえない。何か起爆剤になるようなものが必要なんだ。何か……ガツンと、世の中に訴える、インパクトのあるものが」

当時から砂川はＩＴ系の仕事に就いてはいたが、三十代の男としては金を持っている方ではなかった。それでも会の主宰者である以上、「飲み会議」には最後まで付き合わなければならない。終電に間に合うような時間になどまず帰れない。かといって、電車がなければタクシーで、と気軽にいえる身分でもない。私がいないときにどうしていたかは知らないが、私がいるときは決まって、

「生田さん……すんません。今夜、お願いします」

私が住んでいる目白《めじろ》のアパートに、彼は転がり込んできた。

きたらきたで、また私の部屋で「飲み会議」の延長戦が始まる。一対一なので、さらに突っ込んだ議論になっていく。

「生田さん。最近、民自党の世良さんと会ってます？」

世良は今回の、第二次西野右輔《にしのゆうすけ》改造内閣で、官房《かんぼう》副長官の任に就いていた。

「いや、全然会えなくなった。官房副長官って、大臣より忙しいみたいよ。しかも、西野総理は毎日必ず、官房長官の内海《うつみ》さん、副長官の世良さんに阿藤《あとう》さん、笛木《ふえき》さん、たまに首席秘書官の高峯《たかみね》さんも加えて、官邸の五階で朝会をやるらしい。官邸の五階ってさ、記者がモニターで確認できる廊下の他に、首相執務室と、長官、副長官執務室とが繋がってる内廊下があるんだよ。そこを通ってメンバーは集まるから、首相番の記者にも全然動きが読めないんだって」

無意識ではあったが、やはり元産京新聞記者というプライドがそうさせるのか、私はときおり、現役記者から仕入れた最新情報を砂川に話して聞かせた。だが、彼自身はそういうネタにあまり関心がないようだった。

ただし、世良という政治家には興味があるようだった。

「世良さんって、日米安保とか、地位協定に、どういうスタンスなんですかね」

「んん、それについては、何回か話したことがあるけどね……安保に関しては、各論はともかくとして、総論としては、絶対に必要、って考え。地位協定に関しては、改定の必要性はむろんあるんだけど、現実的には難しいって感じかな」

「具体的にいうと、どういうところが難しいんですか」

私は、以前世良から聞いた話を、できるだけ分かりやすく、簡略化して伝えた。

すると、砂川が急に目を輝かせ始めた。

「……そうなんですよ。フィリピンは確かに、憲法を改正して米軍を追い出しましたが、それじゃ駄目なんですよ。日米同盟は、ある意味必要悪ですからね……日米地位協定に関しては、そう……生田さんの主張も分かるんです。捜査権、裁判権は米軍側でもいいから、こっちにも納得できる処分をしてくれ、っていうね、うん……それができれば、それが一番分かりやすいと思うんですよ。でもね、それができるくらいだったら、日米合同委員会で事足りるはずじゃないですか。あそこできちんと日本のスタンスを示して、どうなってんだコラと、米軍側にいえばいいわけですから。日米『合同』の委員会なんですから、互いの話し合いの場じゃなけりゃ……」

こうなってしまうと、私が「そうなんだけど」とはさもうとしても、砂川は決して止まらない。

「ですから、ですからですね、地位協定を細かくどうこうしようとしたって無駄なんでするんですよ」

　一瞬、彼が何をいいたいのか分からなかった。

「……大本を、断つ？」

「ええ。日米安保を、いったん解消するんです」

「そんな」

　砂川は至って真剣だった。

「生田さん、日米安保って、どうやったら解消できると思います？」

「それは……」

　世界にある、他国の前例に倣うのが手っ取り早いだろう。

「それは、君がさっきいった、フィリピンのように憲法改正をして……」

　ぶんぶんっ、と砂川がかぶりを振る。

「憲法改正なんて必要ありません。いいですか、日米安保条約の第十条には、『この条約が十年間効力を存続した後は、いずれの締約国も、他方の締約国に対しこの条約を終了させる意思を通告することができ、その場合には、この条約は、そのような通告が行なわれた後一年で終了する』とあるんですよ」

　これを聞いた時点で、恥ずかしい限りだが、私はこの条文のことが頭になかった。それを砂川が覚えていたことにはむろん感心したが、あとで確認してみると、砂川がこの条文を一字一句違《たが》えることなく暗記していたと分かり、それにも私は驚きを禁じ得なかった。

砂川の勢いはさらに増した。

「いいですか生田さん、私はいいましたよね。日米安保は必要悪だって。何より日本という国が望んでいることだけれども、アメリカだって手放したくないわけですよ。だから、それはそれでいいんです。日米安保は安保として……」

「でも、解消しちゃうんだろう？」

「だから、いったん解消するんですよ、いったん。あくまでも一時的に解消することによって、日米地位協定までをごっそり取っ払っちゃうんです。で、その後に日米安保だけを結び直すんですよ。で、地位協定に関してはまったく新しい枠組みで結び直すんですよ。生田さんがいってるようなね、捜査権と裁判権は渡してもいいけれど、やるべきはちゃんとやってもらって、刑罰なり処分なりも公正にしてもらう……いや、させる。なんだったら日本の法律に準拠するような方向で処罰すると、そう明記した協定に改めるんです。これは双方が望んでることなんですから、この線だったら可能なんですよ。憲法改正なんて絶対にできないんだから、でもこれだったらできるんだから」

このときは意見などまったく差しはさめなかったし、ただ砂川の勢いに気圧《けお》されるばかりだった。

「生田さん、この話、世良さんに直接できないですかね。世良さんは憲法改正論者ですよね」

「まあ、民自党の、党是が、そうだからね……」

「それくらいの気持ちがある人じゃなきゃ駄目なんですよ。でもね、でもですよ、憲法改正はやっぱり不可能なんですよ。今の世論からいって。だったらね、まずは安保から揺さぶりましょうよ。そうすることによって、最終的に地位協定だけ勝ち取れればいいわけですから、そういう方向でやってみませんかって、やってくださいよって、世良さんに押してみましょうよ。個人的なパイプのある生田さんならできますって。けっこう、意気投合してたんでしょう？　前は、自宅にだって入れてもらえたんでしょう？」

確かにそういうこともあった。しかし今とは状況が違い過ぎる。

何しろ今、世良は内閣官房副長官なのだから。


そんな話の、ほんのひと月かふた月あとのことだ。

沖縄県宜野湾市の普天間飛行場近くで、仲本五具《なかもといつぐ》という、米軍基地撤廃を求める七十二歳の市民運動家が、夜間、自動車に撥ねられて死亡するという事故が起こった。その件が、すぐ全国的に報道されるということはなかった。当然だ。「ただの」といっては亡くなられた仲本氏に失礼だが、それ自体は日本中どこにでも起こり得る、一件の交通死亡事故に過ぎなかったのだから。

しかし、去年の十一月頃だったと思う。急にこの事故が、ネットのあちこちで取り上げられるようになってきた。

【運動家の老人を轢き殺したのは、米憲兵隊のパトカーらしい。】

【座り込みをしていた老人が、基地前の道を横断しようとしたところ、憲兵隊の車がブレーキもかけずに撥ね飛ばしていったらしい。】

【米軍はこの事故に関し、何かの間違いだとコメントした模様。】

この段階でもまだ、沖縄にはありがちな都市伝説というか、デマの類だろうと私は思っていた。

だが、砂川たちはそうではなかった。

「砂川さん、やりましょう。今ですよ、今やらなきゃ駄目ですよ」

「ああ、そうだな。こうまで堂々と日本人を殺されたんじゃ、もう黙ってるわけにはいかないよな。仲本さんは熱心な活動家だった。同志に、犬死にはさせられない」

「そうですよ。今なら世論も動きますよ。マスコミだって高い関心を示しています」

「よし、やろう……まず手始めに、新宿でデモをやろう。手筈《てはず》は俺が整える。みんなは人数を集めてくれ。それと」

「プラカードとか、ハチマキとか」

「のぼりみたいなのも作りましょう」

「俺の班、今月中なら五十人は堅いです」

しかし、驚いたのはそれではなかった。

ある日、私がパソコンで調べ物をしていると、ふと視界の端を何かがよぎった。なんだろう、と思いページを上の方に戻していくと、

「……えっ」

ニュースのアクセスランキングで、【沖縄の運動家、事故死の瞬間】と題された記事が、画像付きで一位になっていた。最初は、なぜ自分がその記事に目を留めたのかさえ分からなかった。だがページを開いてみると、すぐに分かった。

写真だ。その写真はかつて私が撮影し、沖縄のレポート記事と合わせて週刊誌に提供したものだった。しかも写真右手、私が撮影した写真ではただの白い乗用車だったのが、ウェブ上では米憲兵隊のパトカーそっくりに加工されている。画像をダウンロードし、拡大して見てみたが、ブレや滲《にじ》みまで精密に加工してあり、ちょっとやそっとでは偽造《ぎぞう》とは見破られそうになかった。

私はまず、週刊誌の編集部に連絡することを考えた。なぜ私が提供した写真を、無断でこんなことに使ったのかと抗議しようと思った。しかし、それはすんでのところで思い留まった。もし、私の写真を加工して広めたのが編集部ではなかったらどうなる。今度は逆

に、写真を偽造してバラ撒いたのは私ではないかと疑われることにもなりかねない。編集部への連絡は、もう少し考えてからの方がいい。

じゃあ誰だ。誰が私の――。

可能性があるとすれば、砂川だった。彼なら何度もこの部屋に泊まりにきている。私がシャワーを浴びている間、ビールを買いにいっている間、彼ならパソコンを開いて、画像データを持ち出すことも可能だ。しかも私は――甘いといわれればそれまでだが、自分のパソコンにパスワード認証を設けていなかった。まさか、こんなことになるなんて想像すらしていなかったのだ。

すぐ砂川に連絡をとった。電話はなかなか繋がらなかった。

私は焦った。テレビでは、例の画像を「証拠写真」と呼び、それを掲げたデモが都内で同時多発的に行われていると報じていた。取材映像も流れていた。大きく引き伸ばし、ドットの絵柄みたいに粗くなった偽造事故写真を、何十枚もコピーして、何十人もの人が頭上に掲げて、「沖縄から米軍は出ていけ」「沖縄に平和を取り戻そう」「アメリカよ、日本を戦争に巻き込むな」「静かな海、静かな空を返せ」「日米安保完全破棄」とシュプレヒコールをあげている。

スタジオでも、こんな写真があるのになぜ米軍は事故の責任を認めないのでしょう、と有名なコメンテイターがさも深刻そうに顔をしかめている。元警察官というコメンテイターも、この事故写真は本物ですねと、証拠としても信用に値すると太鼓判を押している。

違う違う違う、加工されたのは事故かどうかの部分じゃない、車だ、その車は憲兵隊のものなんかじゃなくて、ただの、ごく普通の、白い乗用車だったんだ——。

私が騒ぎに気づいて、三日くらいしてからだろうか。一向に連絡のとれなかった砂川が、急にアパートを訪ねてきた。

「こんばんは、生田さん」

「お、おい、こんばんはじゃないだろうッ」

私は砂川を部屋に引っ張り込み、鍵を閉めドアチェーンをかけ、いいから座れとパソコンの前まで背中を押していった。

その、砂川の背中は、震えていた。

私の両手に伝わってきたその震えは、悲しみや、恐怖といったものからくるものではなかった。

嗤《わら》いだ。

砂川は、背中を震わせて嗤っていたのだ。

「生田さん……あなたがモタモタしてるから、私、やっちゃいましたよ。ちょうどいい写真があったんでね……使わせてもらっちゃいました」

ちょうどいいとか、使わせて、もらっちゃったとか——。

「君、一体、何を……自分が、何をいってるのか……」

「ええ、分かってますよ。当たり前でしょう。なかなか火の点かなかった東京に、私が火を点けてやったんじゃないですか。大成功ですよ」

またた。テレビのニュースで、都内各地で反米軍基地のデモが激化していると報じている。今日は暴動にまで発展し、重軽傷者が合わせて六人も出たといっている。

砂川の嗤いは止まらない。

「生田さんが、世良にスパッといってくれれば、それでよかったんです。それを、いつまで経っても、省庁がどうだとかひと筋縄ではいかないとか……事態をここまで悪化させたの、はっきりいって生田さんですから。それに、今になって、あれは加工された写真だから真に受けちゃ駄目だなんていったって、遅いですからね。あれの出所、生田さんですから。生田さんのブログにも載ってる写真なんですから。それを加工したの、どう考えても生田さんですから。今さら一人でイイ子ぶったって、無駄ですからね」

別人だった。初対面のときは、学者肌の大人しそうな青年だと思ったが、そのとき私の目の前にいた砂川は、怪物だった。目玉がこぼれるほど目を剝き、唇を歯茎に巻き込むほど牙を剝き、千切れるほど頰を歪《ゆが》めて嗤う——西洋のガーゴイルとか、そういう化け物に近かった。

「我々は、ここから始めるんです……とにかく、米軍基地撤廃まで、突っ走りますから。

生田さんも協力してください」

　話が違う。単純にそう思った。

「き、君の主張は、あ、あくまでも、地位協定の、枠組みの……」

「この期《ご》に及んで眠たいことといわないでくださいよ。今は米軍基地撤廃で突っ走るしかないんですよ。世論がそっちに動き始めてるんですから。もう止められないんです、後戻りなんてできないんです。生田さんも、もう同じジェットコースターに乗って、走り出してしまってるんですよ。それとも、飛び降りてみますか。そう、降りられるものなら降りてみればいい。あの……あなたが救えなかった女子大生みたいに、誰か助けて、私をここから助け出してって、叫んでみればいい……それを見殺しにしたあなたに、そんな資格はないと思いますけどね」

　完全に、悪夢は始まっていた。


　一人でどうにかできる状況ではなかった。誰かに相談しなければと思った。だが、世良は以前にも増して多忙を極めており、ほとんど連絡もとれなかった。新聞社時代の知人も、話したところでどうにかしてくれるとは思えなかった。

　そんなときだ。

『……もしもし、生田くん？　俺、分かるかな……上岡です』

歌舞伎町ライターの上岡慎介から連絡があった。

彼と知り合ったのは一年半くらい前。風俗関連の記事を書くチャンスに恵まれ、しかしそんな知識もノウハウもなかった私は、知人を頼って歌舞伎町事情に詳しい人物を紹介してもらった。それが、上岡だった。

彼は、そんなことまで教えてくれるの、というくらい、歌舞伎町のことを隅から隅まで教えてくれた。彼だってフリーライターなのだから、それを書けばギャラになるだろうと思ったのだが、

「俺は……もういいんだ。生田くん、よかったら今のネタ、書いていいよ。遠慮なく、使っていいから」

そういって、私にいくつもネタを譲ってくれた。お陰で私は、その後も歌舞伎町関連の仕事を依頼されるようになった。

上岡は、私にこんなこともいってくれた。

「歌舞伎町で取材してて、なんか困ったことになったら、相談しなよ。たいていの筋には顔が利くし、トラブルもさ……他所《よそ》じゃ考えらんないようなこと、起こるからね、この街では。裏もあれば、裏の裏も、あるわけでさ……あんまり無理すっと、ずぶずぶ、はまり込んでっちゃうから。どうせだったら、そうなる前に相談しなよ。助けてあげられることも、あると思うんだ。今の俺には、まあ、なんちゅうか……そういう、仲間もいるしね」

この人だ、と思った。そのとき私が巻き込まれていたトラブルは、まるで歌舞伎町とは関係なかったが、それでも上岡なら、少なくとも私よりは、こういった事態に冷静に対処する方法を考えつくのではないかと思った。

「上岡さん、私、実は今……」

『うん。なんか、大変なことになってるよね』

「えっ……何が、ですか」

『デモのことでしょ。あの写真、生田くんのブログに載ってるやつ、加工したものだよね』

マズい、と思った。まずそこを否定しなければと、私は躍起《やっき》になった。

「ち、違うんです上岡さん、あれは、私がやったんじゃなくて」

すると上岡は、低く、漏らすように笑った。砂川の、あの怪物じみた嗤いとは違う。もっと深く、落ち着いたものだった。

『分かってるよ。俺だって、その程度には、人を見る目はあるつもりだよ……いってみ、何があったのか。相談、乗ってやるから』

今は、後悔している。彼にすべて打ち明けてしまったことを、死ぬほど悔やんでいる。

でも、あのときは仕方なかった。

まさか、上岡が殺されるなんて、思ってもみなかったのだ。

## 2

陣内という男は、警察の通常勤務終了時刻まで把握しているのだろうか。

そろそろ終わりだな、と東が壁の時計を見上げた十七時五分、ポケットの中で携帯が数秒震えた。確認してみると、メールではなく、電話番号宛てに送られてくるショートメッセージが届いていた。

【突然の連絡で失礼いたします。陣内です。今夜、もしお時間がありましたらご来店いただけますでしょうか。】

文字数に制限のあるショートメッセージだから用件が書いていないのか。あるいは、それはいうまでもないということなのか。

どちらにせよ、東の答えは「ＹＥＳ」だ。

【十八時頃には伺います。】

残り数分の勤務時間をあれこれ考えながら過ごし、東は十七時十五分になって席を立った。

ロッカーからコートを出し、腕を通す。マフラーを一周首に巻く。普段、東が時間通りにデカ部屋を出ることなどないのだが、今日は特別だ。

「すみません、お先に失礼します」

「はい、お疲れさまでした」

篠塚やその他の係員に挨拶をし、ドア口に向かう。やけに早いなと、誰もが思っているのだろうが、それに言い訳をするのも面倒だった。別の誰かなら「デートですか」くらいの冷やかしもあるのかもしれないが、この部屋で東にそんな軽口を叩く者はいない。今日だけは、そんな職場の空気に感謝したい。

二月十七日。歌舞伎町が最も暇な月曜だ。いつもなら「エポ」が開いているか気になる曜日だが、陣内から連絡してきたのだから、今日ばかりはそれも必要ない。

かなり速足で歩いてきたのだろう。十七時半を少し過ぎた頃には、もうゴールデン街に着いていた。

見れば、「エポ」のシャッターは三分の二ほど上がったところで止まっている。ひょっとして、やはり月曜は休みなのか。だが東を呼ぶために、陣内はわざわざ店を開けたのか。

頭をぶつけないようシャッターをくぐり、せまい階段を上り始める。するとすぐ、二階にある戸口に陣内が姿を現わした。

「東さん……すみません、急にお呼び立てしましまして」

「いえ。ご連絡、ありがとうございました」

階段を上がりきると、陣内が手で店内を示す。

「どうぞ、入っててください……邪魔が入るといけないんで、下、閉めてきちゃいますね」

陣内は軽い足取りで下まで下りていき、慣れた手つきでシャッターを閉め、今度は一段飛ばしで二階まで戻ってきた。まあ、上り下りし慣れた階段というのはそういうものなのだろうが、それにしても身のこなしが若いなと、変に感心してしまった。

「……この階段、けっこう急ですよね」

「そう、なんですよね……お客さまには、ご迷惑をおかけしてます」

今一度、陣内が「どうぞ」と店内を示す。今度は東も素直に従った。

陣内がカウンターに入る。東もなんとなく、この前と同じ真ん中辺りの席に座った。陣内の背後の棚には明かりが点いている。いかにも、陣内が「何になさいますか」と言い出しそうなタイミングと雰囲気だったが、

「……まず、用件からお話しした方がいいですか」

やけに険しい顔で、そう訊いてきた。完全に、バーのマスターのそれではない。

「酒の肴になるような話でないのなら、そうですね。先に、伺いましょうか」

すると陣内は頷き、手元に置いていた何かを摘み上げた。

さして大きくもない、茶封筒が一枚。その中から、L判くらいの写真を何枚か抜き出す。

「もちろん、これはご存じですよね」

まず一枚。東に向け、カウンターに押し出す。左側に、撥ね飛ばされて仰け反ったような老人の後ろ姿、右側には米憲兵隊のパトカーが写っている。

「ええ。昨今のデモの、発端になったといわれている写真ですね」

「その通りです……では、こちらはご存じですか」

もう一枚。今度はそれの白黒バージョン――いや、違う。憲兵隊のパトカーが、ただの白いセダンになっている。

「これは」

「数年前、とあるフリーライターが書いた記事と一緒に、週刊誌に掲載されたものです」

まさか。

「……ひょっとして、上岡が？」

陣内が短くかぶりを振る。

「いえ、イクタハルヒコという、別の……」

イクタハルヒコ。あの、姫川がいっていた、生田治彦か。上岡が殺されたウィークリーマンションに「サイトウユウスケ」の名で宿泊していたという、犯行後は覆面の三人と現場を離れたという、あの男か。

陣内が、怪訝《けげん》そうに覗き込んでくる。

「どうか、しましたか」

どうしたもこうしたもない。一日のうちに、まったく別方面の人間から、同じ「生田治彦」の名前を聞いたのだ。驚くなという方が無理だ。

「陣内さん……あなた、これをどうやって？」

「見つけたのかってことですか」

「ええ」

「簡単でしたよ。インターネットで、普通に類似画像検索したら出てきました」

そんな馬鹿な。

「だったら……もっと多くの人が、もっとずっと前に見つけて、捏造だって騒ぎ出してるでしょう」

「かもしれません。でも、ちょっとひと工夫は必要でした。偽造された方、憲兵隊の写真はカラーですが、雑誌に発表されたのはモノクロですからね。偽造された方もモノクロに変換してからじゃないと、検索では引っかかってきません」

「そんなことで……」

「そう、そんなことなんですよ」

疑問はまだある。

「しかし、この、雑誌に発表されたという、これ」

「ええ。『週刊キンダイ』だそうです」

「これをカラーに加工して、車に『POLICE』と描き加えても、こうは仕上がらないでしょう」

陣内が頷く。

「そうでしょうね。ですから、この雑誌に掲載された写真を加工したのではなく、掲載前の、元になった写真なり画像データなりがあって、そっちを加工したんでしょうね。誰がやったのかは分かりませんが」

最も考えやすいのは、生田本人ということになる。

「陣内さん。この白黒写真が掲載されているサイトというのは、私でも普通に見られるんですか」

「ええ、見られますよ。あとでアドレスをお教えします。そうはいっても、よくあるタイプのブログですけどね。この写真も、偶然撮れた接触事故の写真として紹介されていました。被害男性の命に別状はなかったようです」

いいながら陣内は自分の携帯を操作し、こちらに差し出してきた。

「……これ、なんですけどね」

本当だ。ごく普通のブログに、どうってことない一日のエピソードとして、堂々と、それでいて飾ることもなく掲載されている。プロフィールにもちゃんと【生田治彦】と出ている。

陣内が、携帯をカウンターに置く。

「東さん……これ、どう思いますか」

「どう、というと?」

「この生田という男が、自前の写真を加工して、まるで憲兵隊が人を撥ね飛ばしたかのように見せかけ、それをネットで拡散させて、世論を焚《た》きつけた……そういう筋書きは、一つ成立しますよね」

「確かに」

「しかし、こうあっけらかんとブログに発表した写真を、こんなふうに加工して使うだろうか、という疑問はあります」

「それは、私もそう思います」

考えるべき要素は複数ある。まず前提としてあるのは、昨今のデモを主導していた砂川雅人、事故写真の原板の持ち主らしき生田治彦、この二人ともが上岡殺害に関与している疑いが強いということだ。少なくとも代々木の特捜は、砂川、生田の両名が上岡殺害現場にいたと見ている。

生田が自前の写真を加工し、砂川に使わせたのか、あるいは生田の所有する写真から砂川がこれを選び、加工してネットに拡散させたのか。どちらにせよ、この二人は写真の偽造に関与し、それを端緒として反米軍基地デモを活性化させた側の人間だ。

では、上岡はどうだったのか。まずデモを外側から見て、取材する側だったことに疑いの余地はない。あくまでも部外者。デモの近くにいたことはあるだろうが、参加していた可能性は、東は低いと思う。

仮に、陣内が行ったのと同じ手順で、上岡がこの写真のトリックに気づいたとしたら、どうだろう。原板の持ち主が生田治彦であることはすぐに判明する。フリーライターであることも書いてある。同業者なのだから、直接の面識がある可能性もあるが、仮になかったとしても、出版社の編集部を頼れば接触することは可能だろう。「週刊キンダイ」といったら、確か、大手出版社の陽明社《ようめい》が刊行している週刊誌だ。陽明社に知り合いさえいれば、上岡は容易に生田と接触することができたはず。

あるいは、上岡は反米軍基地デモの取材もしていたのだから、代表者である砂川とも面識があったかもしれない。その線で直接、接触を図った可能性もある。

しかし、接触してどうする。生田を、あるいは砂川を、お前らが写真を偽造してデモを焚きつけたんだろう、と糾弾したのか。それくらいはしたかもしれない。ただし、上岡がこの偽造写真についてすべきことといったら、それはやはり世間への公表であり、大規模化したデモに対して「みなさんが根拠にしているこの写真は偽物です、憲兵隊は老人など撥ねていない」と事実を明らかにし、今以上の膨張にストップをかけることだったのではないか。

ところが、それを実行する前に、上岡は殺された。

また、陣内が顔を覗き込んでくる。

「東さん。上岡さんが殺された件、原因はここにあると、思っていいんでしょうか」

そうとまでは、まだ断言できないが。

「可能性は、あるでしょうね」

「この情報、お役に立ちましたか」

視線を上げると、陣内の、何も映さない黒い瞳がそこにあった。刑事である東にすら、心にあるものを一切読み取らせない、深く、暗い、静かな目だ。

「もちろん。この情報は、私の方でよく吟味して、必要があれば特捜の方に……上岡さんの事件を捜査している、特別捜査本部に渡しておきます」

それに対して、陣内は何かいいたそうな顔をした。だが彼が口を開く前に、階下で大きな物音がした。尻に、ドンと振動が伝わってくるほど大きな――シャッターだ。階段下のシャッターが、何者かによって開け放たれた音だった。

陣内が眉をひそめる。

「……誰だろう」

カウンターを出て、戸口の方に向かう。その間にも、ゴトゴトと無遠慮な足音が階下から迫ってくるのが聞こえる。東はとっさに、テーブルに並べられていた写真をポケットにしまった。

陣内が引き戸を開けるのと、そこに人影が現われるのがほぼ同時だった。

「……おら、ちょいと邪魔するぞ」

最悪だった。最悪の場所に、最悪の相手が現われた。

陣内はそいつが何者だか分かっていないだろう。

「あの、申し訳ございません。本日は休業日となっておりまして」

「心配すんな。シャッターならいま俺が開けてきてやった。本日は営業日、たった今から、挨拶は『いらっしゃいませ』だ。さもねえと……そこのカウンターの御仁《ごじん》の、立場がなくなるぜ」

相手は陣内を押《お》し退《の》け、強引に入ってこようとする。

反射的に、陣内の右手に力が入る。

「ちょっと、困りますよ」

危険な瞬間だった。陣内がひとたび手を動かせば、それが素人の動きでないことが、この男には分かってしまう。それはマズい。上岡殺しとなんの関係もないこの状況で、陣内に要らぬ疑いの目を向けさせたくはない。

「陣内さん」

そう呼びかけると、それだけで陣内は察したか、右手の指先から、静かに力を抜いていった。何事もなかったように、その右手を背中に隠す。

「陣内さん……それは、私の同業者です」

そうは思えないだろうし、東とて同業者などと呼びたくはないが、事実なのだから仕方がない。

勝俣健作。四万三千人いる警視庁警察官の中で、誰か一人殺していいといわれたら、東は間違いなくこの男を殺す。

陣内も、一歩下がって会釈をする。

「刑事さんでしたか……それは、失礼いたしました」

勝俣が、さも満足そうに頷く。

「この店は俺が調べるから触るなって、押さえるだけ押さえて、しばらく寝かせといたんだがな……こんな、小鼠《こねずみ》が引っかかってくるとは、思ってもみなかったぜ」

何をいうか、このドブ鼠が——。

東はスツールから下りた。

「なんの用だ」

「オメェ、耳糞で耳の穴が塞がってんじゃねえのか。特捜に呼ばれもしねえ役立たずなんぞに用はねえ。この店はな、俺が調べるっていってんだよ、捜査一課のデカとしてな。むろん、協力してえってんなら、仕方ねえから手伝わしてやってもいいぞ。わざわざ休みの店に、コソコソ聞き込みに入るくらいだ。テメェがホモでもなけりゃ、それなりにいいネタ拾えてんだろう……あ？」

勝俣の後ろには誰もいない。今日もまた、代々木の係長を撒いてきたということか。

いいだろう。相手になってやる。

「だったらなんだ。公安に捨てられたあんたなんかに、俺がネタをくれてやる義理はない」

勝俣の頬が、釣り針でも引っかかったように吊り上がる。

「それなら黙ってそこで聞いてろ。俺様の仕事に、余計な茶々入れんじゃねえぞ……ほれ、雇われ店長。話聞いてやっからそこに座んな」

いいながら、陣内の肩を軽く押す。せめてもの意地か、陣内はスツールには座らず、再びカウンターの向こうに回った。勝俣は、東の座っていたところから一つ空け、二番目のスツールに「よっこらしょ」と上った。

「あんたが、陣内陽一だな」

陣内が「ええ」と無表情で答える。

「上岡はここの常連だった。最後に、この店にきたのはいつだ」

「五日の水曜日です」

「ずいぶんとはっきり覚えてるんだな」

「東さんにもそのお話はしましたので。同じことを申し上げたまでです」

勝俣の態度が気に障ったのはよく分かるが、あまり反抗的な態度はとらない方がいい。下手に睨まれたら、あとで厄介なことになる——そう思いはしたが、ここまで不躾な真似をされて、従順な態度でいる方が逆に不自然か、とも思う。

二人のやり取りは続く。

「その日はなんの話をした」

「お疲れのようだったので、忙しそうですねと……そんな程度のことです」

「上岡はなんと答えた」

「忙しいといってましたよ」

「何で忙しいといった」

「仕事でしょう」

「そんなこたぁ分かってる。どんな内容の仕事だといった」

陣内の顔にはいかなる表情も、声には抑揚《よくよう》もない。

「彼はフリーライターですよ。車の営業マンなら、今月は何台売ったとか、いくら売り上げたとか、仕事の自慢話もするんでしょうが、ライターが仕入れたネタを自慢げに喋ってたら、商売にならないでしょう」

前回、陣内は、上岡が反基地デモと祖師谷事件の取材をしていたことを東に話している。

しかしそれは、勝俣には喋らない。それが陣内の「判断」ということだ。

勝俣が眠たそうに頷く。

「まあいい……それくらいのネタは、こっちも素人じゃねえ、ちゃんと摑めてる。だが俺が聞きてえのはな、そんなどこにでもあるような、毒にも薬にもならねえ茶飲み話じゃねえんだ。いいか、よく考えて答えろよ……確かにあんたの言う通り、上岡はフリーライターだ。特に歌舞伎町を主戦場とし、裏社会ネタを得意とする……ま、いったら、ドブ浚《さら》いみてえなペンゴロだ」

ドブ鼠のお前がいうな、とは思ったが、口ははさまなかった。

「その上岡が、だ。覆面かぶった連中に滅多刺しにされて殺されたんだぞ。何か恨みを買ったのか、知っちゃならねえことを知っちまったのか。たかが飲み屋のオヤジだって、それくらいの想像はできるだろう。そら……もう一回よく考えて答えろ。死ぬ前の上岡と、あんたはどんな話をした。奴はどんなネタを握り、どんな筋に恨まれてた……ヤクザ、半グレ、チャイニーズ、コリアン、右翼に左翼、地元のしょんべん議員なんてのも、怪しいっちゃ怪しいが、それくらいの裏ネタなら、もうそろそろ割れてきてもいい頃だ。ところがこのヤマは、そうひと筋縄ではいきそうにない……もう一枚、分厚い暗幕を捲ってみなけりゃ、裏の裏までは見通せそうにない」

ごく最近、「暗幕」という言葉を別の誰かから聞いた気がしたが、すぐに思い出した。

矢吹だ。ただ、いま勝俣がいったのは違う意味に聞こえた。

裏の裏——東が連想したのは「歌舞伎町セブン」だ。でもまさか、さすがに勝俣といえども、現時点でそこまで知っているとは思えない。

陣内が、ゆっくりとかぶりを振る。

「申し訳ありませんが、心当たりはないですね。たかが飲み屋のオヤジが、そんな深い話……知るはずないじゃないですか」

その言葉を、勝俣がどう受け取ったのかは分からない。が、あまりいい意味に解釈しなかったのは間違いない。

「そうか、よぉく分かった」

ひと呼吸置き、

「……陣内陽一、覚えとくぞ」

そういって、ずるりと尻を滑らせ、スツールから下りる。

「それと東、オメェには別の話がある。ちょいとツラ貸せ」

こっちの返事も聞かず、勝俣は戸口に向かっていった。

東もスツールから下りた。陣内と目を合わせる。

「ありがとう。また、連絡します」

「……お待ちしてます」

今日のところは、一つ借りておくことにしよう。

## 3

まさか、刑事だとは思わなかった。小川から「カツマタ」という刑事の噂は聞いていたが、そうか。こういう男だったのか。

市村だけでなく、「エポ」には他のヤクザ者もよくくるので、陣内自身、そういった人種は見慣れている方だ。第一印象で、そっちの業界人だろうとは思ったが、ただし、ヤクザ者が必ず身につけるべき「粋《いき》」は欠片も感じられなかった。そこに違和感は覚えた。

ヤクザというのは、用いる手法はさて措き、基本的には利潤を追求する生き物だ。その利潤を上げるためには、どうしても組織が必要になる。その組織の体裁《ていさい》を保つために、今度は面子《メンツ》や義理人情といったものが必要になってくる。また上に立つ者は、下の人間から敬《うやま》われ、慕われ、憧《あこが》れられなければならない。下の者に「親分みたいになりたい」と思われる必要がある。そのためにはいい恰好をし、いい女を抱き、いいものを食い、いい車に乗り、いい家に住まなければならない。それがまた利潤を追求する動機となり、組織運営へと還元されていく。その中で、自然と「粋」は身についていくのだろうと、陣内は思ってきた。

しかし、あのカツマタという刑事には、それが微塵も感じられなかった。着ているものの問題ではなく、まとっている空気が、何しろ汚かった。仕事柄、汚いものは嫌というほど見てきた、だから自分は汚れてしまった、それの何が悪い——そんなふうに開き直ってでもいるのだろうか。あるいは、自ら汚れを撒き散らして周りも道連れにしてやろう、といった悪意の表われか。

東がいようがいまいが、相手があの刑事では、陣内は素直に喋る気にならなかっただろう。上岡に関することかどうかも関係ない。ああいう態度を、存在を、陣内は容易には肯定することができない。

自分の流儀を通すことで、相手が傷つこうが壊れようがかまわない。そう思うのなら受けて立ってやる、その流儀を押し通すだけの力をお前が本当に持っているのかどうか、この俺が力で試してやる——そんな青臭い対抗心すら、肚の底に燻《くすぶ》り始めた。

あれなら、ヤクザの方がまだいくらかマシだ。

心からそう思った。

店を閉め、新宿駅近くで時間を潰した。酒は飲まなかった。喫茶店に入ってミックスサンドとコーヒーを腹に納め、タバコを二本吸ってそこを出た。そのあとで映画を一本観た。映画を観ている間に少し雨が降ったようだが、出てきたときにはもう、道もほとんど乾いていた。

今夜は赤坂にいく。土屋昭子のマンションだ。今夜中に帰ってくるかどうかは分からないが、なんなら明日一日は室内に潜伏《せんぷく》して待ち伏せてもいいと思っている。

赤坂見附《みつけ》の駅に着いたのが午後十一時、マンションの周りをしばらく歩き、様子を見ていたが、今夜も土屋の部屋に明かりが灯ることはなかった。

人通りが途絶えるタイミングを見計らって、侵入を開始したのが十一時四十分過ぎ。隣のビルの外壁との間に両手両足を突っ張り、少しずつ体を持ち上げていった。壁は両方とも乾いていた。

土屋の部屋は四階。音をたてないよう、また万が一落下などしないよう慎重に上ってきたので、時間は五分ほど要したが、結果としては上手くいった。誰に発見されることもなく、四階外廊下への侵入に成功した。

あとは簡単だ。特殊解錠ツールで鍵を開けて、入ればいい。そもそも針のようなもの――解錠ツールの先端は決して尖ってはいないが、まあ、先の細い金属を扱うのは得意中の得意だ。しかも、前回陣内が侵入してから、土屋は鍵を換えていないようである。まるで前回と同じ手順、同じ手応えで開けることができた。逆に、これは陣内を誘《おび》き寄《よ》せるための罠《わな》ではないかと案じたが、そういった仕掛けも玄関には特になかった。

部屋の間取りは２ＬＤＫ。玄関を入って、廊下右手に洗面所とトイレのドアが並んでいる。左手には洋室に入るドア。正面がＬＤＫになっている。キッチンはＬＤＫに入って右手。とりあえずそこまで進む。

懐中電灯などは点けない。陣内は夜目が利く方なので、明かりなしでも色や形はたいてい分かる。床は明るめのフローリング、インテリアはオフホワイトで統一されている。二人用の小さなテーブルセットに、二人掛けのソファ、その向かいには四十インチくらいの液晶テレビ。テーブルには請求書のような封筒が二通と、テレビのであろうリモコン、ガラスの花瓶に紫の花が活けてある。たぶんヒヤシンスだろう。

ＬＤＫは左隣の洋室と繋がっており、ベッドやクローゼットなどはそっちにある。最近のお気に入りなのか、布団カバーやシーツ、ピローケースが紫に交換されている。前回きたときは茶系だった記憶がある。

勝手に忍び込んでベッドで待つのも嫌らしいので、いつまでになるかは分からないが、ソファで待たせてもらうことにした。

土屋が帰ってきたのは午前三時過ぎだった。

先日、エントランス前で見かけたときと同じ白いコートを着ていた。髪は途中で解《ほど》いたのだろう。ゆるくウェーブしたまま右肩に掛かっている。足元しか見えなかったが、下は茶系のパンツスーツだろう。

土屋はバッグを廊下に放置し、そのままトイレに直行した。パッ、と廊下まで明かりが漏れてくる。

前回もそうだった。自然とそうなってしまうのか、わざわざ指を突っ込むのかは知らないが、土屋は今夜もトイレで嘔吐《おうと》し始めた。前回は陣内も驚き、様子を見にいったが、今回はやめておく。どういう素性の女であろうと、吐いている姿を他人に、しかも男に見られたくはあるまい。

まもなく土屋は洗面所に移動し、うがいや洗顔を済ませたのち、タオルで口を押さえながら廊下に出てきた。

そこで、ハッとしてこっちを見る。ソファにいる陣内に気づいたようだった。

「……やだ、脅かさないでよ」

いいながらバッグを拾い上げ、こっちに歩いてくる。

ドア口で、照明のスイッチに手を伸ばす。細い指先がそれを押し込む。すぐに、蛍光灯《けいこうとう》色の白い明かりが室内に行き渡る。口を押さえていたタオルも、薄い紫色だった。

陣内も立ち上がった。

「折り返しの連絡をもらえなかったんでね。痺《しび》れを切らして、こっちから訪ねてきちまった」

土屋はバッグをテーブルの椅子に、タオルをその背もたれに引っかけた。

「ごめんなさい……でも、会いたくなかったんだもん。叱られるの、嫌だから」

「俺に叱られるようなこと、したのか」

それには答えず、土屋はキッチンに入っていった。冷蔵庫の扉を開ける。

「何か飲む？」

「いや、けっこうだ」

「ワインくらい付き合ってよ。白しかないけど」

「それは君との、話の内容次第だな」

土屋は「怖い怖い」といいながら、中から缶ビールを一本取り出した。プレミアムモルツ。初めて「エポ」にきたとき、土屋は同じ銘柄をオーダーしたのではなかったか。

プルタブを引き、立ったままひと口呷る。それで少し落ち着いたのか、缶はテーブルに置き、コートを脱ぎ始めた。

「……どうせ、あれでしょ。上岡さんの件でしょ」

「ああ。いくつか君に、訊きたいことがある」

「私にも、言えることと言えないことがあるけど、可能な範囲でよろしければ、お答えします。捕まっちゃったんじゃ、しょうがないわよね……ま、逃げ切れるとも思ってなかったけど」

コートと引き替えに、また缶を手に取る。そのまま、ふらふらと陣内の正面までくる。

キスでもねだるように見上げる。

「……ねえ、座れば？」

「ああ」

陣内は再びソファに腰を下ろしたが、土屋は隣にはこず、床に直接、横座りになった。左肩だけを座面に預け、また陣内を見上げる。

「さ、どうぞ。何をお知りになりたいのかしら？」

ここはやはり、順番通りに訊いていくべきだろう。

「じゃあ、まず……君がうちの店にきて、上岡と少し喋った夜、君は上岡が帰ってから、ああいうネタには深入りしない方がいい、といったよな」

「んん……いった、かもしれない」

「どういう意味だったんだ、あれは」

土屋は口を尖らせるだけで、なかなか答えない。

「米軍基地反対のデモについていったのか、それとも祖師谷の母子殺人事件についてだったのか。どっちだ」

じっと、上目遣いで陣内の目を覗き込む。

「どっちだと思う？」

「ふざけるな。上岡は殺されたんだぞ」

ふう、と溜め息のように漏らし、もうひと口ビールを含む。

「……どっちかっていったら、まあ……デモかな」

「なぜあんなことをいった」

「だから、深入りすると碌なことにならないのにな、と思ったから、そういっただけ」

「そのままだと殺されるって、あの時点で分かってたってことか」

すっと体を起こし、目を丸くする。

「まさか。さすがにそこまでは思ってないわよ……殺されるって知ってたら、もうちょっと……ちゃんと忠告したかも」

「単刀直入に訊こう。上岡を殺したのは誰だ」

それには、ゆるくかぶりを振る。

「そこまでは知らないわ。現場にいたわけじゃないんだから」

「現場がどこだったか知ってるのか」

「代々木のウィークリーマンションでしょ……ジンさん、質問が下手過ぎ。そこまではニュースでも報道されてるわよ」

確かに、それはその通りだ。

「じゃあ、そのウィークリーマンションの部屋は誰が借りていたのか、知ってるか」

「たぶん、私は知ってるけど……ジンさんは、聞いても分からないでしょう」

「分からなくてもいいから、いえ」

「んもう、怖いなぁ……イクタハルヒコっていう、フリーライターだけど」

畜生、そういうことか。

「生田治彦ってのは、あれだな、デモの発端になったといわれている、事故写真の原板を撮影した男だな」

「あら、そこは知ってるんだ。すごいすごい」

ビンタの一つもくれてやりたいが、ここは堪《こら》える。

「それと、砂川雅人という男がいるな。デモを主導した人物だそうだが」

「なんだ、もうほとんど分かってるんじゃない。立派立派。私の出る幕なんかないわね」

「フザケるなッ」

思わず、土屋のスーツの襟を摑んだ。反動で、ちゃぷんとひと口分、缶の口からビールがこぼれ、土屋の膝にかかった。彼女はそれを拭おうともしない。

「……大きな声出さないで」

「君がきちんと話してくれれば、乱暴な真似はしない」

「乱暴にして気が済むなら、してもいいわよ……それでも、私には言えることと、言えないことがあるの」

土屋の眉根に力がこもる。

「……分かってるでしょ。私は自由の身じゃないの。NWOの、奴隷《どれい》も同然なのよ……これまで、何度も死のうと思った。でも、やっぱり怖い……あなたが、ジンさんが眠るように死なせてくれるんなら、それでもいい。でも、奴らは違う。奴らが裏切り者をどうするか、私は嫌っていうほど知ってる。ああはなりたくないの……だったら殺してよ、ジンさんが。それができないんだったら……私のことはもう、放っといて」

あの、サイボーグのようなミサキでさえ、今もNWOの影に怯《おび》えている。土屋の気持ちも分からないではない。だが今は、一つひとつ確認していく方が先だ。

「じゃあ、こういう質問ならどうだ……上岡を殺したのは、NWOなのか」

土屋が小首を傾げる。目尻からひと滴、頬を伝って落ちていく。

「さあ。それは分からないわ……NWOの網がどこに張ってあって、誰が関わってるのかなんて、そんなの、私みたいな下《した》っ端《ぱ》には分からない。何かのプロジェクトが進行してたとして、でもそれが上からの指示なのか、目先の欲得で誰かが勝手にやってるのかなんて、私には見分けられない。でも、それこそがNWOの強み……社会の闇は、たどっていけば、必ずNWOに繋がっている。たぶん、そう思わせることによって、NWOは影響力を増してきたんだと思う」

東と陣内たちの手元には、NWO関係者の名前を記したと思しき名簿がある。それには土屋昭子の名前も載っている。しかし、それがすべてだとは、陣内たちも思っていない。

土屋が、陣内の右手に、両手を重ねてくる。

「ジンさん……もしあなたが、私を守ってくれるっていうんなら、全部、話してあげてもいいわよ」

何を言い出すんだ、この女。

「俺が、君を、守る？」

「ＮＷＯは今、『歌舞伎町セブン』に、積極的に関わろうとはしていない。それは、あの名簿があなたたちの手にあるから……実際その抑止力によって、伊崎基子《いざきもとこ》はＮＷＯを裏切ったにも拘《かか》わらず、いまだ抹殺《まっさつ》されずに済んでいるし、彼女の息子も、それまで通りの暮らしを侵されずにいる……同じことじゃない？」

細い指の並んだ手が、陣内の右腕を這《は》い上がってくる。よく見れば、その指先にも薄紫のネイルアートが施されている。

「何が同じだ」

「伊崎基子を守ったように、私のことも守ってよ……陣内さんのためなら、私、なんでもするわ……」

指先は陣内の首筋に達し、さらに頬へと伸びてくる。

「そうすれば、君はＮＷＯを抜けられるのか」

「抜ける、って言い方が正しいとは、私には思えない。あれは、組織と呼べるほど、確かな枠組みではないから。いうなれば……悪意のネットワーク、かしら……社会が、ある種の善意と協調で成り立っているのに対して、ＮＷＯは、それを否定することで結びついている……逆に、ＮＷＯのために動いているつもりはなくても、その悪意が、ＮＷＯに操られていることはよくある。そのまま、取り込まれてしまうこともね……伊崎基子も、もともとはそうだったんじゃないの？」

それについては、詳しく聞いていないので分からない。ただ、ミサキが「伊崎基子」だった頃、あの「歌舞伎町封鎖事件」に深く関わったことだけは聞いている。

今度は陣内が、彼女の手に自らの手を重ねる。

「……俺が、君を守ると、そういえばいいのか」

「守られない約束じゃ、嫌よ」

「約束は守るさ。俺に、命があるうちはな」

土屋が、陣内の手を導いていく。自分の胸元まで引き寄せて、両手で抱え込む。華の毒が、指の股から染み込んでくるような悍《おぞ》ましさを感じる。

「いいわ……質問を、続けて」

それも、癖になる種類の悍ましさだ。

「じゃあ、一人ずつ訊いていく。生田治彦は、ＮＷＯのメンバーか」

「彼は違うと思う。ごく普通の、真面目なライターだと思う」

「じゃあ、砂川雅人はどうだ」

「砂川は……グレーかな。大きな企《たくら》みがあって、お金も動いてはいるけれど、彼自身がNWOかというと、そうとは言い切れない……まあ、便利な手駒の一つ、かな。今のところは」

土屋の指と絡まり合う、自分の指が、まるで他人のもののように痺れている。

駄目だ。この女の術中《じっちゅう》に嵌《はま》ってはいけない。

「……上岡を殺したのは、覆面をした三人組だといわれている。生田とは別に、三人いる。そのうちの一人が、砂川雅人。残りの二人は誰だ」

「知っている、とはいえないけど、心当たりなら……あるといえば、あるかな」

「聞かせてくれ」

目を閉じて一つ、土屋が頷く。

「一人は、アサトリュウジ……安い里と書いて、安里。ドラゴンのリュウ、簡単な方の竜に、漢数字の二で、竜二。安里竜二。砂川の友達っていったら、まずその男が浮かぶかな。沖縄からの腐れ縁だと思う」

「どういう男だ」

ふっ、と軽く笑いを漏らす。

「……ひと言でいったら、鬼畜かな。たぶん、もう何人か殺してる。上岡さん、刺されて殺されたんでしょう？　安里の武器は空手とナイフだって聞いたことがあるから、一番に連想するとしたら、やっぱりその、安里かな」

「写真はあるか」

「分からない。ひょっとしたら、調達できるかもしれない」

この女、興奮しているのか。濡れた目が、異様な光を放っている。それでいて、口元には笑みが浮かんでいる。今にも、陣内の指にしゃぶりつき、そのまま喰い千切りそうな狂気を孕《はら》んでいる。

話の先を急いだ方がよさそうだ。

「……もう一人は誰だ」

「んん、安里ほど、自信を持っていうことはできないけど」

「かまわない。教えてくれ」

「ハナシロカズマが絡んでる可能性は、あると思う。咲く花に、お城のシロ、カズは、数字の数の難しいやつで、マは馬」

花城數馬、か。

「何者だ」

「砂川たちに、アイデアとお金を出してたのは、その花城なんじゃないかな。砂川なんて、ちっちゃなＩＴ企業の契約社員だしね。人間集めるのにだって、デモを盛り上げていくのにだって、けっこうお金が要るはずだから。それをバックアップしてたのが、花城……だと思うんだけど」

「だから、その花城は何者なんだ」

土屋の笑みが、次第に引《ひ》き攣《つ》っていく。人間が壊れていく、というのは、こういうことをいうのかもしれない。

「……私の、元夫」

あまりの意外さに、思わず「ハ？」と訊き返してしまった。

「笑っちゃうでしょ……私も、よく分かんないんだけど、いつのまにか戸籍を勝手に使われてて、そのとき配偶者の欄にあった名前が、花城數馬だったの。可能性としては、この男が一番、ＮＷＯに近いと思う。何者かって訊かれても、正確には分からないけど、たぶん沖縄で、不動産売買とかを手掛けてるんだと思う」

段々、頭が混乱してきた。何をこの女に確認したらいいのか、よく分からなくなってきた。

「その……花城の写真は」

「それは、ある。あとで見せてあげる……」

土屋が膝立ちになり、陣内の首に両腕を回してくる。

果実の汁を吸うように、もみ上げからこめかみ、額へと、唇が這い上がってくる。

なぜ自分は、こういう女を引き寄せてしまうのだろう。

なぜ自分は、より暗い方に、より暗い闇にと、手を伸べてしまうのだろう。

なぜ死への誘《いざな》いに、抗《あらが》えないのだろう。

## 4

陣内の店から五分ほど歩かされた。

東はその間ずっと、勝俣の、くたびれたコートの背中を見ていた。どこに向かっているのかは訊かなかった。訊かなかったというか、そもそも喋りたくなかった。

東はこの男を憎んでいる。理由をひと言でいえば、家族を奪われたから、ということになる。

事の発端は十六年前にさかのぼる。

東の後輩刑事が、とある事件で殉職《じゅんしょく》した。聞き込み中に遭遇した被疑者に刺殺されたのだ。彼は、被疑者がどんな顔をしているのかを知らされていなかった。なぜか。情報が止められていたからだ。誰に。警視庁公安部にだ。

仕方ないで済ませられる話ではなかった。東は公安部の告訴も辞さない構えだった。しかし、結局は公安部の圧力に屈した。当時の仲間を不可解な人事異動で次々と失い、妻と娘の、とてもではないが本人たちには見せられないような写真を撮られ、しかもそれを自宅に送りつけられ、開封したのであろう妻は自殺を図り、東は――もう、これ以上は戦えないと悟った。離婚はその二年後だった。

後輩が殉職した件に、勝俣が関わっていたかどうかは分からない。ただし、妻と娘の盗《とう》撮《さつ》に勝俣が関わっていたことだけは分かっている。証拠はないが、東の娘、詩《し》織《おり》が決定的瞬間を見ていたのだ。

後日、家に忍び込んだ男はこの中にいるかと訊くと、当時四歳だった詩織は、東が用意した七枚の写真の中から、迷うことなく勝俣の写っている一枚を選び出した。

「このおじさん……詩織、一回も見たことある。なんでおうちに入るのかなって、思った」

勝俣はその頃、刑事部から公安部に引き抜かれたばかりだった。その前後に何があったのか、そんなことは知らない。知りたくもない。八年経って勝俣が刑事部に復帰してからも、ほとんど口は利いていない。見かけるたびに、脳内の血管が音をたてて千切れるほどの怒りを覚えたが、直接、盗撮について質《ただ》すことはしなかった。あえて事を蒸し返さないようにしてきた。なぜか。離婚したとはいえ、また元妻と娘に何かされないとは言い切れなかったからだ。おそらく、ネガはまだ勝俣の手元にある。それをどうにかしない限り、迂闊な行動には出られない。

詩織は今年、十九歳になる。今はただ、その幸せを願っている。

しかし、この意趣はいつか、必ず晴らす。東はそのときを、じっと待っている。

勝俣は新宿五丁目の、古びたビルの前で立ち止まった。意外と高い。見上げて確かめると、窓は七階分もあった。

勝俣が顎で示す。

「ここでいいか」

東は黙って、一度だけ小さく頷いてみせた。

まだシャッターは閉まっているが、一階はスナックになっている。上にいく階段はその左手にある。見ると、幅こそ「エポ」よりはあるが、コンクリートの踏み段と壁はボロボロで、ほとんど廃墟《はいきょ》といってよかった。明かりは、二階に裸電球が一つだけだ。

勝俣はそこまで上がり、折り返して廊下を奥まで進んで三番目、やはりボロボロの、錆びついたスチール製のドアを開けた。

「おう、邪魔するぞ」

はっきりいって、どういう部屋なのか分からなかった。

備え付けの棚に酒やグラスが並んでいるし、その手前にはバーカウンター的な台もあるのだが、かといって飲み屋という雰囲気ではない。周囲には、やけに雑多にものが並べられ、積み上げられている。古いテレビやオーディオ、レコード、自転車、大型の電動ノコギリ、タイヤ、洗濯機、弦のないフォークギター、色褪《いろあ》せた布団、漁に使うような網、ロープの束、ゴルフバッグ、空っぽの植木鉢に、大きな金庫——どちらかというと、建築業者の道具置き場とか、廃品回収業者の倉庫のように見える。空気も、ちょうどそんな感じだ。埃臭くて、カビ臭い。

ここも照明は裸電球のみ。それでも二つ点いているので、廊下よりは多少明るい。

「……ああ、勝俣さん……どうも」

薄暗い奥の方から、小柄な男が一人出てきた。黒っぽいニット帽に、黒っぽい作業用ジャンパー、汚れた水色の作業用ズボン。メガネをかけているのは分かるのだが、歳の頃は暗くてよく分からない。三十代にも、六十代にも見える。

「お前、ちょっとはずしてろ」

勝俣が千円札を二枚、指にはさんで男に向ける。

「あ、はい……分かりました……じゃあ……すんません。いただきます……ああ、あの……ごゆっくり」

男はニット帽を脱ぎ、東に一礼して部屋を出ていった。禿《は》げてはいなかった。意外と若いのかもしれない。

勝俣は近くにあったパイプ椅子を広げ、自分だけ腰掛けた。

「……久し振りだな、東。オメェとサシで話をするなんて、何年振りだ」

東の周りに腰掛けられるようなものはない。一応、木製の植木台のようなものはあるが、座った途端に壊れそうなのでやめておく。

「早く用件を話せ」

「なんだ、歌舞伎町の地回りはそんなに忙しいのか」

「あんたと無駄話をしている暇はないという意味だ。早くしてくれ」

勝俣は「なんだよ」と拗《す》ねたような声を出した。

「……一人で、世の中の不幸を全部背負い込んだみてえな顔しやがって。いまだに、出ていった女房のおっぱいが恋しいか」

殺意を覚えないではなかったが、それを抑えようとする理性の方が、まだ幾分勝っていた。

「用がないなら帰るぞ」

「オメェ、なんか勘違いしてんじゃねえのか」

そのひと言の方が、よほど聞き流せなかった。あれを勘違いで済ませるつもりか。

「……盗人猛々《たけだけ》しいという言葉を、知らないようだな」

「ほう、俺様のどこが盗人だ」

「骨の髄《ずい》まで。だから公安なんぞに使われる」

「どうも話が噛み合わねえな。オメェ、俺に何か恨みでもあんのか」

これ以上嚙み締めると、奥歯が粉々に砕けてしまいそうだ。

「……あるとしたら、なんだと思う」

「知らねえよ。俺がオメェを恨むって話なら、筋が通るが」

「厚顔無恥《こうがんむち》」という言葉が、これほど似つかわしい男も他にいまい。

「どうやら、根本的に話が嚙み合わないようだな」

「だから、そういっただろう。その様子じゃあ、テメェでテメェが何をしでかしたのか、気づいてもいねえようだな」

「だから、なんの話だ」

「ナカバヤシミズホ……覚えてねえとはいわせねえぞ」

中林瑞穂なら覚えている。保険金目当てで、自分の亭主と息子を殺した女だ。東はその事件の捜査に加わっていたが、逮捕状が出る前に中林瑞穂は自殺してしまった。

「覚えているが、それがどうかしたか」

「あの女は、俺が十ヶ月もかけて抱き込んだ女だ。それを……たかが保険金殺人で騒ぎにしやがって。こっちの苦労が水の泡だ」

まったく話が見えない。

「それで、どうして俺が恨まれる」

「それだけじゃねえ。ヨネヤカズユキ、アイザワミツフミ……」

米谷一征、会沢光史。覚えている。二人とも、東が逮捕に関わった犯罪者だ。

勝俣が続ける。

「なんでオメェは、いつも俺の仕事の邪魔ばかりしやがるんだ。なあ、なんの恨みがあって、俺のヤマを土足で踏み荒らすんだ」

まったく何をいっているのか分からない。会沢に関しては、確かに妻と娘の盗撮よりあとの話だが、別に勝俣の邪魔をしようと思って逮捕したわけではない。そもそも、勝俣が会沢の捜査に関わっていたなど、いま初めて知った。中林、米谷に至っては盗撮前の話だ。当時も勝俣の名前くらいは知っていたが、恨むどころか、ほとんどその存在を意識したこともなかった。

「……だから、俺の家に忍び込んで、妻と娘の写真を撮ったのか」

「なんの話だ。寝言と鼾《いびき》は逃げた女房にでも聞かせてやれ」

「覚えがないというのか」

「ねえな。仮に俺に覚えがあったところで、オメェに何ができる」

その通りだ。今、この場で東にできることはない。

やるなら、一発だ。一発で息の根を止められるような、そういうワンチャンスでなければ駄目だ。

「……安心しろ。今のところ、あんたをどうこうする気はない」

「そいつぁありがてえ。じゃあ恩に着るついでに、もう一つ俺の話を聞いてみねえか」

勝俣が内ポケットに手を入れる。何を出すのかと思ったら、タバコの箱だった。一本銜《くわ》え、一緒に入れてあった使い捨てライターで火を点ける。

「オメェ、今……矢吹近江の調べ、やってんだろ」

驚いた。こいつの狙いも矢吹近江なのか。

これは一体、どういう筋の話だ。

「それがどうした」

「新宿のチンカス警備係長が、転び公妨で身柄にしたらしいな」

「だから、それがどうしたと訊いている。差し入れをしたいのなら取り次いでやってもいいぞ」

「センスのねえ冗談はそれくらいにしとけ。品性を疑われるぞ」

この男から、品性について教えられるとは思わなかった。

「なら早く本題に入れ。あんたと言葉遊びをしている暇はない」

「もうとっくに入ってんだよ、本題に……矢吹の調べは何日目だ。もう延長勾留か」

「ああ。今日からだ」

「どこまで進んでる」

「もう、調べならとっくに終わってる。矢吹は公務執行妨害などしていない。全面否認の構えだ。俺もそれで書く」

フュッ、と勝俣が唾交じりの煙を吐き出す。

「……おい、センスのねえ冗談はよせといったろう。誰が公妨の話なんかしてる。矢吹が今やってることを、オメェ、なんにも知らねえわけじゃねえだろう」

「だったら逆に訊こう。あんたは上岡殺しの特捜にいるんだろう。それでなぜ、矢吹近江の調べを気にする。なんの関係がある」

やけに短い人差し指でタバコを弾き、灰をその場に落とす。

「あるんだよ、それが……大ありなんだよ」

「そこを明らかにしてもらえないことには、迂闊なことはいえないな。こっちも、遊びで刑事をやってるわけじゃないんでね」

紫煙で、裸電球の下に白く靄《もや》がかかっている。

勝俣が、その明かりの輪に入ってくる。

「……上岡が、殺される直前になんの取材をしてたか、知ってるか」

反米軍基地デモか、祖師谷母子殺人かといったら、むろんデモの方なのだろう。

「知らんな。差し支えなければ、ご教授いただけるとありがたい」

「ぬかせ……分かってんだろうが。反基地デモだよ。矢吹は、あのデモを主導してた男に金を出していた」

「それ自体は、別に犯罪ではないだろう」

「そのデモの主導者が、上岡を殺した一味の一人だとしたら？」

「それでも、矢吹のしたことは犯罪ではない」

勝俣の目の色が変わる。

「……オメェ、どこまで知ってやがる」

「あんたも正直に話せよ。俺から何を聞き出したい」

「矢吹をオメェに預けたのは、公安総務課だな」

こいつこそ、どこまで知っているのだろう。

「いや、俺は署長命令でやってるだけだ。俺は、警備の尻拭いも、公安の下働きもするつもりはない。あんたと一緒にするな」

もうひと口吸い、勝俣がタバコを床に落とす。床はＰタイルが半分くらい剝がれ、コンクリートが露出している。

くたびれた革靴の踵《かかと》で、それを踏み潰す。

「……公安総務課が調べてるのは、矢吹が手掛けた、沖縄の軍用地転売ビジネスの裏側だ。実は上岡も、その真相にあと一歩まで迫っていた。奴の死は、それと密接に関わっている」

ここまでは、川尻の話と完全に一致している。しかし、上岡の自宅から押収してきたパソコンの内容なら、特捜入りした小川が調べている。小川は、上岡が矢吹の、沖縄米軍基地の用地転売ビジネスを取材していたなどとはいっていなかった。今日はまだ連絡していないが、少なくとも昨日までの時点で、そこまで分かってはいなかったはずだ。むろん、東に隠しているのなら話は別だが。

ということは、勝俣は、まったく別のルートからその情報に行き着いたと考えた方がよさそうだ。

可能性としては何がある。上岡が出版社にその原稿を渡していれば、そこから情報が出てくることはあるだろう。しかしそれなら、よく勝俣に撒かれるという代々木の担当係長も同じ情報に行き着くはず。代々木の係長が知れば、当然、捜査会議で報告するだろうし、そうすれば小川の耳にも入る。よって東への報告もある。何より、小川は東が矢吹を調べていることを知っている。いの一番に、矢吹にこのことを確認してくれといってくるはずだ。あるいは、特捜から正規の手続きを経て協力の依頼がきてもおかしくはない。

だが今現在、そういった話はない。ということは、勝俣は公安とも特捜とも違うルートで、その情報に行き着いたということか。

少し、餌を撒いた方がよさそうだ。

「……その話なら、もう矢吹に確かめたよ」

「ほう、奴はなんといった」

「ただの投資目的だそうだ」

「それを、はいそうですかと信じたわけじゃねえだろうな」

「何を信じるかは俺の自由だ」

この野郎、と勝俣が口先で漏らす。

「オメェは公安の下働きなんざしねえんじゃねえのか」

「付け加えるなら、あんたの下働きもご免だ」

「じゃあ、こういうのはどうだ……対等な取引ってやつだ」

また勝俣が、内ポケットから何かを取り出す。判子のケース、リップクリーム――いや、パソコンなどに使うＵＳＢメモリーか。

「……なんだそれは」

「こいつには、上岡の仕事用のデータが、たんまり詰まってる」

自宅から押収したパソコン以外に、そんなものがあったのか。

「あんた、それ……」

「細けえことは気にするな。こんなこともあろうかと思ってな、俺様が、あらかじめ鑑識から抜いておいたんだよ。特捜じゃ、こいつの存在は誰も知らねえ」

やりかねない。この男なら。

「それに、何が入っている」

「知りてえか」

少しでも優位に立とうというのだろうが、そうはさせない。

「いいや、俺は聞かなくても一向に困らない。ただ、あんたのいう取引とやらが成立しなくなるだけの話だ」

ニヤリと、勝俣が片頰を持ち上げる。

「……その通りだ。だが聞いちまったら、さすがにオメェも後戻りはできなくなるぜ」

「じゃあ、聞かないでおくよ」

「そういうな。矢吹が手掛けた、軍用地の転売リストだぜ。矢吹が誰から買い、誰に売ったかが、克明に記されている。上岡ってのはなかなか、ペンゴロにしちゃいい仕事をしやがるな」

もう一方の手をコートのポケットに入れる。取り出したのは、丸めた茶封筒だった。広げればA4判が入るくらいのサイズだろう。

「そのリストの部分を、俺様がプリントアウトしといてやった。それと、分かりやすいように、要注意な部分には赤ペンもな、くれといてやった……ほれ」

それを投げてよこす。東も、とっさに手を出して受け取ってしまった。手にしてしまったら、見ないわけにもいかない。

持つと、意外と嵩《かさ》がある。口を捲《めく》って中を確かめる。やはりサイズはA4判のようだ。

三十枚か、それくらい入っている。

　半分くらいまで引き出して、パラパラと捲ってみる。確かに数十ヶ所、赤いラインが引かれている。中でも「蘭道千芸」という名前が繰り返し出てくる。一番多かったのではないか。

「……ランドウ、センゲイ？」

　勝俣が小刻みに頷く。

「帰化日本人だが、もとの名前は、セルゲイ・ヴラドレーノヴィチ・ラドゥルフ……発音は自信ねえが、まあ、要はロシア人ってこった。時代的なことをいったら、ソ連人かな」

　どういうことだ。

「……矢吹が、沖縄の軍用地を、ロシアに売り渡そうとしてたっていうのか」

「そこだけ見りゃ、そう思いたくもなるだろうが、事はそう単純じゃねえ。何しろ、その蘭道千芸って野郎はえらく日本贔屓《びいき》でな。最近までロシアから反政府活動家としてマークされ、ブラックリストにも載っていたらしい。上岡によれば、沖縄軍用地を買い占めてたのも、日本と沖縄の現状を憂う気持ちからだったらしい。実に泣かせる話だが……残念ながら、もう千芸は死んじまってる。三年前の秋だ」

　もう一度リストに目を戻す。

「どうも、話が見えないな」

「慌てるな。四流大学出のオメェにもちゃんと分かるように説明してやる……それで、だ。矢吹の手掛けた転売によって、ついこの前までは、普天間飛行場として使われている土地の二十七パーセントが、たった三人の地主のもとに集約されていた。その一人が千芸だったわけだが、残りの二人も、実はもうこの世にいない。千芸は病死、残り二人のうち、一人は自殺、一人は事故死だ。沖縄県警は、いずれも事件性はないと結論づけている」

一人は、事故死——。

「まさか、デモの発端となった、反基地活動家の事故死じゃないだろうな」

いいや、と勝俣はかぶりを振る。

「そりゃ、いくらなんでも考え過ぎだ。それとは完全に別件の交通事故死だが、問題はそこじゃねえ。この三人が所有していた土地は、死後、相続云々の問題もあったんだろうが、決まって赤の他人の手に渡っている……赤の、とまでいったら語弊があるか。そのうちの一人は養女だからな。完全な他人とも言い切れない」

徐々に、話の行き先が読めてきた。

「その、二人の他人と一人の養女というのは、特定できているのか」

「それも最後に載せてある。アサトリュウジ、ハナシロカズマ、ランドウアキコ」

ハナシロ？　確か、矢吹が沖縄の土地転売を任せていたという、現地の人間が「ハナシロ」という名字ではなかったか。それが同一人物だとすれば、ハナシロは軍用地の転売を仲介し、その新しい地主が死亡するのを待って、晴れて自ら土地を手にしたことになる。ずいぶんと回りくどい手だが、あり得ない話ではない。細分化された土地を売買し、その際の利鞘に少しずつ裏金を紛れ込ませるのは、マネーローンダリングの常套《じょうとう》手段だ。

勝俣が続ける。

「さらに奇妙なのは、そのハナシロカズマとランドウアキコはのちに結婚し、すぐに離婚している点だ。この期間にランドウアキコからハナシロカズマに土地の権利は移っている。事実上、二十七パーセントの土地はアサトとハナシロの二人にまで集約できたことになる」

確かに、公安総務課が目をつけそうなネタではある。

勝俣が視線を合わせてくる。

「……ようやく、興味が湧いてきたみてえじゃねえか」

「ああ。ハナシロという名前は、矢吹から聞いていたんでな」

「そう。ハナシロは矢吹のやってる『アロー・ワークス・ジャパン』って商社の社員だ。しかし、そのハナシロはこのところ居所が分からなくなってる。ひょっとすると今頃、どっかの土の下で冷たくなっていて、土地の方も、アサト名義に変更されてるのかもしれねえな」

資料の最後の方を見てみる。

確かに【安里竜二】【花城數馬】【蘭道昭子】と載っている。

いや、ちょっと待て。その【蘭道昭子】は一時期、花城數馬と結婚して【花城昭子】となるも、その後は旧姓の【土屋】に戻ったと記されている。

土屋、昭子――。

あいつか。陣内陽一は「歌舞伎町セブン」のメンバーだと、東に告げ口をしにきた、フリーライターの、あの土屋昭子か。

## 5

土屋昭子の部屋を、出ようとした瞬間だった。

「……陣内さん、ちょっと待って」

携帯電話のディスプレイを見ながら、土屋が陣内を追うように廊下に出てくる。

「なに」

「見て……こんな偶然って、あるかしら」

くるりとディスプレイを向け、陣内に差し出してくる。ショートメッセージの表示画面だった。一番上には相手の名前がある。

「生田……」

確かに、このタイミングで生田治彦から連絡があるとは驚きだ。どの程度の付き合いなのかは聞いていないが、少なくともこれを見る限り、何回かメッセージを交わす程度の間柄ではあったようだ。

最新のメッセージはこうなっている。

【ご無沙汰しております。土屋さんは上岡さんと知り合いでしたよね。緊急でお話がしたいので、連絡ください。】

送信時刻は午前五時三分。三十分ほど前だ。

土屋に携帯を返す。

「生田とは、どの程度の付き合いなんだ」

「やだ、嫉妬？」

「真面目に訊いてるんだ。今のこの時点で、君に連絡をしてくるって、どういう関係なんだ」

それでも土屋は、ふざけたように小首を傾げる。

「どの程度って、いわれてもな……私が編集まで請け負ったページに、三回くらい書いてもらったことがあって、その後も、何かあったら仕事紹介してください、みたいにいうから、私がスケジュール的にＮＧだったときに、一回仕事振って……一年半くらい前かな、歌舞伎町の取材をしたいんだけど、伝手も何もないから、誰か紹介してくれって頼まれて。

それで、歌舞伎町のことなら上岡さんって人が詳しいわよ、って教えてあげて。そのあとどうなったかは知らないけど……ああ、ちなみに、私に最初に『エポ』を教えてくれたのは、上岡さんね」

　この女のいうことの、すべてを鵜呑みにすることはできない。今まさに、二人の間で話題になっている生田治彦からの連絡というのも、信用していいものかどうか判断は難しい。あらかじめ別の番号を生田名義で携帯に登録しておき、誰かにメッセージを送らせることはできる。あるいは、自分でもう一台携帯を用意しておけば、協力者がいなくてもこの程度の工作は可能だ。

　ただ、この連絡が本物であったなら、この上ないチャンスではある。

「連絡するのか、生田に」

　珍しく、土屋が真顔になる。

「するでしょ、普通。しなくていいの？」

「会えるのか」

「それは連絡してみなけりゃ、なんともいえないけど」

「じゃあ、してみてくれ」

「いま？　この朝っぱらに？」

「三十分前に送信してきてるんだ。向こうだって呑気《のんき》に寝てやしないだろう」

土屋は「それもそうね」と携帯を構えた。

陣内はリビングのソファを指差した。

「そっちに座って話してくれ」

「……ああ、うん」

土屋がソファにいき、陣内もその隣に座った。土屋が生田の番号にかけると、陣内は会話を聞けるよう彼女に体を寄せた。

三回目のコール音の途中で、相手は出た。

『もしもし、土屋さんですか』

漏れ聞く限りでは、わりと若い声をしている。状況が状況なので仕方ないのかもしれないが、やけに早口だ。

「うん、さっきメッセージ、もらいましたけど、どうかしました？」

さすが、土屋は芝居が上手い。まるで何も知らないかのような口ぶりだ。

『あの、それにも書きましたけど、土屋さんって、上岡さんと知り合いでしたよね』

「ええ。だって、上岡さんのこと、生田さんに教えてあげたの、私じゃない」

『そうなんですけど……あの、もちろん、上岡さんが亡くなったことは』

「知ってるわよ。もう大騒ぎよ、歌舞伎町は」

『ですよね……あの、その、上岡さんのことなんですけど……土屋さんは、上岡さんが親しくしてた人に、どんな方がいるか、分かりますか』

妙な質問だ。土屋もそう思ったのか、ちらりとこっちに目を向ける。陣内は頷いてみせた。

「……うん、何人かは、共通の知り合い、いるけど」

『あの……今ここで、詳しくはいえないんですけど、今、ちょっと、困った状況になってまして』

罠かもしれない。だがそうだとしても、ここは乗っておくべきだろう。もう一度、土屋に頷いて続けさせる。

「詳しくいえないんじゃ、私にも、なんともいえないけど」

『そう、ですよね……その、上岡さん、ちょっと前に、困ったことがあったら相談しろって、いってくれてて……特に歌舞伎町は、いろいろあるから、裏もあるし、裏の裏もあるから、取り返しのつかないことになる前に、相談しろって……そのとき、上岡さん、今は仲間もいるからって、なんか……そんなふうにいってたんで』

最近の上岡なら、そういうこともいったかもしれない。実際、渕井敏夫らの始末に関する段取りをつけたのは上岡だった。「歌舞伎町セブン」の「目」として、進んで厄介事を引き受けようとしていたのだろう。

ここも頷いておく。土屋も頷いて返す。

「ああ、仲間、ね……たぶん、あの人たちかな、っていうのはあるけど、どういう話？」

『その方、紹介してもらえませんか』

それは「ＮＯ」だ。首を横に振っておく。土屋が頷く。

「そんな……どんな話か分からないんじゃ、紹介っていわれても、私も困るよ。とりあえず、私が話を聞くっていうんじゃ駄目なの？」

生田は迷っているようだった。数秒、会話に間が空く。

土屋は何を思いついたのか、薄《うす》っすらと頬に笑みが浮かぶ。

「その、上岡さんがいってた仲間って……ひょっとしたら、私のことかもしれないし」

なるほど。悪くない手だ。

生田も、ある程度は信じたようだった。

『じゃあ、あの……お話しします』

だが、その直後だ。生田が『あっ』と漏らし、そのまま音声は途切れた。土屋が画面を確かめると、通話も終了の表示になっていた。

二人で顔を見合わせる。

「……なんだろ。何かあったのかしら」

「ずいぶん早口だったたし、なんか、おどおどした感じだったな。普段から、彼はああいう感じなのか」

「んーん、全然。もっと普通。もっとハキハキしてるし、むしろ明るい印象の人」

想像するとすれば、どこかに隠れて電話をしていたとか、何者かの目を盗んで密《ひそ》かに、といった状況だ。

土屋が、暗転したディスプレイに目をやる。

「今は、折り返さない方がいいわよね」

「だな。向こうの状況が読めないんじゃ」

五分、十分。そのまま二人で携帯を睨み続けたが、かかってくることはなかった。

土屋がふいに立ち上がる。

「……コーヒーでも、淹《い》れましょうか」

「ああ」

携帯はカウンター前のテーブルに置き、土屋はキッチンに入っていった。陣内は、彼女がケトルに水を入れ、それをコンロにかけるのを、なんとなく見ていた。

土屋がこっちに顔を向ける。

「生田さん……砂川と一緒なのかも」

「可能性はあるな」

「こんなこと、私がいっても信じられないかもしれないけど、生田さんは、砂川に利用されてるだけなんだと思う」

確かに、事件前は覆面の三人と別行動だったといわれている。

「上岡が殺された場には、たまたま居合わせただけ、犯人側ではない、ってことか」

「分からないけど……ひょっとしたら今、安里も一緒にいるのかもしれない。私が想像するとしたら……なんか、そんな状況かな。それなら、誰かに助けを求めたくなるのも分かる。生田さんじゃ、安里には逆らえないと思うし」

するとテーブルに置いてあった土屋の携帯が震え始めた。

「おい、鳴ってるぞ」

「あ、はい」

土屋がキッチンから出てきて、携帯を手に取る。

「メッセージ……」

ページを開いて、陣内にも見えるように構える。

【今日十一時文秋《ぶんしゅう》社談話室《だんわしつ》押さえて】

句読点も打てないほど切羽詰まった状況なのだろうか。

文秋社といえば「週刊文秋」で有名な出版社だ。

「……なんで、文秋社の談話室なんだ」

土屋が曖昧に頷く。

「あそこの一階には、喫茶店っていうか……まあ、談話室なんだけど、わりと広い打ち合わせスペースがあって。テーブルも、それなりに余裕をもって配置してあるから、他の人に聞かれたくない話をすることも、できるっていえば、できるんだけど」

「そんな、普通の喫茶店みたいに、入って喋れるのか」

「んーん、ちゃんと入り口には警備員もいるし、普通、用のない人は入ってこられない。だから、文秋社なんじゃないかな。砂川か、安里か、分からないけど、もし誰かに監視されてるんだとしても、文秋社の中までは入ってこられないと思う。出版社って、意外とガード堅いから」

「場所は」

「麹町《こうじまち》。駅を出て、歩いて二、三分」

「俺は、同席できるのか」

「それは私が、文秋社の社員にそういうから大丈夫。時間も、十一時でしょ……あの業界の人たち、意外と朝遅いから。午前中だったら問題なく押さえられるんじゃないかな。問題は、十一時までにその連絡がつけられるかどうかだけど」

生田の指定した時間まで、あと五時間ほど。それまで、できれば土屋が妙な行動をしないよう、監視しておきたい。

結局、陣内は土屋の部屋で時間を潰し、一緒に文秋社にいくことになった。その間、土屋は知り合いの編集者に連絡をとり続け、陣内は小川にメールでいくつか問い合わせた。

【そっちは生田治彦という男を調べているか？】

朝方というのがよかったのだろう。小川は比較的短時間のうちに回答をよこしてきた。

【調べ始めています。なぜその男の名前が分かったのですか。】

【それはあとで説明する。出版社への張り込みなどはしているか。】

【聞き込みにはいきましたが、張り込みはしていません。】

【今日、麴町の文秋社への張り込みはないな？】

【ありません。】

【そういう動きがあったら知らせてくれ。】

それに対する返信はなかったが、おそらく問題ないだろう。

土屋の方も連絡がとれたようで、十時には赤坂のマンションを出た。雨が降っていたので、麴町にはタクシーでいくことにした。

途中、土屋は何やらバッグから取り出し、陣内に差し出してきた。

「……陣内さんは、やっぱり顔出さない方がいいと思う。離れたところで見てて。これで、聞こえるから」

携帯よりはだいぶ小さい、薄型のレシーバーだ。イヤホンも巻きつけてある。

「マイクは」

「……ここ」

土屋が左袖の内側を見せる。今日はココア色のコクーンコートに、グレーのパンツスーツ、インナーは黒。そのインナーの袖口に、黒いボタンのようなものが仕込んである。コードも黒。よほど注意深く見ないと、何か仕込んであるとは分からない。さすがに陣内も、土屋の着替えまでは見張っていなかったので、そんなものを用意しているとは思っていなかった。

「よく、そんなもの持ってたな」

「女が一人で仕事するって、いろいろ大変なのよ」

よく分からない説明だったが、よしとしておく。

十時半前には文秋社に着いた。都心にはよくある感じの、御影石《みかげいし》とガラスでできたようなオフィスビルだ。周辺を見回しても、やはり新宿とは雰囲気がまったく異なる。ネオンもなければ換気扇の吐き出す脂臭い煙も漂っていない。実に清潔な印象の街だ。

建物の中央から玄関に入る。

高級マンションのような玄関ロビーだった。左手に受付、正面には奥へと続く通路があり、その手前に制服を着た警備員が立っている。右手にある両開きのガラスドアが談話室の出入り口のようだ。

土屋は受付の方に進んでいく。

「『週刊文秋』のマキムラさんと打ち合わせに参りました、土屋と申します。少し早いんですが、談話室で待たせていただいてよろしいですか。もうすぐ、マキムラさんもいらっしゃると思うんですが」

「はい、けっこうです。どうぞ」

一礼し、土屋が受付を離れる。陣内も、なんとなく受付嬢に会釈をし、土屋のあとに続いた。

ガラスドアを入り、中を見回す。確かに広い部屋だった。何畳とか、何平米とかいうのは分からないが、「エポ」と比べたら、軽くその二十倍はありそうだ。そこに一、二——六ヶ所、テーブルセットが配置されている。

土屋が奥の、窓際のテーブルを指差す。

「陣内さんは、あの辺がいいんじゃないかな」

「分かった……一人で座ってて、怪しまれないか」

「私だってしばらくは一人だから、問題ないわよ」

そういうものか。

いわれた通り、土屋お勧《すす》めの席までいく。土屋はちょうどフロアの真ん中辺り、出入り口からも陣内からもよく見える場所に座った。

銀行の窓口担当のような制服を着た女性がオーダーを聞きにきた。喉など渇いていなかったが、一応、ホットコーヒーを頼んでおいた。
その女性が下がってから、例のレシーバーを出し、イヤホンを右耳に挿した。ボリュームを上げると、すぐに土屋の声が聞こえてきた。
《……紅茶をお願いします》
《ミルクかレモンはお付けしますか》
《いえ、ストレートでけっこうです》
なかなか、感度は良好だ。

しばらくは濃いめのコーヒーを飲みながら、衣擦《きぬず》れと、たまに土屋がする咳払いの音ばかりを聞いていたが、十時四十五分頃になると一人、小柄な男が談話室に入ってきた。焦げ茶色のレザーブルゾンに、ベージュのチノパン。ナイロン製であろう、グレーのリュックを左肩に掛けている。あれが生田治彦なのだろう。すぐに土屋が立ち上がった。
《どうも》
《……ます》
最初の挨拶こそよく聞こえなかったが、生田が土屋の斜め前の席に座ると、もう問題なく会話は聞こえてきた。顔も見える。無精ヒゲを生やしてはいるが、顔立ちはわりと童顔な方だと思う。そう思って見れば、ブログのプロフィール写真とも似ている。

《すみません、急に呼び出したりして》

土屋によると、生田は三十八歳だそうだ。土屋は三十四歳。

《それはいいけど……》

若干、土屋の口調が「上から」に聞こえるのは、フリーライターとしてのキャリアが関係しているのだろうか。

生田はホットコーヒーをオーダーすると、すぐ本題に入った。

《あの、実は……私は今、ある人物に……監視されているというか……自由を奪われているというか……ここへも、前々から決まってた打ち合わせがあるから、どうしてもいかなきゃならない、いかないと怪しまれるって、そういって、強引に出てきたんです。だから、あまり時間はないんですが》

土屋が頷くのが見える。

《単刀直入に訊くけど、生田さんを監視してるっていうのは、誰？　そこをまずはっきりさせよう。ひょっとしたら、私の知ってる人かもしれないし》

生田がどういう表情をしたのかまでは、残念ながら見えなかった。

《いや、それは……》

《協力するから。悪いようにはしないから。ちゃんといって》

《でも、土屋さんに、迷惑が……》

《私に迷惑かけないで、どうやって解決するつもり？　それとも、私から言い当てないと駄目？》

生田の分のコーヒーが運ばれてきた。

女性が下がるのを見ながら、生田が頷く。

《分かりました……安里竜二という、男なんですが》

《知ってるわよ。ということは、砂川雅人も一緒にいるんじゃない？》

さすがに今の、生田の驚きようはここからでも分かった。

《土屋さん、なんで……》

《その説明をしてる時間はないわ。まずそっちの状況を説明して》

《あ、はい……あの……私、実は、上岡さんが殺されたとき、一緒に、その現場にいまして》

土屋が小さく頷く。

《一応訊くけど、やったのは生田さんではないのね？》

《もちろんです。そうだったら、こんなところにはきません》

《じゃあ、殺したのは誰？》

《私も、直接その場面を見たわけではないので、断言はできませんが、たぶん、安里と……もう一人だと思います》

土屋の予想が当たっているとすれば、その一人は花城數馬ということになる。
《砂川は、私と一緒にいたので、彼ではないです……でも》
ひと口、生田がコーヒーを飲む。手の甲で口元を拭う。
《……あの、殺された上岡さんには、本当に、申し訳ないことをしたと思ってるんです。でも今は、さらにマズい状況になってて。さらにっていうか、上岡さんが殺されただけで、充分大変なことなんですけど、でも今は……》
《うん。聞くから、落ち着いて話して》
もう一度、生田がコーヒーカップに手を伸ばす。
《あの……砂川と、安里が計画して……私も、協力させられて、あの……民自党、参議院議員の、いま、内閣、官房副長官をされている、世良芳英さんの、お嬢さんを……誘拐、しました。今も、彼女は砂川たちの手にあります》
誘拐？　なぜ、官房副長官の娘なんか——。
土屋も、相当驚いているようだった。《えっ》といったきり、表情が固まってしまっている。
《……十三歳の、中学一年生です。世良、マヒロちゃんといいます。総理の家族を誘拐するのは難しいけれど、官房副長官の娘なら、という発想で……まんまと、彼らはやり遂げたわけですが……現状、性的な暴行は、受けていません。でも、写真とか、ビデオは……

かなり、撮られています。むろん、世良さんが要求に応じないようであれば、安里は躊躇なく、マヒロちゃんを殺すでしょう。ただし、計画では、世良さんが要求を呑みさえすれば、マヒロちゃん自身は、世良さんのところに……一応、生きたまま帰れるはずです》

ようやく、土屋が少し、前に身を乗り出す。

《砂川と、安里の要求って、なに？》

生田が、音がするほど唾を飲み込む。

《……日米安保の、破棄です》

《ハァ？》

《それを世良さんから、西野総理に、働きかけさせるんです》

《だって、そんなの……》

《いえ、条約上は、決して不可能なことではないんです。日米安保は、日本側からでもアメリカ側からでも、一方的に終了の意思を通告することができるんです。そうなれば、その一年後には実際に条約が終了します。米軍は撤退を余儀なくされる……そういう条約なんです》

《だからって、そんなの無理でしょう》

《私だってそう思いましたよ。アメリカ相手に、そう簡単にいくわけないし、現状、日本人だって、日米安保は必要だと考える人の方が多いとも思います。でも、だからこそ、彼らは反米軍基地デモを全国で展開したんです。あれだって……あの、憲兵隊の車両が活動家の老人を撥ねたっていうのだって、そもそもでっち上げなんですから。それでも、これだけニュースで取り上げられて、世論を喚起《かんき》するんですから》

しかし、そんなことで日米安保が破棄できるのか。

土屋も考えは同じようだった。

《そんなこと、本気で上手くいくと思ってるの？》

《私は思いません。思いませんが、世良さんは、相当苦しい立場に立たされると思います……マヒロちゃんは今のところ、確かに性的な暴行は受けてませんが、それ以上といってもいいような、ひどい写真や、映像を撮られています……だからこそ、生きたままマヒロちゃんを帰すんです。いわば、本当の人質は、マヒロちゃんの、今後の人生です。砂川たちはそれをネタに、世良さんを取り込もうとしてるんです。今後も切れ目なく、世良さんをコントロールしていくつもりです》

生田が、ぐっと土屋に顔を寄せる。

《……私は、なんとかしたいんです。でも、いい方法が思いつかなくて》

《警察に届ければいいじゃない。それが一番でしょ》

《そうなったら、安里は確実にマヒロちゃんを殺します。奴は、もう何人も殺してるみたいにいってます。それは、嘘じゃないと思います》

同じことは土屋もいっていた。
《だとしても、警察以外に……》
《土屋さん……「歌舞伎町セブン」って、知ってますか》
ここで、それが出てくるとは陣内も思っていなかった。
また、土屋の表情も固まる。
《……上岡さんは、そう直接はいいませんでしたけど、でも、そういうことじゃないのかなって、私は思ったんです。歌舞伎町で何かあったら、相談しろって。歌舞伎町には裏も、裏の裏もあるからって……私も、取材で歩いているうちに、よく耳にしました。ヤクザでも手を焼くような半グレが消えたときも、キャバ嬢の娘《こ》がいってました……あいつはやり過ぎた、きっと「歌舞伎町セブン」に消されたんだって。上岡さんのいう仲間って、「歌舞伎町セブン」のことなんじゃないですかね》
生田がその場で、土下座のように額を膝につける。
《土屋さん、お願いします。警察じゃ駄目なんです。仮に奴らが捕まっても、死刑になんてなりっこない。何年かしたら必ず出てきます。その間くらい、写真や動画なんて、どこにだって隠しておけます。奴らはそこまで考えてます。最悪、出てきてからまた、世良さんを強請《ゆす》ればいいんだ、って……だからこそ、今この時点で奴らを止めなきゃ駄目なんです。土屋さん、お願いします……「歌舞伎町セブン」と、繋ぎをつけてください》

いつのまに雨は上がったのだろう。
背後にある窓から、陽射しが射し込んできていた。
陣内の左脚にも、陽が当たっている。
何者かの存在を、感じずにはいられなかった。
それが上岡であってくれればと、今、陣内は思っている。

# 第五章

## 1

私は上岡に、そのときの状況をすべて、正直に話した。

「最初は、沖縄の現状を憂う、熱い男だと思ってたんです。でも、まさか……私のパソコンから勝手に写真を盗み出して、加工して、写真とはまったく関係ない死亡事故を、よりによって、憲兵隊のせいにするだなんて」

上岡は真剣に聞いてくれた。

「あそこまで、デモが大きくなっちまうとはな、俺も思ってなかったけど、そうか……そういう経緯があったのか」

そのときすでに、デモ隊と警察の衝突や、デモ隊に「うるさい」「いい加減にしろ」などとヤジを飛ばす一般通行人に対し、デモ参加者が殴りかかるなどのトラブルが頻発していた。メディアでは、これで通行人やデモ隊に死者でも出ようものならとんでもない動乱になる、という指摘もされていた。

その時点で、上岡が出した結論はこうだった。

「やっぱり、写真が捏造だってことを、正直に公表するしかないと思うんだよ。砂川がやったってことを証明する手立てがないとしても、たとえ最初は生田くんが疑われることになったとしても、そこを明らかにしないと、どうにもならないと思うんだよな」

それは分かっていた。だが、それがどんなに恐ろしいことか、上岡には分からないのだとも思った。

私自身、そのとき充分に理解していたとは言い難い。

それでも砂川は、まだ何かを取り繕おうとはしていたし、私の気持ちを繋ぎ止めようともしていた。私の部屋にも遊びにきたし、それまで同様、安保や地位協定について、あるいは政治全体についても議論し合っていた。

だが、砂川が他の仲間を連れてき始めた辺りから、もう完全に私たちの関係は、以前のそれには戻らなくなっていた。

よく部屋にきたのは、池内《いけうち》、平畠《ひらはた》、尾上《おがみ》の二十代トリオと、砂川の幼馴染みの安里。あとはたまに、彼らの少し先輩格になるだろうか、花城という四十代の男も顔を出した。捏造写真の話は、みんなの前ではしなかった。そういう空気ではなかった。そこは私の部屋でありながら、いつのまにか彼らのアジトのようになっていた。

「ナカオとか、あの辺り弛《たる》んでるんすよ、最近。会議も出てこねえし……家までいっても、居留守使ってんだかなんだか、出てこねえし。一発、シメねえと駄目っすね」

そんな尾上の発言を、よく煽ったのが平畠だった。

「あいつ、女ができたんだよ。誰だか知ってる？　一回デモに連れてきた、なんつったかな……ほら、同じ大学の、イッコ下とかいう娘《こ》だよ」

「分かった、ミソノって娘だろ」

「そうそう。あの馬鹿、女ができたくらいで、なに浮かれてんだ。マジでシメてやんねえと駄目だな」

そういった話題で、一番タチの悪い提案をするのが安里だった。

「……輪姦《まわ》すか」

さすがにそれには、尾上も平畠も言葉を失っていた。安里が、決して冗談をいっているようには聞こえなかったからだろう。

それを見た安里が、さらに調子づく。

「そういうのはよ、最初にバシッと、目の前で姦《や》ってやんねえと、インパクトねえからな……なんだオメェ、その目は」

裏拳《うらけん》というのだろうか。いきなり安里が、拳の甲の辺りで平畠の頬を叩いた。

「……イッ……テ」

「嫌なら見てるだけだっていいんだぜ。お前とお前がナカオを押さえて、俺が目の前で姦ってやるよ……いつでもいいよ。ここに連れてくりゃいいさ、二人とも」

冗談じゃない。なんでそれを、この部屋でって話になるんだ――。

そう思ってしまった私の表情の変化も、安里は見逃さなかった。

「あんだよ、あんたも文句あんのか、生田さん。大体、あんたが一番弛んでんだよ。いっつも、列から離れて写真ばっか撮ってやがって。あんたには、もっと他にできることがあるだろうが。新聞に記事書くとかよ、雑誌に書くとかよ、もちっと役に立てよ。アア？」

このときは殴られなかったが、安里は普段から、なんの脈絡もなく周りの人間を殴ったり、髪の毛を鷲掴みにして振り回したりする癖があった。政治の話にはほとんど興味がないらしく、砂川がそういう話をし始めると急に黙り込み、酒を呷り、それでいて少し議論が停滞すると、黙ってねえでなんかいえよと、隣にいる人間を小突《こづ》いた。

そんな安里も、砂川と花城には手を上げなかった。

「じゃ、僕らこれで。お先に失礼します」

「うん、お休み……気をつけてな」

二十代トリオが帰っていくのを、私は大人振って、なんでもないような顔をして見送ってはいたが、本当はその後の時間が怖くて仕方がなかった。

砂川と、花城と、安里。三人と過ごす時間は、まるで魔界にでも迷い込んだような恐怖と狂気に充《み》ちていた。

「まあ……生田くんも飲みなよ」

口調こそ優しげだったが、花城の存在感、威圧感《いあつかん》は中でも抜きん出ていた。

幕末の志士のように、伸ばした髪を後ろの上の方で丸め、肌を日本人には見えないほど黒く焼き、いつも無精ヒゲを生やしていた。目が合うと、まず自分からは逸らさないという癖があった。議論にもよく加わってきたが、砂川のように理念や理想を語ることは少なかった。むしろ目的を達成するにはどうすべきかという、ある種の謀略《ぼうりゃく》家的《かてき》性格が強い男だった。

「日米安保を潰すには、世論を誘導しなきゃね、無理だから。そこのところ、生田くんはプロなんだから……君の持っている人脈や経験を、我々は最大限に使っていかなきゃならないんだから……頑張ってくれよ、生田くん。君には、期待しているよ」

いま思えば、その時点で役者は揃っていたのだ。

事態が急変したのは、二月に入ってすぐのことだった。

「クソ、とうとう公安が本気になりやがった。警察が、いよいよ弾圧に乗り出したんだ」

部屋に入ってくるなり、砂川はそう喚《わめ》き散《ち》らした。一緒にきた安里も、目を尋常でないくらい怒らせていた。

徹夜続きだった私は、まだ少し頭がぼんやりしていた。

「ちょっと、砂川くん、声大きいって……なに、何があったの」

時計が五時を指していたので、一瞬朝だと思い込んだが、違った。夕方の五時だった。

砂川は、脱いだ革ジャンを足元の畳に叩きつけた。

「矢吹さんが逮捕されたんです。逮捕したのは新宿署だが、あんなの、警視庁公安部の指示に違いないんだ。警察は、俺たちの資金源から断つつもりなんだ」

矢吹近江。「左翼の親玉」といわれる、ある種、フィクサー的存在の男だ。花城が働いているのが矢吹の会社なので、私はその縁で、砂川と矢吹は繋がったのだと解釈していた。

安里が砂川の肩を抱く。

「いよいよ、俺たちも行動を起こすときなんじゃねえか？」

砂川が深く頷く。

「当たり前だ。向こうがそうくるなら、こっちだって手段は選んでいられない。不本意だが、打って出るしかないな」

その段階で、もう充分只事《ただごと》ではない雰囲気だったが、

「……生田さん。我々はこれから、世良芳英の娘を、誘拐します。協力してください」

そう聞かされたときは、ものの喩えではなく、本当に卒倒《そっとう》しそうになった。

「え、いや……ゆ、誘拐って……」

「大丈夫です。お嬢さんは無事帰します。乱暴なことはしません。正攻法でないことは承知の上ですが、もう我々に手段を選んでいる時間の猶予《ゆうよ》はないんです。娘の命と引き替えに、日米安保破棄に動くよう、世良を誘導します。そもそもは彼だって、地位協定には疑問を持っていたわけでしょう。話せば分かります。やる気にさせるだけです。大丈夫です。上手くいきますよ」

そんな馬鹿なと、思わざるを得なかった。

「しかし、それじゃ、犯罪じゃないか」

「分かってますよそれくらい。でも、矢吹さんが逮捕されたんですよ。彼が何をしたっていうんですか。我々に活動資金を提供してくれていただけじゃないですか。我々はデモの届出だってなんだって、ちゃんと合法的にやっていました。警察の指示に従ってやってきたじゃないですか。目障りだろうがなんだろうが、我々は正攻法でやってきたんです。だからこそ警察には我々を潰す手段がなかった。結局、公務執行妨害なんてケチな容疑で矢吹さんを逮捕するしかなかった。汚い手を先に使ったのは向こうです。こっちにだって、奥の手があることを見せてやらなければならない」

砂川は危険な目をしていた。写真の話をしたときと同じだった。

「そんな、私は、協力なんて、できないよ」

「そうですか。でも、世良芳英のデータは、全部生田さんのパソコンから抜かせてもらいましたから。とりあえず自宅住所も、家族構成も、固定電話番号も携帯番号もメールアドレスも、もう手に入れてますから。計画もね、すでに練ってあるんですよ。実際、別動隊が娘の……ああ、世良麻尋ちゃんね。けっこう可愛い子ですよね。あの、豚面の父親の娘にしちゃあ、上出来です……その、別動隊がね、世良麻尋の行動パターンを洗い出してますから。通学ルートも通っている習い事も、交友関係も、まもなく報告が上がってくるでしょう。それだけじゃない。奥さんの行動パターンもね。学校関係とか、後援会なんかの付き合いも、結構忙しいみたいですからね。その辺の報告が上がってき次第、具体的な行動計画を策定する予定です」

今度は砂川が、私の肩を抱きにくる。

「……分かってるでしょう、生田さん。私たちは、根っからの犯罪者などではない。私たちは、いわば憂国《ゆうこく》の士なんですよ。誘拐なんてのはね、チャンネルを開くための、ちょっとした方便です……分かってますよ、分かってるんです、乱暴なやり方だっていうのは。だからこそ、私は生田さんに協力してほしいんです。万が一、他のメンバーが暴走してしまったら……例えば、この安里とかね、暴走を始めたら困るでしょう。そうなったら、本当に我々は、ただの犯罪集団になってしまう。生田さんのように、冷静で、誠意と常識のある人がいてくれて、初めて我々の計画は意味をなすんです。第一歩は間違っていても、結果がよければ正義なんです。革命ってそういうものでしょう。協力してください、生田さん。あなたにしかできないんですよ、この仕事は」

どんなに説得されようと、協力する気になどなれなかった。ただ、仲間のように思われているのなら、それは利用すべきだと思った。

砂川が危険な方向に走り始めているのは間違いなかったが、でも、私は彼の優秀さも、熱い心も、たくさん知っていた。共に国を憂い、議論を交わし、理想を語った。私の中にも、彼を得難《えがた》い仲間のように思う心が少なからずあった。救えるものなら救いたい。そうも思っていた。

最悪の事態になる前に、計画をストップさせる——。

それしかないと、思ったのだ。

もう一度上岡に相談すると、当たり前だが、非常に厳しい顔をされた。場所は新宿駅近くの喫茶店だった。

「……だよな。俺も、矢吹の逮捕はマズいと思ったんだ。それについては、ちょうど一昨日、俺も知り合いの刑事と話したけど、その人は全然知らなかった。しっかし……誘拐はマズいな。ちょっと、他に知ってる警察官にでも相談してみようか？」

　それが最善の方法であることは、今なら分かる。でもこのときは、まだ自分でなんとかできるのではないか、砂川たちを思い留まらせる方法もあるのではないかと思ってしまった。

「だったら、矢吹さんを、すぐにでも釈放してもらうっていうのは、どうですかね。そうしたら、少しは状況が変わるかも……」

　上岡はかぶりを振った。

「それは無理だよ。警察が、公務執行妨害に温情をかけることは滅多にないから。矢吹は最低でも二十三日間は留置場だね。その後、在宅起訴になれば釈放だけど、どうかな……そのまま、東京拘置所《こうちしょ》ってコースじゃないのかな。いろいろ、警察に睨まれてた人物ではあるからね」

　私が頭を抱えると、上岡は向かいから手を伸ばし、私の肩をさすってくれた。

「生田くん……君はさ、優し過ぎるんだよ。お人好しもいいところだよ。でもさ、今のこの状況は、もう君にどうこうできるものじゃない。とりあえず、その砂川や安里からは離れなさい」

「無理ですよ。連中は、私の自宅も知ってるし」

「入れなきゃいいじゃないか」

「一回、合鍵を貸したことがあるんですけど、それが、戻ってきてなくて……今じゃ勝手に入ってくるんです。ほとんど、ただいまのノリで」

「その時点でなぜ抗議しなかったの」

「なんか……頼られてるのかな、みたいな」

「優し過ぎる、ってレベルのお人好しじゃねえな、もはや」

とにかく部屋には戻るなと、上岡にいわれた。まず連中と関係を断つことが先決だと説得された。その上で、上岡はウィークリーマンションの手配までしてくれた。場所は代々木。マンスリーハイツ代々木、二〇五号。念のため、名前は「斉藤雄介」にしてあるという。

上岡は、そのウィークリーマンションまで一緒にきてくれた。

「ちょっとさ、一件だけ急ぎで仕上げなきゃならない仕事があるから、それが終わったら、またすぐくるよ」

「すみません、何から何まで。お金まで借りちゃって」

「だから、それはいいって……ま、そんなわけで、夜中過ぎちゃうかもしれないけど、それだったら明日の午前中にした方がいい？」

「いえ、大丈夫です。私も、そんなに夜、寝る方じゃないんで」

「だよな。同業者だもんな」

ぽんと私の肩を叩き、上岡は背を向け、歩き始めた。

頼もしく見えた。自分が急に、どうしようもなく無力で、情けない存在に思えて仕方がなくなった。


明け方の四時頃になって、インターホンが鳴った。ディスプレイを見ると、上岡の顔が変に膨らんで映っていた。

「はい、いま開けます」

そのときはもう、上岡を頼るしかない気持ちになっていた。実際、彼を部屋に迎え入れると、ほっと安堵の息が漏れた。

「……とりあえず、善後策を練ろう」

上岡は重たそうなショルダーバッグを床に下ろし、備えつけの机から椅子を引き出して座った。

「ちょっと、家に帰って調べてみたんだけどね。一人でやるより、二人で見た方が早いと思ったから、持ってきちゃった」

そういいながら、バッグのファスナーを開けて何やら引っ張り出す。薄い、緑色のクリアファイルだった。中には十何枚か、A４判の書類が入っていた。何かの一覧表のようなものだ。

「……なんのリストですか」

「それは訊かないで。これは念のためだから。この中に、君の知っている人がいるかどうかだけ、チェックして」

それは、一種の名簿のようだった。

最初の項目は整理番号の類なのだろうか、アルファベットと数字の、不連続な文字列になっている。次が氏名、職業や所属団体といった簡単な説明が続き、最後に顔写真がある。写真はある人とない人がいる。一枚に十三段、つまり十三人分。

たまに政治家なども載っているので、それは大体分かったが、役職がかなり古いので、そのリストが作成されたのは、少なくとももう五、六年は前なのだろうと察した。

「分かりました……」

「船越幸造《ふなこしこうぞう》は、さすがに知ってますけど」

「いや、そういうことじゃなくてさ」

上岡が聞きたいのは、あくまでも、今回の騒動に関わっている人物が、その名簿に載っているかどうかということらしかった。なので、メディアを通して知っているとか、面識があるという程度の人物は無視していいといわれた。

全部で二百数十人分。一回見ただけでは、今回のそれに関係している人物はいないようだった。だが上岡は、もう一回よく見てみて、とリストを再度、私に押し戻した。

「今度は、写真をじっくり見ていってごらん」

「はい……」

するとだ。

「あっ……」

私は、よく知っている人物の顔を発見した。

「どうした」

「これ、この人」

「ん……その、江添がなに」

「この写真だと、ちょっと髪型が違いますけど……」

そのときだ。

突如としてインターホンが鳴り、そのディスプレイがパッと明るくなった。

上岡と顔を見合わせる。

「とりあえず、出て」

「……はい」

だが私がディスプレイの前に立ったとき、そこには何も映し出されていなかった。全体が黒く暗転している。

それでも、私は応答ボタンを押した。

「……はい、どなたですか」

《砂川です。開けてください》

思わず上岡の方を見た。彼は眉をひそめ、首を傾げていた。

《生田さん、開けてください。話があるんですよ、生田さんッ》

割れた音声が室内に響いた。

なぜ、どうやって砂川はここを突き止めたのか。疑問はあったが、

《生田さん、生田さんッ》

そのまま玄関で騒がせておくわけにもいかなかった。

「分かった……今、開けるよ」

上岡も、仕方ないといったふうに頷いていた。

「俺は、とりあえず隠れてるから」

「はい……」

そうはいっても、いわゆるワンルームなので、隠れるといっても浴室かベランダしかない。上岡は「くそっ」といいながらバッグと名簿を抱え、明かりも点けず浴室に入っていった。

ドアチャイムが鳴ったのはその二、三秒後だった。

あとから考えれば迂闊以外の何ものでもないのだが、私は碌に確認もせずにドアを開け

てしまった。

　まさか、砂川の他に二人もいるとは思わなかった。

「お、おい……」

　三人とも覆面をしていた。豚か何かの皮を剝いで、黒い糸で縫い合わせたような、えらく気味の悪い代物《しろもの》だった。むろん樹脂製のオモチャなのだろうが、どう考えてもまともな人間のセンスではない。

　土足のまま、三人はズカズカと上がり込んできた。先頭が砂川なのは体格から分かった。だが、二番手と三番手は誰だか分からなかった。どちらかが安里なのだろうが、二人とも見たことのないフライトジャケットを着ており、瞬時には判断がつかなかった。

　先頭の砂川が辺りを見回す。

「……一人じゃないですよね」

　そういった直後には、二番手の男が浴室のドアを開けていた。正確にいうと、トイレとを兼ねたユニットバスだ。

「ああ、いたいた」

　安里の声だった。私のいるところからは見えなかったが、二番手と三番手はいきなり、中にいる上岡に殴りかかっていった。蹴りも入れていたようだった。

　次の瞬間だ。

「……テメッ」

二人が、サッとステップバックして外に出てきた。それを追うように出てきたのは、上岡の両手だ。ナイフのようなものを握っている。だが、

「シュッ」

もはや二番手か三番手かはよく分からなくなっていたが、おそらく安里であろう覆面の男が、絶妙の間合、完璧なタイミングで、上岡の顔面に肘を叩き込んだ。パキッとか、ゴツッという音が響き、上岡の体はその場に崩れ落ちた。

すかさず安里が上岡の手首を踏みつける。ナイフを取り上げ、それを逆に、上岡の喉元に押しつける。両手には革の手袋。最初からある程度、こういう状況を想定していたとしか思えない。

「へへ……素人が、こういうもんを振り回しちゃ、いけないねぇ」

覆面の口元を、ぶくぶくと震わせながら安里が嗤う。見れば、目のところは小さな穴が二つ開いているだけ。視界は相当悪いだろうに、それでも安里が上岡の攻撃を受けることはなかった。戦闘能力の差は歴然としていた。

安里が馬乗りになり、上岡の右腕を捻り上げる。それでも上岡は、鼻が陥没《かんぼつ》した顔を私の方に向け、必死で訴えた。

「いぐ……いぐだ、ぐん……に……にげ、で……」

「なんで、そういうことというのよ」

安里は、上岡の喉ではなく、頬に、ナイフを突き立てた。

「ンのッ……」

「もうオッサンは、お喋りしちゃダメェ」

ぶくぶくと嗤いながら、安里は刺したナイフを、右に左に抉った。頬を貫いた刃が、口の中で、ガリガリと歯に当たる音がした。上岡は、眼球がこぼれ出そうなほど目を見開いていた。それでいて、声は子猫の鳴き声ほどしか聞こえてこない。代わりに口から、赤ワインのボトルを倒したみたいに、止《と》め処《ど》なく血が溢れ出てきた。グレーのカーペットに、真っ黒な染みが広がっていく。

安里がナイフを抜くと、出血はさらに勢いを増した。

「……オッサン、邪魔だな」

反対の手で上岡の髪を鷲摑みにし、ナイフを握った手で襟首も摑み、安里がこっちに、上岡の体を引きずってくる。

砂川が、私の耳元で呟いた。

「こんな、下衆《げす》な言い方はしたくありませんがね、生田さん。あなただって、こんなふうにはなりたくないでしょう。我々に、余計な手間はかけさせないでください。大人しく、我々と一緒にきてください。さあ」

従うしかなかった。その時点では、まさか上岡を殺すなどとは思っていなかった。

砂川に促され、廊下まで出た。とても長い時間、そこに二人でいたように感じたが、実際は十分ほどだったのかもしれないし、ほんの二、三分だったのかもしれない。

やがて、覆面を血で染めた二人も廊下に出てきた。一人が、おそらく安里ではない方が、あのリストを手に持っていた。上岡のバッグも肩に掛けていた。

室内からは、なんの物音も聞こえてこなかった。


ウィークリーマンションを出て、一つ先の角を曲がったところに停めてあったワンボックスカーに乗せられた。しかし砂川はそれに乗らず、一人でどこかに歩いていった。

車は近くのコインパーキングの前で停まり、覆面の一人が降りていった。再び走り出し、ようやく運転手の声を聞いて、それが安里なのだと私は理解した。

「……生田さんさ、あんたが下手に動くと、今みたいなことになるんだよ。だからさ、大人しく俺らのいうこと聞きなよ。あんただって、世良の娘を無事に帰したいだろう。それはさ、砂川だって誰だって一緒なんだよ……俺以外はね」

私がたった一つ訊けたのは、上岡に関することだった。

「か、彼は……上岡さんは、どうなったの」

安里はまた、ぶくぶくと覆面の中で嗤い、肩を震わせた。覆面の返り血は、いつのまにか綺麗に拭ってあった。

「あのさ……あそこまでやって、仮にだよ、生きたまま帰したら、あとで面倒なことになるでしょう。野暮なこと訊くなって……ま、遅かれ早かれ、警察は動き出すだろうけどさ、その辺は俺らも、馬鹿じゃないんでね。証拠は残してないから大丈夫だよ。これがまあ、沖縄だったらな……俺も、バレずに埋められるところとか、分かるんだけど、東京じゃな……山がねえから、俺もよく分かんねえんだ、どの辺がバレづらいとか、どの辺が危ねえとか。それとも、あれ、生田さんは、そういう場所の心当たりとか、あった？　あるんなら、今から戻って死体処理しようか。二人で」

もう駄目だ、こいつらからは逃げられない、そう思った。

だがあとになってみれば、このとき勇気を出して、警察に飛び込むべきだったのだと分かる。もっと冷静になって、世良の娘が誘拐されたらどんな大変なことになるか、そこを考えれば、正しい判断が下せていたはずなのだ。

だが、駄目だった。私の心と体は恐怖に支配され、完全にその自由を奪われていた。

いつもそうだ。いつだってそうだった。伊佐勝彦と庭田愛都が目の前で米兵に襲われていたときも、私は冷静な判断力を失い、体はいうことを聞かず、必要な情報を得ることを怠り、見当違いな行動をし、庭田愛都を死なせてしまった。

そうなのだ。私はいつだって、弱くて、馬鹿で、狡《ずる》くて、小さい、最低の人間なのだ。

## 2

急にいくつものネタが、東のもとに転がり込んできた。

上岡殺しの現場となったウィークリーマンション、その部屋を借りていた「サイトウユウスケ」こと生田治彦は、実はデモの発端となった事故写真の原板の撮影者だった。それを憲兵隊が起こした事故に見えるよう加工したのが生田本人なのか、砂川なのか、それとも別の誰かなのかは分からない。しかし、事故の被害者をあたかも殉教者《じゅんきょうしゃ》のように仕立て上げ、デモを扇動《せんどう》したのは砂川だ。砂川が写真の加工に関わっていないはずがない。

その砂川に、矢吹は金を出していた。当然それは、反米軍基地デモの活動資金に充《あ》てられていたことだろう。一方で、矢吹は花城数馬という男に、沖縄の軍用地転売をコーディネイトさせていた。しかしその土地の多くは現在、花城自身と安里竜二という男が所有するに至っている。矢吹はそのことを知っているのだろうか。花城という男が、帰化日本人・蘭道千芸の養女と結婚までして、その土地を手に入れた事実を把握しているのだろうか。

仮に、反米軍基地運動が功を奏し、米軍が沖縄から、あるいは普天間からだけでもいい、撤退したとしたらどうなる。跡地の二十七パーセントは花城と安里のものだ。さらに安里が花城にまた転売すれば、あの広大な土地の約三分の一を花城一人が所有することになる。あれだけ日本政府をきりきり舞いさせた普天間基地、その跡地の三分の一を、たった一人の人間が差配できる状況になるのだ。

　確かにこれは、公安総務課でなくても、どういうことなのか確かめたくなる。

花城数馬とは、一体何者なのか——。

最も手っ取り早いのは、矢吹近江に訊いてみることだ。

東は、書類仕事をある程度済ませてから留置管理課にいこうと思っていたが、その前に、篠塚統括に呼ばれてしまった。

「東さん、ちょっといいですか」

「ああ、はい」

　また署長室かと思ったが、今回は違った。昨日、姫川と話すのに使った会議室の、隣の部屋だった。

　篠塚がドアをノックする。

「篠塚です」

「入って」

　一礼して東も続くと、室内には三上副署長と飯坂刑事課長の二人がいた。今度はなんだ。

「ま、座って」

三上の指示通り、篠塚と並んで会議テーブルにつく。だが、切り出してきたのは飯坂の方だった。

「……実はさきほど、本部から誘拐事案発生の報《しら》せがあった」

誘拐とは、まったく以て東の想定外だった。

「いつ、ですか」

「つい二十分ほど前だ」

「いや、マル害の所在が不明になったのは」

「三日前だそうだ」

かなり経っている。

「現場は」

「赤坂だ」

「マル害は子供ですか」

「子供といえば、確かに子供なんだが……それが、民自党参議院議員の、世良芳英の娘なんだ」

なんと――。

「世良芳英といったら、現内閣の、官房副長官じゃないですか」

「そう。世良の地元は和歌山だが、一人娘に東京の私立中学を受験させ、見事合格……去年から妻と三人で、赤坂の賃貸マンションで暮らしていたんだそうだ」

一大事、ではある。だがしかし、それをなぜ自分に知らせるのだろう。しかもわざわざ、会議室に呼びつけて。通常、誘拐事案のオペレーションは刑事部捜査第一課特殊犯捜査係が中心となり、極秘裏に進められる。新宿署員である自分には関係ない、というつもりはないが、名指しで協力を求められる立場にはないように思う。

飯坂に訊く。

「……特別警戒が、出るんですか」

誘拐事件が発生した場合、刑事部長は「営利目的誘拐事件の発生にともなう特別警戒態勢」を発令することができる。これが出ると、警視庁管内の警察署員は全員、勤務時間終了後も一定期間、署に待機することになる。だが、それでもおかしい。だったら全署員に、一斉に報せればいい話だ。東にだけいってもしょうがない。

案の定、飯坂はかぶりを振った。

「いや、現時点では、特別警戒に関してはまだ検討中らしい。確かに、官房副長官の娘が誘拐されたのは一大事だが、どうもな……犯人の要求は、身代金ではないらしいんだ」

なるほど。特別警戒はあくまでも「営利目的誘拐事件の発生」にともなって発せられるものだ。犯人の要求が身代金でないのだとしたら、適用外とされても致し方ない。

しかし、だ。

「身代金じゃなかったら、犯人の目的はなんなんですか」

「そこまでは、まだ情報が入ってきていない。ただ一つ……犯人が単独なのか複数なのかも現状では分からないが、どうも、娘を誘拐したと知らせてきたのは、生田治彦というフリーライターなんだそうだ」

一瞬、言葉に詰まった。

「……生田、治彦ですか」

飯坂が目を細める。

「お前、その人物について、矢吹に訊いているな」

どうして知っている。調書には書いていないのに。

「お言葉ですが、課長、なぜそれを」

「聞こえたんだよ、たまたま、調室の前を通ったときに。お前の声は意外と通るからな。外でもよく聞こえるんだ」

確かに、取調室の壁なんてのはパーティションに毛が生えたようなものだ。会話の秘匿《ひとく》性《せい》などないに等しい。

飯坂が続ける。

「それについて、矢吹はなんといった」

そこは聞こえなかったのか。

「覚えがないと、いっていました」

「そもそも、なぜお前は生田について矢吹に訊いた」

どこまで明かすべきか迷ったが、ここは正直に報告すべきだろう。

「……はい。昨日ですが、捜査一課の姫川主任が私を訪ねてきまして、そのとき彼女から聞きました。上岡殺しの現場になった部屋を借りていたのが、その生田治彦というフリーライターであると。彼女は今、上岡殺しの特捜にいます」

「ああ、きたらしいな、一課のじゃじゃ馬が……姫川は、なんの用があってお前を訪ねてきたんだ」

「私が過去に関わった事件について聞きたいようでした。それと上岡事件は、直接は関係ないようですが」

そうか、と飯坂が俯き加減にして目を伏せる。

代わりに三上が視線を合わせてくる。

「東係長。もう一度矢吹に、生田治彦について訊くことはできるか」

「捜査手法としては明らかに問題がありますが、不可能ではありません」

三上が頷く。

「かまわん。弁護士に何をいわれても、たとえ監察が乗り込んできても、私が抑える。私が、全責任を持つ」

東は初めて、この三上が幹部らしい発言をするのを聞いた。副署長という立場でそれが可能かは、甚だ疑問だが。

いつも通り、矢吹を取調室まで連れてきた。少し白髪ヒゲが伸びてきてはいるが、相変わらず体調は良さそうだった。七十八歳にしては、相当タフな方だろう。

東はまず頭を下げた。

「矢吹さん。これからお訊きすることは、矢吹さんの逮捕容疑とはまったく関係がありません。違法な取調べといわれればそれまでです。それでも私は、あなたに訊かなければなりません。その点をまず、ご理解いただきたい」

矢吹はふざけたように眉を持ち上げ、口を「へ」の字に結んだ。

「……なんだい、改まって。今までだって、散々公妨以外のことを訊いてたじゃないか」

「すみません。ただ、今現在の状況は、昨日までとはまったく違うのです」

「ほう。何かあったのか」

「とある誘拐事件が発生しました。それには、生田治彦という人物が関わっているものと思われます」

矢吹が「イクタ?」と首を傾げる。

「それは昨日、あんたがいってた男じゃないか」

「はい。砂川の周辺に、生田治彦という男がいなかったかどうかを、お尋ねしました」

「私は知らんといったはずだが」

「もう一度よく、お考えいただけませんか」

「んん……イクタ、ハルヒコな。漢字ではどう書く」

「生きるに、田んぼの夕、治療のチに、彦根城のヒコです」

「生田治彦、か……」

目を閉じ、さらに首を捻る。

「そういう名前は聞いたことがない。確かに私は、砂川に金は出したけれども、奴の活動そのものに、私はまったく関わっていないんでね」

「では今現在、捜査が進んでいる事件について、少しだけお話しします。矢吹さんは、上岡慎介というフリーライターをご存じですか」

「フリーライターといったら、その生田がそうなんじゃないのか」

「よく覚えていらっしゃいますね。その通りです。つまり二人は同業者ということになりますが、その上岡というライターが、つい先日、殺害されました。現場には、今いった生田治彦と、さらに三人の人物がいたと見られています。そのうちの一人は、砂川雅人であると判明しました」

三上も飯坂も篠塚も、調室の外で聞いているはずである。彼らはこれを、どう思うだろうか。

　矢吹の表情が固まる。

「……砂川が、その上岡とやらを殺したというのか」

「実際に手を下したかどうかは分かりません。今のところ分かっているのは、その殺害現場にいたということだけです。なので、なんらかの事情を知っているものと考えて、捜査を進めています」

　うん、と小さく漏らし、矢吹が頷く。

「そのライターが殺された現場に、砂川と生田はいた。そして今度は、生田が誘拐事件を起こした。つまり、砂川もその誘拐に関わっているのではないかと、そう東さんは考えたわけだ」

　これだけの説明で、よくそこまで理解できたものだ。そしておそらく、そんなのは根拠の薄い推理に過ぎないと、矢吹は思っているのだろう。

「それだけではありません。そもそも、あの反米軍基地デモの発端となったといわれている、憲兵隊による沖縄の交通死亡事故、あれ自体が、実はまったく根拠のないデマであったことが分かりました。その場面を捉えたとされている事故写真、あれは、まったく関係のない接触事故を、あたかも憲兵隊の車両が起こしたかのように加工したものだったんです」

矢吹が、これ以上はないというくらい眉をひそめる。

「……東さん。あんた、私がブタ箱で、新聞も何も読んでないと思って、適当なことをいっているんじゃあるまいね」

東は、あくまでも否定の意味で、一つ頷いてみせた。

「お気持ちは分かります。私も最初は、あの写真が捏造だなんて思ってもみませんでした。だがおそらく、それこそが真実です。誰が首謀者かは分かりません。しかし、何者かがその写真を加工し、デモを焚きつけるネタにした……そのもととなる写真を撮影したのが、生田治彦です。私は、写真を加工してデモの起爆剤にしたのは、砂川ではないかと考えています」

矢吹が、低く唸りながら目を閉じる。

東は続けた。

「一方で、殺された上岡は、沖縄の軍用地転売に関する取材もしていました。矢吹さん、あなたの会社が手掛けた事業です」

「……いかにも。その話も、つい昨日、したな」

「はい。現地で、実際に売買のやり取りをしていたのは、花城という人物であることも伺いました。花城、數馬さん」

「その通りだ」

「では、その転売された土地の多くがさらに転売され、それが花城さん名義に集約されていることは、ご存じでしたか」

矢吹が目を開く。一度、机の一点を睨んでから、東の顔に視線を上げる。どうやら、この件については知らなかったようだ。

「それは……どういうことだ」

「分かりません。これは警察が調べたことではなく、あくまでも上岡というフリーライターが調べて書いたことなので、事実確認はまだできていません。ただ、もしそういうことがあったとしたら、矢吹さんはどうお考えになりますか。花城さんはなぜ、そのようなことをしたと思いますか」

白髪眉の下の濁った眼が、何かを見出そうと宙の一点を睨む。

「……それなら、心当たりがないではない」

「ぜひ、そのお心当たりをお聞かせ願いたい」

矢吹の目は宙を睨んだままだ。そこに浮かんで見えるのは、普天間の青い空か、あるいは花城数馬という男の顔か。

「花城が手掛けた土地取引は、国道三三〇号や、五八号沿いではなく……つまり普天間基地の外周付近ではなく、むしろ内側、奥まった、中心線に沿った場所が多かった。現状でいうと、あの長い滑走路の辺りだな。花城は好んで、そういった土地の取引を手掛けた。

国道に近い方がのちのち利用価値が高いのは明らかなのに、あえて真ん中の、下手をしたら死に地になりかねないところを狙って取引を仕掛けた。なぜだか分かるかい」

まったく分からない。東はかぶりを振るほかない。

「いいえ。想像もつきません」

「では、沖縄に足りないものといったら、あんたは何を思いつく」

正直、沖縄という土地にはあまり馴染みがないので、それも分からないとしか言い様がない。せいぜい思いつくのは、こんな当てずっぽうくらいだ。

「……雇用、ですか」

ふざけたように、矢吹が困り顔をしてみせる。

「それはむろん足りないが、そういう話ではなく、もっと、物理的な話だ……インフラ、といったら分かりやすいか」

インフラ。あれだけの観光地で、人も大勢住んでいるのだから、たいていのものは揃っているのではないか。

「すみません。まったく、見当もつきません」

「そうか。本土の人間の認識というのは、所詮、そういうレベルなのかもしれないな……いいかい。沖縄にはね、モノレールこそ一本あるが、鉄道網はまったくないんだよ」

なるほど、鉄道か。

矢吹が続ける。

「モノレールなんて、那覇空港から、首里《しゅり》城のある首里駅までだからね。その先に延ばす計画もあるにはあるが、今のところ、終点まで乗ったって三十分かそこらの線だ。沖縄の南北の距離からしたら、その十分の一にも満たない。県民の仕事にも生活にも、まるで役には立っていない。お陰で道路はいつだって大渋滞だ。特に昨今は、海外から観光客が大挙して訪れるからね。夏場はホテルと一緒にレンタカーも予約しておかないと、一台も空きがなくなる状態だそうだ。それらが、だ。慢性的に渋滞した道路に一斉に吐き出されるんだ。もう、県民の生活なんてガタガタだよ。観光客がきてくれたら嬉しい悲鳴だろうなんて、そんな悠長な話じゃないんだ」

東でさえ、沖縄は渋滞がひどいという話は聞いたことがある。

矢吹が机に身を乗り出す。

「別にこんな話をね、花城としたわけじゃないんだよ。ただ私は、とある政府筋の人間から聞いたんだ。沖縄の基地問題に絡めて、振興予算だの跡地の再開発だのって話をしている中で、鉄道って提案が実際に出てきた、とね。おそらく、前の沖縄県知事が、政府にそういう『お願い』をした、ということなんだろうが……私は、それが頭にあったもんでね。花城が中心線上の土地を好んで転売することに、ある種の面白みを感じていたんだよ。こいつは、かなり先を見据えているな、鉄道の話をどこかから聞き込んで、それを下敷きに営業を掛けているんだな、とね。頼もしくすら思っていた……しかしまさか、花城が自ら土地を買い漁っていたとはね。思ってもみなかったよ。今でもまるで信じられん」

嘘をついているようには見えなかった。矢吹は花城自身による軍用地買収については知らなかった。そう思っていいだろう。

「そうですか……ではもう少し、話を進めましょう。昨日、砂川と花城さんに接点はない、と矢吹さんは仰いましたが、もしですよ、矢吹さんのご存じないところで、砂川と花城氏が繋がっていたとしたら、どうなるでしょう」

矢吹が、真正面から視線をぶつけてくる。

「どうなるって……花城も、砂川も、その生田とやらが起こした誘拐に加担していると、そういう話か」

「仮にです。仮に二人が繋がっているとしたら、一連の事件も一本線で繋がるんです。生田の写真を利用し、砂川はデモを扇動し、反米軍基地の世論を作り出した。花城もこれに、なんらかの形で力を貸していた。花城の土地は、米軍基地の撤廃で初めて意味を持つんですから、これは花城にとっても好都合です。しかし、さすがにデモだけで、米軍を沖縄から追い出すことはできない。もっともっと政治的な、具体的で、法的な力が必要になる……それが今回の、誘拐事件に繋がっている可能性があります」

矢吹は、奥歯を噛み締めて黙っている。

「誘拐されたのは、世良麻尋ちゃん、十三歳……民自党参議院議員で、現内閣官房副長官、世良芳英氏の一人娘です。現時点で、犯人とされている生田治彦は、身代金の要求をしてきていない。では、金でなければ一体、生田は世良に何を要求するんでしょうか。私は、極めて政治的なアクションなのではないかと見ています」

十秒、二十秒――。

東の両目を射抜かんばかりに見ていた矢吹が、ゆっくりと、その口を開く。

「……官房副長官を脅したくらいで、日米安保を引っ繰り返せるものかね」

「それは分かりません。しかし、秘書を外国人にした途端、がらりと政治方針が変わった政治家は実際にいます。派閥や議員連盟のしがらみで、中国や韓国に驚くほど甘い政治家は数多います。外遊中に金を握らされ、女で弱みを握られ、相手国の操り人形にされた政治家も実在します。これらはいずれも外交分野の話ですが、同じことは内政でも充分に起こり得ます。娘を誘拐され、その間に何があったのか……それが弱みになるかならないかは、今後の世良さん次第でしょう。そして、そういう政治家が世良さん一人とは限らない。同じような罠に、二人、三人……五人もはめられてしまったら、ひょっとしたら、日米安保くらいは動くのかもしれない。それは分かりませんが、だがなんにせよ、我々は麻尋ちゃんを助け出さなければならない」

今一度、東は矢吹に頭を下げた。

「……お願いします。砂川や花城がアジトにしそうな場所の、心当たりを教えてください。花城が東京で扱った物件はないんですか。管理している物件はないんですか」

矢吹は腕を組み、顎を引き、しばし考え込んだ。

しかし次に出てきたのは、アジトになりそうな物件の心当たりではなく、新たなる疑問だった。

「しかしね、東さん……私には、どうも合点がいかない。仮に花城が、自ら手掛けた物件をあとから買い戻すような真似をし、軍用地の所有権集約を進めているのだとしたら、だよ。その金は、一体誰が出してるんだろうね。いくら沖縄といったって、それはそれは、莫大な金額だよ。私にだって、とてもじゃないがそんな金は工面できない。デモの軍資金なんてのとは、桁が三つも四つも違う。そんな額を一体、どこの誰なら、捻出できるのかね」

しかし現実に、花城はそれを実行している。

## 3

出版社との打ち合わせを模した、生田と土屋の接触は一時間程度で終わった。生田は最後に、安里らが潜伏先にしているマンションの住所を土屋に伝えた。

《埼玉県、朝霞《あさか》市、膝折町《ひざおりちょう》二丁目……》

陣内はすぐさま、その住所を市村に流した。ミサキかジロウ、どちらでもいいからすぐに向かわせてくれ、ただし向こうには人質がいる、慎重に頼む——そういえば、元警察官である二人には充分なはずだった。

生田もかなり慎重だった。談話室のソファから立った途端、

《とりあえず、マンションには私一人で帰ります。砂川には、安里や花城以外にも協力者がいるようなので、私も、どんな奴に尾行されているか分からないんです。土屋さんは今のことを、上岡さんのお仲間に伝えてください。お願いします》

そういって、足早に談話室を出ていった。

土屋は生田の後ろ姿を目で追いつつ、独り言のように伝えてきた。

《……私たちも、ここでいったん別れましょう。陣内さんは裏口から出てください。警備員室がありますけど、出るだけなら日中はスルーですから……あれ、ここから朝霞って、一時間あればいけるのかな……でも、私には尾行がついてるかもしれないから……じゃあ、一時間半後に、朝霞駅で落ち合いましょう》

コートとバッグをすくい取り、土屋も談話室から出ていった。

五分ほど置いて、陣内も席を立った。出入り口脇にはレジ台のようなものもあり、近くまでいくと制服の女性がにこやかに告げてきた。

「お会計は、お連れさまが済ませられました」

そこで初めて陣内は知った。

ここのコーヒーは、有料だったのだと。


麹町駅から有楽町《ゆうらくちょう》線に乗ると、なんと乗り換えなしで朝霞駅までこられた。着いたのは午後一時ちょうど。土屋との待ち合わせまでにはまだ三十分ほどある。

駅には北口と南口があり、陣内はその両方にいってみた。

北口にも南口にも、バス、タクシーが発着するロータリーがある。周辺には十階建て前後のマンションが何棟かあり、スーパーマーケットの看板は見当たらないが、ファミレスや居酒屋といった飲食店はそれなりに揃っているようだった。

陣内は携帯を取り出した。ミサキとジロウ、連絡するとしたらどちらがいいだろう。コミュニケーションという意味ではミサキの方がしやすいが、こういった場面で頼りになるのはジロウの方だろう。

だが、ジロウの番号にかけたにも拘わらず、

『……はいよ。ジンさん、あんた今どこ』

出たのはミサキだった。

「今は朝霞駅だ。そっちは。ジロウと二人か」

『いや、組長もいるよ。元締めも、代わりのバイトの子がきたら、すぐくるっていってた』

「車できたのか」

『ああ。組長のバンできてる』

あの、シルバーの日産キャラバンか。正確にいうと、それは市村が所有している車両ではなく、設計事務所を営む知人の名義で買ったものだと聞いている。

「生田は戻ってきたか」

『十分くらい前に、あのブログ野郎に似た男は入ってった。三階の、奥から二番目の部屋だけど、入ったかどうかは確認できなかった』

「分かった。こっちはあと、三……二十分ちょっとしたら、土屋と合流する。それからどうするかは決めるが……合間を見て、また連絡する」

土屋が「歌舞伎町セブン」のメンバーとして、確実に把握しているのは陣内とミサキの二人だけと思われる。それ以外のメンバーとは、できるだけ接触させない方がいい。

だが、それから十分もしないうちに土屋から電話が入った。

『いま朝霞駅に着きました。陣内さんは？』

「俺は、南口にいる」

『南口のどこですか』

「駅の真向かいにあるスターバックス」

『分かりました。すぐいきます』

まもなくロータリーを迂回し、横断歩道を渡ってくる土屋の姿が見えた。そのまま店に入ってくる。尾行をされているようには見えなかった。

「……お待たせしました」

「これ、よかったら」

文秋社での借りを返すわけではないが、あらかじめホットコーヒーを買っておいた。

「すみません。でも、すぐに出ましょう」

「分かった」

土屋はさっとカップをすくい取り、出入り口の方に戻っていく。陣内はすでに飲み終えていたので、カップを捨ててから彼女に続いた。

再び、土屋が横断歩道を渡り始める。

「ちょっと距離があるので、現地にはタクシーでいきますけど、その前に……ついさっき、生田さんから連絡がありました。例のマンションの部屋、生田さんが帰った時点でもう、鍵が締まってて入れなくなってたって。インターホン鳴らしても誰も出てこないし、乗ってきた車も駐車場にないって」

どういうことだろう。生田がいない間に、砂川たちに何かあったのか。あるいは、単に生田が切り捨てられたということか。

「それで、生田はどうするっていってる」

「まだ、そこまでは……彼も、なんかパニクってたんで」

客待ちをしていた個人タクシーに乗り込み、膝折町二丁目の住所を告げた。乗ったのはほんの十分足らずだが、確かに、歩いたら二、三十分はかかる距離だろう。

「運転手さん、次の信号のところで停めてください」

膝折公団前という交差点を過ぎたところでタクシーを降りた。料金は、先に財布を出した土屋が払った。

朝霞駅前でも思ったが、都内と比べると、やはり埼玉は空が広い。空気も多少は澄んでいるように感じる。

土屋は辺りを見回し、目の前にある国道二五四号の向こうを目で示した。

「ここを渡って、ちょっと入った辺りにマンションはあるはずですけど……生田は、あそこに呼び出します」

渡ったところにあるホームセンターか。

「陣内さん、さっきのレシーバー、持ってますよね？」

「ああ、ある」

「それで聞いてててください。事情、聞き出しますから」

急に風が吹き、土屋の、セミロングの黒髪が舞い上がる。

それを片手で押さえながら、土屋は生田に電話をかけた。

「……もしもし、土屋です……うん、すぐ近くまできたんですけど、そっちまでいって、何かあっても困るんで、生田さん、いったん出てきてください。国道沿いにホームセンターがあるの分かります？……そうです、そこで会いましょう。延長コードの売り場で待ってますから……はい」

今日、何度か思ったことではあるが、土屋はなかなか、何かを段取るときの手際がいい。「新世界秩序」にどれくらい取り込まれているのかは知らないが、普通に仕事をさせても、そこそこ優秀な人間なのだろうと感じた。

土屋が携帯をバッグに戻す。

「さ、いきましょう」

「ああ」

ちょうど、横断歩道の信号も青になった。

都内にもよくあるチェーンのホームセンターだ。店の外には建築資材やガーデニング用品が並べられている。店内には木材や工具、照明器具、カー用品、アウトドアグッズなど、ごく普通の生活必需品から、陣内には一生縁のなさそうなものまで取り揃えられている。

土屋は、天井から吊り下げられた案内板を見ながら【配線資材】のコーナーへと進んでいく。特に示し合わせたわけではないが、陣内は少し距離をとりながらあとに続いた。

延長コードを見つけたのだろう。土屋は配線資材売り場の中ほどで立ち止まった。陣内はその一本隣、蛍光灯などの売り場で生田を待った。

位置が悪かったのか、彼がきたのは見えなかった。

土屋との会話はいきなり始まった。

《……すみません。こんなことになるなんて、思ってもなくて》

《他に、連中がいきそうなところに心当たりは？》

《ここにくる前は、上野とか、東京駅近くにあるビジネスホテルにいたので、こういう……マンションとか一軒家は、他には知らないです》

《そのマンションに、麻尋ちゃんはどうやって連れてこられたの》

《塾帰りを狙って、車に引っ張り込みました。部屋へは、無理やりトランクに押し込んで運びました。それからは、ずっとここでした……あっ》

数秒間を置いてから、生田は続けた。

《連中の使ってる車のナンバーなら分かります》

土屋に、メモか何かを渡したのかもしれない。実際に番号を声に出すことはなかった。

《車種は？》

《これが、スバルのレガシィです。色は、紺にメタリックが入った感じです。こっちは、ホンダのステップワゴンです。色はグレーメタリック……ただし、これには偽のナンバープレートも用意してあって、それがこれです。ここに乗ってきたのはレガシィの方です。ステーションワゴンタイプではなくて、セダンっぽいやつです》

また少し間が空き、土屋が訊く。

《生田さん、これからどうするの》

《……どうしたら、いいんでしょう。部屋の前で待ってるっていうのも、変ですし。かといって、自分の家に帰るっていうのも……》

《家に帰ったら、たぶんあなた、警察に連行されると思う》

《えっ、そうなんですか》

《ウィークリーマンションには防犯カメラがあったはず。生田さんの身元は、可哀相だけど、もう割れてると思う》

《じゃあ、どうしたら》

《隠れてた方がいいけど……どうしたらいいかな》

《あと、すみません……これ、忘れないうちに、お渡ししておきます。土屋さんに、お預けします》

《なに？》

また別に、土屋が何かを受け取ったようだ。
《上岡さんが、使えって、貸してくれて……でも、これの正しい使い道って、むしろ、こういうことだと思うんで……お願いします。このナンバーと一緒に、使ってください》
《分かった……ちょっと待ってて。ここ、絶対に動かないでね》
ガサゴソと衣擦れがやかましくなり、振り返ると、陳列棚を迂回してきた土屋が、速足でこっちに近づいてきていた。
目が、妖《あや》しげな輝きを帯びている。
すれ違いざま、土屋はまるでスリのように、陣内のフライトジャケットのポケットに手を入れ、おそらくメモと、あとから渡された何かを捻じ込んで過ぎていった。
《……あとはお願い。私との約束も忘れないで》
その後ろ姿が棚の向こうに消えると、またすぐ生田との会話は始まった。
《生田さん。事が済むまで、あなたは私と一緒にいてください。必要な繋ぎは、私がつけますから。それでいいですね？》
《……はい。お願いします》
ポケットを確かめると、三枚の紙切れと、皺々《しわしわ》になった白い封筒が入っていた。
この形と厚み。百万はありそうだ。

市村たちとは、少し東京方面に戻ったところにあるカー用品店の駐車場で待ち合わせた。シルバーの日産キャラバンはすぐに見つかった。

左側のスライドドアから乗り込むと、車内はエアコンが効き過ぎており、ここまで歩いてきた陣内には少々暑苦しかった。

運転席にいるのはジロウ、三列目に市村とミサキ。陣内は乗り込んだまま、二列目のシートに収まった。

市村が訊く。

「とりあえずジンさん、ここまでの経緯を説明してくれ。俺には何がなんだか、さっぱり分からねえ」

陣内はできるだけ簡潔に、これまでの経緯をまとめて聞かせた。

土屋と生田、上岡が繋がっていたこと。覆面三人組は、砂川と安里、それとおそらく花城数馬であること。砂川らは生田にも協力させ、民自党の世良芳英の娘を誘拐したが、アジトにしていたすぐそこのマンションから、理由は分からないが姿を消してしまったこと。砂川らの目的は、日米安保の破棄であるらしいこと。

市村は大いに首を傾げたが、今、全員が納得できる説明をしている暇はない。

「とにかく、砂川たちのもとから、世良の娘を助け出さなきゃならない。上岡の弔いは、そのあとだ」

ちょっと待て、と市村が掌を向ける。

「俺たちが、世良の娘を助け出せたとしてだ。それに一体、誰がギャラを払う」

ふいにミサキが身を乗り出してくる。

「そんなの、世良に出させりゃいいじゃないか。世良の娘を取り返す作戦なんだから」

バカ、と市村が、ミサキを肘で小突く。

「俺たちが娘を取り戻して、それを帰してやるから金払えって世良にいったら、今度は俺たちが、営利誘拐犯になっちまうだろうが」

「……あ、そうか。そりゃそうだ」

こいつらの漫才はこの際無視する。

陣内はポケットから、例の封筒を取り出した。

「それなら、これがある……決して充分な額じゃないが、生田が、土屋に託したものだ。たぶん百万ある。そもそもの出所は上岡だ。生田に……まあ、逃走資金のつもりだったんだろう。使えって、渡してあったらしい」

市村が受け取り、厚みを確かめる。

「……つまり、今回の依頼人は、もとをたどれば上岡、ってわけか」

「そういうことだ。それから」

さらにメモ紙も出して見せる。

「生田は、砂川たちの他の潜伏場所には心当たりがないが、車のナンバーなら分かるっていうんだ」

全部で三枚。チョコレートか何かの包み紙、千切った手帳のページ、ファミレスのものらしき紙ナプキン。使われた筆記具も、鉛筆だったりボールペンだったり、それぞれ違う。

市村が眉を段違いにする。

「それを、俺たちにどうしろってんだ」

「調べて、できれば奴らの行き先を特定したい……が」

ミサキが包み紙のメモを摘み上げる。

「そんなの、警察のNシステムを使わなきゃ無理だろ。動いてる車を追跡できる機関は、日本には警察しかない。海外は知らないけど」

そうなると、陣内たちに選択肢は一つしかない。

「小川に、頼んでみるか」

ミサキがメモをポイッと放る。

「無茶いうなって。そんな、ついこの前まで交番勤務で、ようやく刑事に上げてもらったばかりの奴が、勝手にNシステムの照会なんかできっこないって」

そうなのか。

「そんなにNシステムを使うのって、難しいのか」

ミサキが、さも面倒臭そうに頷く。

「そりゃそうだろ。警察官なら誰でも彼でも照会できるってなったら、調べられる方にしてみりゃプライバシーの侵害もいいところだろ。そんなこたぁできゃしないよ。これこれこういう理由で、例えば捜査線上にこういったナンバーが浮上してきて、これの動きを追跡できれば、事件の解決に繋がるはずだと、そういう根拠があって初めて、許可は出るんだよ……なあジロウ、あたしのいってること、間違ってないよな」

運転席のジロウが、無言ではあるがはっきりと頷く。

ミサキが続ける。

「小川が、この始末に首を懸《か》けるっててんなら話は別だよ。免職《めんしょく》上等、そう肚を括れるんなら不可能じゃないかもしれない。でもそれじゃ、いくらなんでも小川が可哀相ってもんだろ。あたしでさえ、それは思うよ」

市村が、ミサキを横目で睨む。

「……じゃあ、どうしろってんだ」

「大人しく警察にその番号を渡すのが、一番手っ取り早いんじゃないの？　無駄もないし」

「バカいうな。それで砂川たちが逮捕されちまったら、俺たちの始末はどうなる。上岡の弔いはどうする」

「できないよね。さあ困った、どうしてくれようか」

　小川に頼んでも駄目、その理由はなんとなくだが理解できた。しかし同じ刑事でも、東だったらどうなのだろう。何か別の方法なり、違う情報収集ルートなりを持っていたりはしないのだろうか。

　そんなことを思っていたら、いつのまにか運転席にいるジロウが振り返り、陣内の方を見ていた。

「……ん？」

「あんた今、東だったらどうだろうって、思ったろ」

「は？」

「小川には無理でも、東ならできるんじゃないかって考えたろ」

　この男――。

　市村が、陣内とジロウを見比べる。

「おいジンさん、そりゃ、いくらなんでも危ねえぜ」

「俺はまだ、何もいってないよ」

「東は、少なくともあんたの正体を把握してる。しかも『欠伸のリュウ』って通り名まで」

「それ、いま関係あるか」

「通り名は別にしてもだ、そんなあんたが、東にこのナンバーを渡して、それで仮に東が調べたとしてもだ、それが砂川たちの車だとなったら、東自身が動くだろう」

ん、とミサキが割り込んでくる。

「誘拐は本部の、特殊ハンの所掌だからね。それが砂川の車のナンバーだとなっても、東自身が動くかどうかは微妙だね。本部に情報を上げるか……そもそも砂川絡みだったら、東は、代々木の特捜に教えちまうかもしれないしね」

代々木の特捜。そこには小川に加え、あのカツマタという刑事もいるはずだ。奴と東は合わない。犬猿の仲といってもいいくらい、二人の間の空気はピリピリしていた。だからといって、東が代々木には伝えないという確証もない。東は上岡の事件に高い関心を持っている。解決したいという気持ちが、代々木への協力という形で表われてもなんら不思議はない。

しかし、賭けてみる価値はないだろうか。

東という男に委《ゆだ》ねてみる、そこに意味はないだろうか。

「……市村、俺は……」

東に、この情報を託してみたい――。

たったそれだけの言葉が、どうにも出てこない。

喉の奥底に、枯れ草のようなものが詰まっている。

そこに言葉は紛れ、なんの意味もなさない、隙間風みたいな息だけが、ただ細く漏れてくる。

4

矢吹はなかなか、これという答えを出さない。

それでも東は、訊き続けなければならない。

「そもそも花城は、東京の物件を管理していたことはあるんですか。その点だけでも、思い出せませんか」

矢吹が唸りながら首を傾げる。

「そういわれても、私の仕事は、不動産だけじゃないんだ。小さくても、一応うちは商社なんだから……そもそも不動産なんてもんは、沖縄の人間が東京に求める場合だって、あるわけでさ。そういう仕事も、花城は実際にしていたしね。管理とまではいえないけれども、扱ったかどうかということであれば、扱ったことはあると思うよ」

もっとないのか。他に、花城や砂川が立ち回りそうな場所を、特定する手段は――。

すでに、都内のホテルやウィークリーマンションといった施設には、誘拐事件の指揮本部が網を張っているはず。その施設に内部協力者でもいない限り、潜伏先として利用することは不可能といっていい。むろん、砂川や生田の住居も警察の監視下にあるだろう。ただ、沖縄を本拠地とする花城が東京で居住する場所となると、今すぐは警察でも把握は難しいのではないか。

そろそろ昼だ。

いったん、矢吹を留置場に戻さなければならない。

デカ部屋に戻ると、今朝の会議室にくるように、という篠塚からのメモが机に貼ってあった。それを引き剝がし、すぐ会議室に向かった。

「……東です」

「入ってくれ」

室内には署長の高柳もおり、三上、飯坂、篠塚の四人がテーブルについていた。

高柳が、篠塚の近くを手で示す。

「とりあえず、腹ごしらえでもしなさい」

小さな一人用の盆に、何かの丼が載っている。カツ丼かと思ったが、近くまでいってみるとエビの尻尾がはみ出している。天丼とは張り込んだものだ。

「ありがとうございます……では、遠慮なく」

ちなみに警察官は、特に捜査中の刑事は麺類を食べない。そば、うどん、ラーメン。これらは「長シャリ」と呼ばれ、縁起の悪い食べ物とされている。なぜか。食べるときにズルズルと長く引き上げなければならず、それが「事件が長引く」ことを連想させるからだ。だから験《げん》を担いで、刑事は「長シャリ」を食べない。よって今日みたいな日も、丼物が正解だ。

向かいにいる飯坂が、手元の書類に目を落とす。

「少しずつ、本部から情報が入ってきている。そもそも本事案が発覚したのは、内閣官房副長官補付、内閣参事官の長村育夫《おさむらいくお》警視長が、世良議員の様子が普段と違うことに気づき、それとなく尋ねたことによる。世良議員は、絶対に警察沙汰にはしないことを条件に、麻尋ちゃんが誘拐されたことを告白したらしい。いまだに身代金の要求はなく、世良議員も普段通り官邸に入ってはいるが……まあ、仕事なんぞ手につかんだろうな」

食べながら頷くのが失礼なのは承知の上だが、この状況では致し方ない。高柳以下四人はもう済ませたのか、手元には湯飲みがあるだけだ。

飯坂が続ける。

「むろん、長村警視長がそんな一大事を放置するはずがないし、世良議員とて本気で警察沙汰にせずに済むとも思ってはいなかっただろうが、聞かされた長官、総監《そうかん》、刑事部長は震え上がっただろうな。何しろ、その時点で誘拐から二日が経っていた。そして、まもなく七十二時間を超える」

話を聞きながら、東は自分の上着の襟元が微かに光るのを見た。音も内ポケットで携帯が何かを受信したようだ。ついさっきまで取調べ中だったので、バイブレーションもオフにしていたが、ポケットの上端、ちょっとした隙間からディスプレイの明かりは見える。点灯時間の長さからするとメールのようだったが、誰からだろう。

飯坂の話は続いていたが、ひと言でいえば、現状は「打つ手なし」ということだった。犯人側からの連絡はない。使用した携帯電話は主電源を切ってあるらしく、位置情報も拾えない。世良議員も犯人からの要求に関しては「何も聞いていない」の一点張り。ただ「娘が誘拐された」「連絡は生田治彦という男から」「警察は派手に動かないでくれ」と繰り返すばかりで、埒《らち》が明かないという。捜査一課特殊班も、世良の自宅や官邸に潜入して張り込んではいるが、異状なしの報告をしてくるだけ、という状況らしい。

やはりこれは、短期的に何かを得ようとする類の誘拐ではなく、長期的に世良をコントロールすることが目的と見てよさそうだ。

東は、飯坂の話が途切れたところで腰を浮かせた。まだ天井も半分ほど残っている。

「すみません。ちょっと失礼して……手洗いに」

「ああ」

会議室を出て、すぐに携帯電話を確認した。受信したのはメールではなく電話だった。履歴を見ると、陣内からになっている。

トイレの近くまでいって、発信ボタンを押す。

向こうはすぐに出た。

『もしもし』

「東です。お電話をいただいたみたいで」

『ええ。いま少し、大丈夫ですか』

「会議を抜けてきているので、あまり時間はありませんが」

『では、単刀直入に……東さんは、公にならないように、Nシステムの照会というのはできますか』

陣内は、上岡事件に使用された車両の番号を入手した——そういうことか。

「……公にならないように、という意味が、分かりませんが」

『東さんが個人的に、ということです。捜査本部などに情報が漏れない方法で、という意味です』

車両の動きを秘密裏に照会し、その結果を入手し、陣内は何をするつもりだ。むろん、もっとも考えやすいのは上岡事件に対する「落とし前」だが。

通常であれば、できない。過去、某県警が勤務時間外の警察官の行動を把握するためにNシステムを用い、問題になったことがある。Nシステムの使用目的は、基本的に犯罪捜査に限定されなければならない。

ただし、他に方法がないわけではない。

「もし、できるとお答えしたら、どうなります」

『あるナンバーの動きを、調べていただきたい』

「なんのために」

陣内は数秒、間を置いてから答えた。

『……人命救助です』

上岡の落とし前、ではないのか。

「誰を、救助するんですか」

『東さんが協力すると、約束してくださるなら、お答えできます』

まさか、とは思う。だが、そのまさかが当たっていたら、東はこの申し出を断ることができなくなる。もし断れば、陣内のいう「人命」が救助できなくなる可能性が高まる。では聞かなければ、協力をしなければ、それで済むのか。警察官として、あるいは公務員としての立場は守られるだろう。少なくとも「警視庁警察職員服務規程《ふくむきてい》」違反は犯さずに済む。

しかし、考えている時間はない。そもそも「会議を抜けてきている」と前置きしたのは東の方だ。こういうときは、本質論に立ち返って答えを出すしかない。

人命か、保身か。倫理か、法理か。

答えは一つしかない。

「……やってみます」

電話の向こうで、陣内も一つ息をつく。

『……分かりました。私たちが救出しようとしているのは……世良、麻尋ちゃんです。民自党の、世良芳英さんの娘さんです』

やはり、そうか。

「陣内さん、あなた、それをどうやって」

『あまり、知り過ぎない方がいいんじゃないですか。私も、できるだけ東さんにご迷惑はおかけしたくない』

Nシステムを不正使用しろといっておきながら、とは思ったが、そんなことをいっている暇もない。

「分かった。私はどうしたらいい」

『これから、ナンバーを三種類いいます。その動きを調べてください。三つのうち、一つは偽造ナンバーらしいので、実際に動いているのは二台かもしれません。それが今現在、どこにあるのかを教えてください』

「メールで送ってもらうわけにはいかないのか」

『メールは、残りますからね』

こっちだってNシステムを使えば足がつく。しかし、それすらも陣内の狙いのうちなのかもしれない。

東を、共犯者として取り込む――。

そう思い至り、逆に肚が据わった。

いいだろう。自分は決心したのだ。人命には代えられない。

「分かった……今、控えるものを出す」

しかし、情けない。手が震えている。手帳を開き、ペンを構えてはみたものの、間違いなく書き取れるかは分からない。

『東さん。この番号で照会して、現場に抜け駆けしようってのはなしですよ。それをされたら、私の立場がない』

「分かってる。あなたには借りがある……しかし、麻尋ちゃんを救助したあとはどうする。どうやって引き渡す」

『それは、救助できてからお教えします。いいですか、いいですよ』

陣内が告げたのは、横浜3ナンバー、品川5ナンバー、八王子5ナンバーの三つだった。大丈夫、ちゃんと書き取ることはできた。念のために復唱する。

『……はい、間違いないです。では、結果をお待ちしております』

陣内との通話はそれで切れた。疑問は両手でも足りないほどあったが、今は動くしかない。

　陣内が、まったく別の目的でこの番号の照会をさせようとしている可能性は否定できないが、少なくとも、彼は世良麻尋が誘拐された事実を把握していた。これは今現在、警視庁内部でも多くの者は知らされていない、おそらく代々木の特捜にいる小川ですら知らない情報だ。

　陣内は誘拐事件の発生と、これらの車両番号をどうやって知ったのか。

　陣内が自ら世良と接触するとは考えづらい。となると、何か裏のルートを使って得た情報ということになる。おそらくは犯人に近い人間との接触によって得たものだろう。それを、条件付きとはいえ東に提示してきた。今は、彼を信じるしかない。

　問題はむしろ、これをどうやって照会するかだ。

　Nシステムの運用には、その車両が犯罪に利用されたと考え得る根拠が必要であり、照会したからにはそれ相応の結果が求められる。

　だが、その基本にはまらない運用をする部署もある。

　警視庁公安部だ。

　監視対象者の動向を把握するため、公安は常日頃からNシステムを活用している。結果は問われない。公安の仕事は事件捜査ではないのだから、それによって逮捕や送検といった実績に結びつかなくても、Nシステムを運用することが許されている。

普段は嫌悪の対象でしかない公安部だが、今回ばかりは、その異なる立場を利用させてもらうとしよう。

窓口にするのは、むろんこの男だ。

「もしもし、川尻か」

『……東さん。何か、分かりましたか』

「ある程度、君に報告できるだけの話は矢吹から聞き出した。しかしその前に、こっちにも頼みたいことができた。それと引き換えにしたい」

『なんでしょう。一応、伺います』

「Nシステムで三台分照会してほしい。ここ四日間と、今現在の所在地情報が欲しい」

『理由は』

「君が知る必要はない」

川尻が考えたのは、ほんの一瞬だった。

『……分かりました。五分ください。結果はどのようにお伝えしたらいいですか』

「今から俺の携帯アドレスを送る。そこに頼む」

『分かりました。では、少々お時間を頂戴します』

川尻は今、東と同じ警部補のはずだ。それが、他部署の人間から持ち込まれた情報を、Nシステムで照会すると即時に決断し、結果は五分で知らせるというのだから恐れ入る。

やはり、公安というのは好きになれない。

いったん会議室には戻ったが、東から特に報告するべきことはない。そもそも、矢吹の調べ自体は飯坂も篠塚もほとんどドアの向こうで聞いているのだから、改めて東が繰り返す必要もない。

天井の残りを掻き込み、

「……ご馳走さまでした」

もう少し頑張ってみますと言い添え、会議室を出た。

その間に、すでに川尻からの回答は届いていた。

メールの画面を開く。文章ではなく、データが羅列してあるだけなので、携帯電話の小さな画面では非常に読みづらい。

【横浜３３２　ぬ　４４‐＊＊

十五日午前十時七分、港区赤坂二丁目二十三。十五日午後五時二十八分、港区虎ノ門《とらのもん》五丁目十一。十五日午後五時五十七分、西神田《にしかんだ》より首都高速五号池袋線。十五日午後六時十分、首都高高島平《たかしまだいら》から都道四四六号――】

一読しただけでは、さすがに東も正確な動線がイメージできない。もう少し親切に改行してくれてもいいのではと思う。だが十五日のうちに、車両が行き着いたのが埼玉県だったのは分かった。

【十五日午後七時二分、埼玉県朝霞市膝折町一丁目。】

以後、この横浜ナンバーはしばらく動きを見せない。ちなみに車種は紺色のレガシィらしい。

対して品川5ナンバーはこの四日、Nシステムにはヒットせず、八王子5ナンバーだけが動きを見せている。どちらが偽ナンバーなのかは、このデータからは分からない。こちらの車種はメタリックグレーのステップワゴン、となっている。

八王子ナンバーの十五日の動きは、レガシィのそれとほとんど重なっているが、その後は都内に戻り、十六日は赤坂周辺で何度かヒットし、十七日は千葉方面に移動、松戸《まつど》市稔台《みのりだい》一丁目でヒットしている。

興味深いのは今日、十八日のレガシィの動きだ。

【十八日午前十一時二十四分、埼玉県和光《わこう》市新倉《にいくら》の和光北ランプから東京外環自動車道。】

そのまま三郷南《みさとみなみ》インターチェンジまで乗り、次は埼玉県三郷市高州《たかす》二丁目でヒット。千葉県松戸市小山《こやま》、松戸市松戸新田《しんでん》と続き、最後にはステップワゴンと同じ、松戸市稔台一丁目を通過している。時刻は午後十二時五十三分。

その後のNヒットは、ない。

ということは、稔台一丁目付近に潜伏場所があると考えて、まず間違いない。しかし逆にいえば、最終ヒットがそこだというだけで、ピンポイントで潜伏場所が特定できたわけではない。警察庁に協力を要請し、松戸警察署の刑事課、地域課、警備課などから人員を総動員してもらい、ローラー作戦で周辺地域を虱潰しに当たれば行き当たる可能性はあるが、そんなことができるはずがない。向こうには人質がいるのだ。捜索中に人質が殺されでもしたら、一体誰が責任をとる。

取り急ぎ、陣内には連絡を入れておく。

『……もしもし、東さん。どうでしたか』

「ああ、大体のことは分かった……ステップワゴンは昨日、十七日、レガシィは今日の昼頃に、千葉県松戸市、稔台一丁目付近を通っている。その後の動きは、少なくともシステム上では分からなかった。まだその付近にいる、と考えていいとは思うが」

『つまり、二台とも松戸市稔台一丁目に集まっている、ということですか』

「いや、分かっているのは、その付近にある読取装置に検知された、というだけのことだ。一丁目にいるかどうかは分からない」

陣内がしばし黙り込む。

東から付け加えておく。

「……こんなことはいいたくないが、これだけの情報じゃ、どうにもならないだろう」

『いえ、なんとかします。ありがとうございました』

「おい、無茶はするな。向こうには……」

人質がいる、そういおうとしたのに、陣内は切ってしまった。


誘拐事件の指揮本部にこの情報を上げる、という考えは当然、東の頭にもある。しかしそれで指揮本部が動くかというと、大いに疑問ではある。

その車両ナンバーはどうやって把握した。タレ込み電話です。相手は何者だ。分かりません。本部にはあなたのＩＤでの照会履歴がないが、どういうことか。公安部の知人に頼んで照会してもらいました。それは誰か。私の口からは申し上げられません――。

駄目だ。どう考えても信用されない。しかも、稔台一丁目付近に世良麻尋がいるかどうかは、東ですら確認していないのだ。

これ以上は東にもどうしようもない。いま自分は、自分にできることをするまでだ。

昼休みを終え、再び留置管理課にいき、矢吹を連れ出してきた。

もう、尋ねるポイントは一つしかない。

「矢吹さん。千葉県松戸市稔台という地名で、何か思い出すことはありませんか」

外で飯坂たちが聞き耳を立てているので、声は少し小さめにした。

矢吹が、白髪ヒゲの生えた顎をシャリシャリと弄ぶ。

「松戸……松戸市の、なんだって」

「稔台です。花城が、その付近の物件を扱ったことは、ありませんでしたか」

松戸、松戸、と呟きながら首を捻る。

「花城がなぁ……それは、なかったように思うがなぁ」

「よく、思い出してください。ひょっとしたら、稔台ではないかもしれない。その付近かもしれません。新京成線《しんけいせい》と、武蔵野《むさしの》線が交差している辺りだとは思いますが……」

地図も用意してみせた。広域のものと、番地まで分かる詳細なものとを二種類。矢吹も、ずっとそれを凝視《ぎょうし》していた。国道や県道、鉄道路線を指でなぞり、何か思い出したように「あ」といい、だが直後には「違うか」とかぶりを振った。そんなことを、幾度となく繰り返した。

不毛としか思えない時間が、刻々と過ぎていく。

砂山を取り崩すように、一秒一秒、残された時間が減っていくのを感じた。見えないリミットは、確実に近づいてきている。

するとまた、ふいに矢吹が「ん」と低く発した。

もはやあまり期待もできなかったが、それでも東は机に身を乗り出した。

「なんですか、何か、思い出しましたか」

皺の寄った矢吹の指先は、稔台の、少し東のエリアを指し示していた。

「んん……花城ではないんだが、確か一度、砂川に頼まれて……沖縄から出てきた友達に、住む場所を紹介してやりたいとかで、相談を受けたことがあったのを、思い出してな。でも、金はほとんどないという……そんなんじゃ、紹介できるのは廃屋《はいおく》同然のボロ家しかないぞ、それも東京以外の、と冗談でいったんだが、それでもいいから紹介してくれというんで、結局、どこか紹介しなければならなくなって、確かそれが……」

「松戸市の、この辺りだったんですか」

腕を組み、また矢吹が首を捻る。

「んん……そうだったような、そうではなかったような……」

頼む。そうだったといってくれ。

## 5

朝霞駅で杏奈と合流し、陣内たちはすぐさま松戸に向かった。

東から連絡があったのは、東京外環自動車道を下りて、国道二九八号を真っ直ぐ走っているときだった。

『おそらく、砂川たちが潜伏しているであろう場所が、絞り込めた』

低く押し殺した声だった。ごく当然のことではあるが、東の中にも強い葛藤《かっとう》があり、この事態に、極めて慎重に対処しようとしているのが分かった。

「どこですか」

運転席にいるジロウ以外、全員が陣内を注視している。

『その前に。これからいう場所に、本当に世良麻尋ちゃんがいるのだとして、あなたたちは、本当に彼女を救出できるのか』

答えは一つしかない。しかし「たち」ではない。

「します。必ず。私の命に代えてでも」

『失敗することは考えないのか。人質救出は、警察でも極めて困難で、かつデリケートなオペレーションなんだぞ』

それは、あなた方が犯人を無傷のまま逮捕しようとするからでしょう、我々はそうではない――そう喉元まで出かかったが、それを東に聞かせたところで意味はない。彼も、それくらいは承知しているはずだ。

「東さんに迷惑をかけるような真似はしません。しかし、もし仮に、万が一私が失敗したら……そのときは私が、大人しく首を差し出しますよ。なんの罪で逮捕するかは、あなたの好きにするといい。それくらいの覚悟は、とっくの昔にできています」

一瞬、視界の端にいる杏奈の表情が険しくなったが、それには気づかない振りをした。

しばらく、東は黙っていた。何と何を天秤《てんびん》にかけたのかは分からない。しかし最終的には、東も覚悟を決めたようだった。

『……分かった、控えてくれ。千葉県松戸市、カワラヅカ、四の◎。古い一軒家だそうだ』

陣内が礼をいう間もなく、東は続けた。

『ただし、これから俺もそっちにいく。一時間半もあれば着くだろう。俺が用意できる時間の猶予はそれだけだ。それでもいいか』

車は県道五四号に入っていた。ナビでは、到着までにまだ十三分かかると出ている。侵入も含め、陣内たちが使える時間は、一時間と少ししかないということだ。今現在の時刻は、午後四時二十分。悠長に、暗くなるのを待つこともできない。

「……救出したら、またご連絡します」

あえて返事は聞かず、陣内は電話を切った。

時間がないという焦りはあったが、それだけではなかった。

ある種の安堵も感じたが、そればかりでもなかった。

只ならぬ興奮が、確かに、この胸のうちにある。

それらが、互いを喰らい合うように、暴れ回っている。

＊

松戸に移ってきてから、世良麻尋の監視は主に俺の役目だった。

移動を決めたのは花城だ。

まだ朝霞のマンションにいた十時半頃、いきなり花城が部屋に入ってきた。

「おい、奴はどうした」

生田のことをいっているのだろう。対応したのは砂川だった。

「どうしても、打ち合わせで出版社にいかなければならないというので、いかせました」

「一人でか」

「まさか。ちゃんと一人付けましたから、大丈夫ですよ」

「馬鹿ッ、何が大丈夫だ」

「何を興奮してるんですか、らしくない」

「いいか」

花城が砂川の胸座《むなぐら》を摑む。こんなことは、今まで一度もなかった。

「お前らが早まって殺したフリーライターな、あいつは、『歌舞伎町セブン』のメンバーだったんだぞ」

俺にはなんのことかよく分からなかったが、砂川の表情が一変したのは分かった。

「え……そんな」

「仲間を殺されて、あの連中が黙っているわけがない。お前ら、確実に殺されるぞ。奴らは……」

花城が、ちらりとこっちに目を向けたが、その意味も分からない。

「……たった七人で、上に盾突いたんだ。それなのに、いまだに抹殺されずに生きている。それが何を意味するかくらい、お前にだって分かるだろう」

砂川を突き放し、花城が腕時計を見る。

「ここはもう駄目だ。奴を出しちまったからには、奴が帰ってくる前に、俺たちがここを出るしかない」

「ここを出て、どうするんですか」

「予定を早めて次に移る。その後の予定も今から修正する」

花城が俺の方を見る。

「おい、早く支度しろよ。そいつをトランクに詰めろ。それから、奴はもういいから松戸に直行しろと、尾行に連絡しろ。もう途中で拾ってやる余裕もない」

「でも」

砂川が喰い下がる。

「奴だけは回収しないと。一応、誘拐犯は奴ってことになってるんですから、いざってときに……」

花城がその手を振り払う。

「そんな余裕はないといってるんだ。お前、営利誘拐の刑罰が最高で何年だか知らないわけじゃないだろう。たったの十年だぞ。だが奴らに捕まったら、確実に死刑だ。殺されるしかないんだ。奴らは殺しの、プロ中のプロなんだぞ」

それから慌てて荷物をまとめ、麻尋を詰めたトランクを引きずって駐車場までいった。トランクはそのまま車に載せ、すぐ松戸へと出発した。

松戸の家は、最後にきたときよりさらに老朽化が進んでいた。

真っ黒く煤《すす》けた板張りの外壁は所々朽《く》ち落《お》ち、屋根瓦《やねがわら》は一枚残らず荒れ地の砂のように乾《から》びている。雨どいも、あちこちが「へ」の字に折れ曲がっている。一番まともなのは雨戸か。それだけはトタンでできているからか、何ヶ所かメッキが剝がれて錆びてはいるものの、その他の傷《いた》み具合と比べたら無傷といってもいいくらいだった。

三年前の数ヶ月とはいえ、こんなところに自分が住んでいたのかと思うと、今さらながらに情けなくなる。ただ今回のように、隠れ家として使うには持ってこいの場所ではある。

花城が、前もって渡してあった鍵で玄関の戸を開けた。こんなボロ家の鍵でも、大事に持っていれば役に立つときもくるというものだ。実際は、無断で作った合鍵をキーホルダーに付けっ放しにしていただけだが。

トランクを家に運び込み、車は砂川がどこかに停めにいった。この家には駐車場がないのだから仕方ない。

　まもなく到着した江添に、花城が様子を訊いた。

「どうだった、奴は」

「ええ。普通に、女の編集者と会ってました」

「どんな女だった」

「まあ、美人でしたけどね。肩くらいまでの髪で、スタイルのいい、痩せ型の」

「何を話していた」

「それは分かりませんよ。建物には入れませんもん。入り口にはガードマンも立ってますし。すぐ松戸にこいっていわれたんで、そこにいたのも、ほんの二、三分でしたし」

　花城は苛立《いらだ》ちを隠さず、舌打ちをしながら腕時計を見た。

「ここも、あまり長居はできないな……俺は次の段取りをつけにいく。くれぐれも、外に明かりが漏れるようなことはするなよ。いいな」

　そう言い置いて、花城は出ていった。


　妙といえば妙な間取りの家だ。

　玄関を入ると、いきなり六畳の和室がある。その右隣が台所、左隣には八畳の和室。三部屋を繋ぐように廊下があり、向かいには便所と風呂、階段がある。二階にも六畳間が二つあるが、俺は使ったことがなかった。今も、できるだけ明かりが漏れないようにしないといけないので、四人で八畳間に固まっている。雨戸も開けず、玄関と繋がっている六畳間とを隔てる襖《ふすま》も閉め切ったままだ。

もうすぐ五時。だが外が見えないので、気分はすでに深夜だった。

江添が、砂川に訊く。

「これから、どうするんだ」

「指示があったら、この娘を解放します。それで終わりです」

「その指示はいつくるんだ」

「分かりませんよ、そんなこと。世良に要求を呑ませたら、すぐでしょう。そうはいっても、帰す段取りだってあるでしょうから、ある程度時間は必要でしょうけど」

「世良はどういってるんだ」

「まだ分かりません。でも、呑まざるを得ないですよ。娘の一生が、我々の手にあるんですから。たとえ今すぐ呑まなくても、いずれ呑ませてみせます……そのとき、その役目に私が就くかどうかは、別にしてもね」

そんな話をしていたときだった。

二階で、何か物音がしたような気がした。

「おい、今、何か聞こえなかったか」

砂川と江添も天井を見上げる。

「……いや、別に」

「んん、聞こえなかったが」

その後は俺にも聞こえなかったが、気にはなった。

「……俺、ちょっと見てくるわ」

「明かりは点けるなよ。外に漏れるから」

「分かってる」

俺は廊下に出て、すぐのところにある階段を上り始めた。暗いは暗かったが、まったくの闇というわけでもない。折り返しの、踊り場のところには窓がある。そこからまだ少しだけ、外の明かりが射し込んできていた。

踊り場まできて、二階を見上げた。突き当たりは壁になっており、左右に襖がある。両方とも閉まっている。むろん人影などはない。音がするような物もない。

二階まで上がりきり、右か左か迷ったが、まず、右からいくことにした。間取りからすると、さっきの八畳間の真上ということになる。何かあるとしたらこっちだろう。

滑りの悪い襖を、ゴトゴトと横に押し開ける。室内は、当然のように真っ暗だ。埃とカビのニオイが鼻を突く。一度は照明を点けることも考えたが、雨戸に少しだけ隙間が空いているのか、糸のように細い光が見えたので、やはりやめておいた。外の光が見えるということは、こっちが点ければ確実に外に漏れるということだ。懐中電灯があればいいのだが、うっかり持ってくるのを忘れた。あと、あるとしたらライターくらいか。

　そう思い、ポケットに手を入れた瞬間だった。

「……おごっ」

　首に何かが巻きつき、間髪を容れず、耳元に雷が落ちたような轟音《ごうおん》と、それで生木《なまき》が裂けるような衝撃と、頭蓋骨が押し潰される激痛が同時に襲ってきた。叫びたかった。悲鳴をあげて助けを呼びたかった。だができなかった。口が、閉じない。顎が、まったく動かせない。轟音と衝撃のあとに残ったのは、自分の顔がえらく長くなったような感覚と、象に頰を踏まれているような、逃れようのない激痛だった。

「……お……ん……あ……」

「下りろ。下りなきゃこの場で殺す」

　頷くこともできず、俺はいわれた通り、階段の方に体の向きを変えざるを得なかった。いつのまにか両腕とも後ろに捻り上げられている。

　これ以上はないというくらい、一段一段、慎重に足を下ろした。そのたび、捻り上げられた両腕が、崩壊した顔面が、気絶するほどの激痛に見舞われたが、逆らうことは考えられなかった。そういうレベルの話ではなかった。

　花城の言葉が脳裏に甦る。

奴らは殺しの、プロ中のプロなんだぞ――。

これが、そうなのか。こいつが、その「歌舞伎町ナントカ」なのか。

ようやく一階にたどり着き、誰かが襖を開けると、砂川たちの姿が視界に入った。向こうも俺の置かれている状況を瞬時に理解したのだろう。二人で麻尋を抱きかかえ、その喉元にナイフを向けた。

そのときになって、俺は初めて気づいた。俺の後ろにいたのは一人ではなかった。全部で三人。しかも、俺の右側を抜け、八畳間に入っていった二人のうち、一人は女だった。黒いウェットスーツのようなものを着ているので、体付きで分かった。

「……なんだよ。やるならやれよ。その代わり、その娘が死んだら、お前ら全員、二秒で殺す。死体はチップにして下水に流す」

砂川は完全に、女の調子に呑まれていた。

するとすかさず、女はブーツのような靴の底で、

「あガッ」

真正面から砂川の顔面を蹴り抜いた。砂川が握っていたナイフが、玩具《おもちゃ》のように畳に転がる。女はそれを左手で拾い、右手で麻尋の右手を取り、軽々と引き寄せた。

「……玄関にもう一人おネエちゃんがいるから、そっちいってな」

そういわれた麻尋は俺とすれ違い、フラフラと廊下に出ていった。

もう一人、黒いフライトジャケットを着、ニット帽をかぶった男が江添の横に立った。

「……まず最初に訊く。上岡を殺したのは誰だ。指を差せ」

江添はもう、顔をグシャグシャにして泣いていた。下半身は見えないが、小便くらいは漏らしていそうな顔だ。

「んま、ま……待て、待ってくれ」

「俺は指を差せといったはずだ。喋るな」

「だ、だから、ちょ……」

「喋るな」

何か、糸のように細いものが、江添の口に挿入された。上から下に真っ直ぐ、舌を貫いて、顎に到達するくらい。

「……もう一度訊く。上岡を殺したのは誰だ。指を差せ」

江添は、自分の目と目の間に生えた何かを見ている。いや、糸ほど細くはない。針だ。ギラリと光る、一本の長い針だ。

真ん中に寄っていた江添の目が、徐々に、俺の方を向き始める。右手が震えながら浮き上がり、人差し指が、俺の顔を指して止まる。

嘘だ、違う、そいつは嘘をついている。確かに、最初に上岡を殴ったのは俺だし、刺したのも俺だ。奴の頬にナイフを突き立て、口の中を抉ったのも俺だ。でも、殺せと命じたのは砂川だ。部屋を出ていくとき、すれ違いざま、言葉にはしなかったが、確かに、右手の親指で喉元を搔《か》き斬《き》る仕草をして、殺せって、俺に命じたんだ。その後も、どんなふうに殺したのか、俺に何度も訊いてきた。俺はそのたびに、あの場面を面白可笑しく話してやった。

それも違う、そうじゃない。本当に殺したのは俺じゃない。とどめを刺したのは江添だ。俺がナイフを構えると、江添は、自分にやらせてくれって、俺の手からナイフを取って、もうほとんど意識もない、無抵抗の上岡を、何度も何度も突き刺したんだ。よく見えなかったからだろう。途中で覆面も脱いでいた。返り血を浴びるのもかまわず、何度も何度も刺しながら、死んじゃうよぉ、この人もうすぐ死んじゃうよぉ、って、ふざけたみたいに言いながら、それで本当に、もう死んでるのに、それでも心臓の辺りを刺して、血も噴き出てこなくなって、それでようやくやめたんだ。あーあ、死んじゃったよ、って。そのとき、江添は嗤ってた。

だから、俺じゃないんだ――。

いつのまにか右腕への圧迫は弱まっており、動かせるようになっていた。痺れも痛みもあったが、一応、自由は利くようになった。

そうか、俺にも、チャンスをくれるのか。

誰が上岡を殺したのか、いわせてくれるのか。

俺は迷わず江添を指差し返した。

江添は泣きじゃくりながらかぶりを振ったが、俺は指を下げなかった。

頼む、信じてくれ。本当に、あの上岡って男を殺したのは、俺じゃないんだ――。

針の男が、俺と江添を見比べた。

「……見解が割れたな。だがな、こういうときはお互いさまなんだ。どっちが息の根を止めたかってのは、さしたる問題じゃない。お前たちが、二人がかりで殺した……そういうことじゃないのか」

男は写真を何枚か持っており、それらと砂川の顔を見比べていた。

「なあ……砂川くん」

尻餅をつき、鼻を手で押さえながら、砂川は激しく頷いた。

この野郎、と思った。今まで、散々お前のために汚れ仕事をしてきてやったのに。若い連中を手懐《てなず》けて、逆らう奴は全員ぶっ飛ばしてやったのに。沖縄にいた頃だって、お前がクスリなんか使って女をレイプするから、その男が復讐にきただろう。そいつを始末してやったのは、この俺だろうが。その死体も俺が片づけてやっただろうが。

畜生、この土壇場にきて、お前、俺を売るってのか――。

針の男が、改めて三人を見回す。

「じゃあ、質問を変えよう。上岡を殺すよう指示したのは、誰だ」

そう、それだ――。

俺は即座に、江添に向けていた指を砂川に向け直した。江添も、ほとんど同時に砂川を指差した。

砂川が、ブンッと手をひと振りする。

「ば、バカッ」

「うるさいよ、お前」

横にいた女が、砂川の顔面を膝で蹴り上げた。骨と骨とが激突し、片一方が破壊される音が、薄暗い和室に響いた。

針の男が、写真をポケットにしまいながら頷く。

「……つまり、上岡殺しに関わった人間は、この三人ということで、間違いないわけだ」

もう誰も、それには答えなかった。

針の男が、左手で江添の髪を鷲摑みにする。

「俺は……外道《げどう》は、赦さない」

何本持っているのか、男は別の針を握っており、それを江添の後頭部に、

「んご……」

音もなく突き刺した。

その先端が、今度は口から出てくる。

針が、首を貫通した――。

先に刺してあった一本と、二本目の先端が口先で十字に交差する。男はそれを、一本ずつ江添の口から引き抜いた。

江添は眠たそうに、半分目を閉じている。

死んだのか――。

「……次は、お前だな」

そういった女が、尻餅をついた砂川の背後から腕を回し、真上から頭を抱え込む。さらに左脚を砂川の股に挿し込み、上半身と下半身の動きを同時に封じる。

そのまま、徐々に力を加え、強引に首を傾げさせる。

正面を向いたまま、砂川の顔が九十度、横向きになる。

「二秒で殺しちゃ、勿体ないね……一本一本、筋が、捻じ切れていくね……これがお前の、命の音だよ……お前の命が、少しずつ、千切れていく音だよ」

こっちを向いたまま、砂川の顎は、すでに斜め上まできている。右目は女の腕に押し潰され、左目は引き攣《いびつ》って歪な形に見開かれている。

「五……四……」

女が腕に、凄《すさ》まじい力をこめる。ウェットスーツ越しでも、その筋肉の隆起がはっきりと見える。

「三……二……」

砂川の耳の辺りで組んだ両手を、しっかりとグリップし直す。

「一……」

女が、俺を見る。

「ゼロ」

ボクッ、と鈍い音がし、砂川の顔が、完全な逆さまになった。

後ろの男が、ぽんと俺の肩を叩いた。いつのまにか、また左右とも腕は動かなくなっている。

「お前で、最後だ」

男が、俺の前に出てくる。かなり大きな男だった。体の厚みが半端ない。空手をやっていたので、俺も腕《うで》っ節《ぷし》には自信があったが、この男が相手では無理だと、絶対に勝てないと、見ただけで分かる。

男の、黒い鉄球のような拳が、振り上げられる。

俺の胸の、真ん中めがけて、それが振り下ろされる。

胸骨が圧《へ》し折《お》れ、俺の胸板が、陥没するのが見えた。

男は再び拳を引き絞り、今度は手刀《しゅとう》の形で、同じ個所に挿し込んできた。

心臓が、直接、握り潰さ——。

# 終章

地図を見ながら、東がようやく「河原塚《かわらづか》四‐◎」付近まできたのが十七時五十分。辺りはもう、すっかり夜の暗さになっていた。

左手は深い闇を抱えた竹藪。右手は錆だらけの万能塀《べい》で囲われた空き地。その間の細い道を二十メートルほど入ったところが「四‐◎」のはずだった。

しかし、東がその古い一軒家までいくことはなかった。

街灯もないその砂利道に、黒い人影がある。一人ではない。二人、寄り添うようにして立っている。

背の高い方は男だ。ニット帽のようなものを目深《まぶか》にかぶっているので、最初は誰だか分からなかったが、ひと声聞いて、分かった。

「……約束は、守りましたよ」

陣内だった。ということは、隣にいるのは世良麻尋か。

「終わったら、連絡をくれるんじゃなかったのか」

「こっちもバタバタしてましたんで、うっかりしました。すみません」

そういって、少し膝を曲げ、隣の少女と視線を合わせる。

「この人は、東京の刑事さんだ。もう安心していい。なんなら、警察手帳を確認させてもらうかい？」

陣内の落ち着き払った態度を憎らしくも思ったが、世良麻尋がこっちを信用する材料など一つもないのは事実なのだから、それも致し方ない。

ポケットから手帳を出し、巻き付けてある紐を解いて開く。暗くて読めないだろうから、ペンライトも出して照らしてみせる。

「新宿警察署の、東といいます。世良、麻尋さんですか」

身長は百五十センチほど。痩せ型で、髪は肩より長い。出発前に調達した写真の顔ともよく似ている。世良麻尋と見て間違いない。

彼女は、しっかりと頷いた。

「はい……世良、麻尋です」

「では、私があなたを、保護します。とりあえず、近くの交番までいきましょう。いいですね？」

「はい。よろしく……お願いします」

政治家の娘というだけで、こうまで気丈《きじょう》に育てられるものだろうか。少なくとも東は、自分の娘が同じ目に遭って、このように落ち着き払っていられるとは到底思えない。

陣内が、会釈程度に頭を下げる。

「じゃ、私はこれで」

「ちょっと待てよ」

思わず彼の肘を摑んだが、すぐに放した。以前こんなことをして、逆に手首を搦《から》め取《と》られたことを思い出したからだ。

陣内は、この暗さでもそれと分かるほど、はっきりと笑みを浮かべた。

「……なんでしょう」

「砂川たちはどうした」

「逃げました。安里ともう一人の仲間と一緒に。合計三人です」

その三人は「歌舞伎町セブン」が消した――そういうことか。

「生田は。もう一人の仲間というのは、生田治彦か」

「いいえ、違います。まったくの別人です」

「生田治彦はどうした」

「そのうち、気が向いたら出頭するんじゃないですか。私には分かりません」

「じゃあ、生田じゃなけりゃ、花城數馬か」

「いえ、その男とも違います。それは確認しました」

これ以上、この男に何を訊いても喋ることはあるまい。

「……分かった。ありがとう。この娘は、俺が責任をもって、親元に帰す」

「お願いします」

今一度頭を下げ、陣内は通りに出ていった。竹藪側と空き地側、ちゃんと右左を見てから、竹藪の方に曲がっていった。まるで、近所にタバコでも買いにいくような、軽い足取りだった。

少し間を置いてから、東は彼女を促した。

「……じゃあ、我々も、いきましょうか」

東はそれしかいわなかった。何も訊かなかったし、自然と話すような空気を作ったつもりもなかった。

それでも歩きながら、世良麻尋は、まったく自発的に話し始めた。

「……私は、何も見ていません。何も、聞いていません。何もされてないし、怪我も、していません……どこにいたかも、どんな人が、何人いたかも、分かりません。何も……覚えていません……思い、出せません」

街灯の近くまでくると、彼女の頬が濡れているのが分かった。死ぬほど心細かっただろうし、怖かっただろうし、絶望もしただろうと思う。歳の頃でいえば、東は彼女の父親と同世代。それなりの労《いた》わり方もあるのだろうが、今はそれが、かえって彼女を傷つけるように思えてならない。

「……分かりました。お家に帰るまで、こちらからは、何もお訊きしません」

十歩か二十歩いってから、彼女は「ありがとうございます」と頭を下げた。

稔台交番でパンダ（白黒パトカー）を一台呼んでもらい、それに乗って松戸警察署に向かった。

東が直接連絡したのは新宿署だが、そこから警視庁本部、おそらく刑事部総務課、刑事部捜査一課、誘拐事件指揮本部と報告が回り、二十時前には世良夫妻を乗せた警視庁の車が松戸警察署に到着。無事、世良麻尋を両親のもとに帰すことができた。

しかし正直、この件の事後処理は面倒だった。

特に、本部の監察官の査問が煩《わずら》わしかった。

「君は、どういう経緯で人質を救出するに至った」

「何者かからの、タレ込み電話です」

「新宿署にか」

「いえ、私の携帯電話に直接です」

「君の携帯番号を知っている人物から、ということだな」

「私の携帯番号なら、新宿署管内のあらゆる業種の人間が知っています。飲食店員、区議会議員、一般区民、暴力団員、風俗嬢……しかも教えるときは、誰に教えてもかまわないといっています。タレ込みがあったとしても、それが顔見知りからとは限りません」

「その携帯電話を、提出してもらえるか」

「お断りします。また、電話会社に通話履歴を照会することも控えていただきたい。私は私で、情報提供者を守る義務があります。特に本案では、刑事部長主導で四百人態勢の捜査本部を構えていながら、実際には有効な策を何一つ講ずることができなかった。そんな状況で、たまたま運よく、私が人質を保護することができた……今回は、それでご容赦《ようしゃ》いただけませんか。犯人グループの行方まで、私には分かりません」

この発言が波紋を呼んだのか、後日、刑事部総務課の幹部に呼び出され、査問とも小言とも口止めとも言い難い、妙な会談時間を過ごすことになった。

「……事を荒立てるような行いは、厳《げん》に慎《つつし》んでもらいたい」

だから俺は最初から下手な詮索《せんさく》はするなといっているだろう、と、何度も怒鳴りつけたくなった。

川尻からも連絡があった。

『少し、話しませんか』

「ああ。いつがいい」

『今日でもかまいませんか』

週末で休みではあったが、東はその申し出を受けた。

川尻は一時間ほどして、五反田《ごたんだ》にある東の自宅マンション前に車で現われた。

「乗ってください」

ピカピカの黒いレクサス。自家用かどうかはあえて訊かなかった。

東が助手席に乗り込むと、川尻はまず目黒《めぐろ》方面に車を走らせた。

「……いろいろ、大変だったみたいですね」

時刻は十一時半。とはいえ、東と休日のランチを共にしたいわけではあるまい。

「まあな。君にも世話になった。礼をいっておくよ……あのナンバー照会は助かった。ありがとう」

車は右折し、都道四一八号へと入っていく。

川尻の表情は、思いのほか柔らかい。

「いえ、お役に立てたようで何よりです。でも、私の方のお願いには、まだ応えていただいてないですよね」

「大丈夫。忘れてないよ」

「矢吹、釈放したんですって？」

公安部員なのだから、それくらいの情報は得ていて当然だろう。

「ああ。そもそも、うちの係長の勇み足だからな。その方が、お宅も続きがやりやすくなるだろう」

「在宅起訴の線ですか、それとも不起訴ですか」

「不起訴だろう。少なくとも俺は、その線で送致書に書いておいた。証拠も充分でなく、双方の供述に曖昧な点が見受けられるため、不起訴が妥当と思われる……ってな」

川尻が、フッと鼻で笑う。

「相変わらず、強気ですね」

「警察官の面子ってのはそういうものじゃない。それだけの話だ」

「なるほど……それで、本題ですが」

分かっている。

「ああ、軍用地転売の件な……あれ、俺の感触では、矢吹は本当に関わっていない。事業として、という意味では関わったんだろうが、矢吹が進めたわけではないようだ。奴の下に、花城数馬という男がいてな。そいつが主に取り仕切っていたらしい」

川尻は、小さく頷きながら聞いている。

「花城が仕掛けた転売というのは、主に普天間基地の中心線上にある土地で、矢吹はそれを、鉄道誘致を見越した営業と解釈していたようだ。実際、矢吹は鉄道誘致の話を、政府筋から耳にしていたんだ」

「しかし」

「待て。この話にはまだ先がある……花城は自分で手掛けた転売地を、さらに自分で買い集めるという妙なことをしている。その手段は、今はさて措くが……ちょっと前の資料だと、民間所有の土地の二十七パーセントを、花城とその仲間が手にしたことになっている。ただし、当たり前の話だが、これには莫大な金が要る。矢吹も、そんな大金を花城がどこから調達したのか、首を捻っていた……まあ、俺が矢吹から聞き出したのはここまでだ。よって、そっちの仕事に意見するつもりはないが、監視を続けるなら、矢吹よりは花城じゃないかと、俺は思うぞ」

今一度、川尻が頷く。

「花城数馬という男が、軍用地転売に関して中心的な役目を果たしていたことは、我々も把握しています。何かしら資金源があり、花城名義で所有権の集約が進んでいたことも、摑んでいます」

なんだか、急に馬鹿馬鹿しくなってきた。

「……だったら、わざわざ俺に顔を晒して、目的を探れなんていわなくてもよかっただろう」

「いえ。東さんが、矢吹は無関係だと感じたというのなら、それは一つの大きな収穫です。

ただし、事はそれでは済まないんですよ。その、花城數馬という男ですが……確かに、戸籍上は実在しているのですが」

急にぞくりと、背筋を何かが這い下りていった。

「……成りすましだっていうのか」

「その可能性が出てきました。顔も、よく似せてはあるんですが、違うといえば、微妙に違う。一部には整形臭いという話もある。また、中学の同窓生がばったり会ったときに、まったく思い出話が嚙み合わなかったという証言もある。私自身を含め、当局ではまだ直接コンタクトした人間がいないので、整形云々はなんともいえませんが、仮に何者かが花城數馬に成りすまし、軍用地の所有権集約を進めているのだとしたら……これは、見過ごすわけにはいかないでしょう」

東の想像は、その域をすでに超えている。

「……川尻。公安は、NWOに関心を持っているのか」

川尻は車線を変更し、首都高速入り口へと車を走らせる。

「NWOって……あの、『歌舞伎町封鎖事件』を起こした、『新世界秩序』のことですか」

「ああ」

「でも、あの組織は、封鎖事件後に壊滅したのでは」

「俺もそう思っていた。少し前まではな……今も、半信半疑ではある。ただ、残党がいる可能性は否定できない。実際、あの事件での逮捕者は、ときの総理代行にまで及んだ。警視庁内部にも関係者は複数いた。それがあの件の捜査で一掃できたかというと、俺にはまるで自信がない」

「確かに」

週末だからか、首都高は少し渋滞していた。

東は続けた。

「成りすましと聞くと、俺はどうしても、ＮＷＯを思い出してしまう。今も、花城數馬がもし、ＮＷＯの一員だったらと考えると、正直、キンタマが縮み上がる思いがするよ。もはや、それが『新世界秩序』という名前かどうかも分からないが、似たような枠組みで事が進んでいるのだとしたら、ある日突然……今度は沖縄が封鎖されるなんてことも、ないとは言い切れない」

川尻は、ゆるく弧を描いて連なる、車列の先を見ている。その横顔が、東は決して嫌いではない。今後も公安と共闘するつもりはないが、この川尻とだったら、場合によっては組んでもいいと思える。

「なあ……お前、花城の写真、持ってるか」

「ええ。高校の卒業写真と、ここ数年の間に撮影されたものが何枚かありますが」

「それ、俺に回せるか。個人的に当たってみたい」

「分かりました。一両日中に、新宿署にお送りします。それとも、ご自宅の方がいいですか」

「どっちでもいいよ」

少し、右車線の方が流れ始めたが、川尻は左車線から動かさない。

「ちなみに、例の誘拐事件……犯人グループは現場から逃走、今も行方が分かっていないそうですね」

「そのようだな」

「一方で、生田治彦は代々木署に出頭。『上岡慎介殺害事件』と、『世良麻尋誘拐事件』について供述を始めた、と聞いています」

「ああ。それがどうかしたか」

「これは単なる推論ですが……犯人グループの三人は、もう生きていないんじゃないか、という見方をする人間がいます。裏で糸を引いていた何者かが、尻尾切りのために始末した、というね……」

いきなり、そっちの話が出るとは思わなかった。しかも、この男がどこまで摑んでいて話を振っているのか、まるで見当がつかない。だがなんにせよ、東は惚け通すしかない。

「NWOが嚙んでいるとすれば、そういうことも、あるのかもしれないな」

「それでも東さんは、花城數馬の写真が欲しいんですよね」

そこか。上手く引っかけたものだ。

「……ああ。それとどういう関係がある」

「花城数馬は生きている。そう解釈して、かまいませんね」

参った。完全に一本取られた。

「犯人グループは消されたのかも、ってのは、そっちが言い出したことだろう。俺は知らないよ」

勝者の余裕か。川尻は笑みを浮かべてみせた。

「……ま、いいですけどね」

ようやく川尻は右車線にハンドルを切った。

そのとき、ぽつりと、フロントガラスに落ちるものがあった。

川尻がワイパーのスイッチを入れる。

初めのうちは、ただの水滴だった。しかし徐々に、その滴に綿のようなものが混じり始めた。見上げると、真っ直ぐ落ちる雨のはざまに、ふわふわと舞うものがあるのが分かる。

「……雪ですね」

「ああ。スリップ、気をつけろよ」

ふと、沖縄にも雪は降るのだろうかと、疑問に思った。

それを上岡に尋ねたら、彼はなんと答えただろう。そんなことも考えた。

得意気に、雑学の知識を披露しただろうか。それとも、知りませんよそんなこと、と、笑いながら焼酎のお湯割りを呷っただろうか。

どちらもありそうで、実はどちらでもないように思う。

さして深い仲ではなかった。

それでも今、東は雪を見て、彼のことを思い出している。

＊

始末を終えた数日後、六人全員が「エポ」に集まった。

よく上岡に出したロックグラスをカウンター中央に置き、芋焼酎を生《き》のまま注いだ。六人も各々グラスを持ち、同じものを注いだ。

最初に乾杯したのは市村だった。

「おい、ペンゴロ。キッチリ、始末は俺たちの手で、つけたからな。化けて出るなよ……あばよ」

グラスの横には、七枚の封筒が重ねて置いてある。上の六枚には十万円、一番下のには四十万円入っている。市村は、一番上の一枚を捲り、持っていった。

次に乾杯するのは、杏奈だ。

「上岡さん。意地悪、いっぱい言っちゃって、ごめんね……お墓参り、毎年いくからね……」

杏奈も一枚持っていく。葬式に出るわけにはいかないが、墓参りくらいはと、さっき話していたのだ。上岡の実家は岐阜だという。

小川が続く。

「上岡さん、ありがとうございました……ほんと、お世話になりました。最後まで、お役に立てなくて、すみませんでした。お墓参り、僕もいきます」

小川が役に立たなかった、とは思わない。今回の始末で、小川が捜査本部にいてくれたことは、間違いなく「セブン」の大きな支えになっていた。砂川の写真も提供してくれた。あれがなければ、砂川の顔を確認できたかどうか疑わしい。

そして、ジロウ。

「……さようなら。俺たちも、すぐいきますよ」

グラスを合わせて、ジロウは一気に飲み干した。

続いて、ミサキ。

「そうだね……どっちを向いても地獄道。ちょいと、あんたの順番が早かっただけの話だよ」

グラスの横に、灰皿とマルボロの箱を供える。それだけではなんだと思ったのか、ミサキは封を開け、自ら一本銜《くわ》えて火を点けた。

「……さよなら」

そのまま、灰皿に置いていく。

最後は陣内だ。

「上岡……」

彼を、この裏稼業に引きずり込んでしまったことを、後悔していないといったら嘘になる。だがそれを、上岡が詫びてほしいと思うかというと、違う気がする。もっといろいろ話してくれていたら、力になれたのではないかとも思う。でもそれも、生き残った者の驕《おご》りといわれればそれまでだ。

メンバーの中で、この店に一番通ってきてくれたのが上岡だった。戸が開いて、彼の顔が見えると、なんとなく陣内も安堵した。そういう存在だった。彼のお陰で、歌舞伎町という街が、少し優しく感じられた。金と欲望とが流れるドブ川のような街だが、それでいいじゃない、捨てたもんじゃないよと、今も彼は笑っているんじゃないかと思う。

「……ありがとう。忘れないよ、あんたのこと」

小川はまだ仕事があると、焼酎をひと口舐めただけで帰っていった。市村は何か緊急事態が発生したらしく、一緒にきてくれとジロウを連れて出ていった。

少しすると他の客も入り始め、杏奈は席を譲るように「ご馳走さま」と、五千円置いて帰っていった。上岡の分の四十万は、いずれなんらかの形で、杏奈が上岡の実家に届けることになっている。

珍しく一人で残っていたミサキも、四、五本タバコを灰にすると、「あたしもそろそろ」と上着を手に取った。

「ありがとうございました。また、いらしてください」

「うん……またくるよ」

羽織った黒い革ジャンの背中には、型押しで「PITBULL」と入っている。「ピットブル」といえば、アメリカ産の闘犬用の犬種だ。妙に合っているというか、冗談が過ぎるというか。それも含めて、ミサキらしいといえば、らしい。

なぜかミサキは、そのまま戸を閉めずに階段を下りていった。その後、すぐに上ってくる足音がしたので、ああ、下に客が見えたからか、と納得した。

その、ミサキと入れ違いに入ってきた客というのは、なんと東だった。

急激に嫌なものが、胸の底から湧き上がってくる。それでも、黙っているわけにはいかない。

「……いらっしゃいませ」

東は階段を見下ろしたまま、なかなか店に入ってこない。

訊きたくなどない。だが訊かずにもおれない。

「東さん、どうか、されましたか」

「あ、いや……今の女性、どなたですか」

ようやく、戸を閉めて入ってくる。

「ごめんなさい。私も、よく存じ上げないんです」

「そうですか……いや、ちょっと、昔の知り合いに、似ていたもんで……でも、人違いでしょう。その人が、歌舞伎町になんて、いるはずないですから」

東のコートの背中には、薄く雪が載っていた。

昼から降り始めた雪は、陣内が店を開ける頃にはもう、だいぶ積もっていた。まだ降っているのだとしたら、明日は雪掻《ゆきか》きで大変なことになりそうだ。

雪掻き、か――。

ふいに、自分で自分のことが可笑しくなった。

仲間を失っても、刑事が別の仲間に疑いの目を向けても、自分は明日という未来を思い、雪掻きの心配をしている。

東はミサキが空けた席に座り、麦焼酎のお湯割りを注文した。

陣内は何喰わぬ顔でそれを用意し、やがてそれを彼に差し出す。

また一つ、歌舞伎町の夜が更けていく。

何かが欠け、何かが足されても、さして代わり映えのしない日常が、続いていく。

でもそれは、決して悪いことではないと、陣内は思っている。

# 歌舞伎町の女王　―再会―

この臭いは一体、何からくるのだろう。

排気ガス、融《と》けたタイヤ、揚げ物の油、多種多様な酒、香水、男女の入り混じった体臭、鳩の糞《ふん》。

千葉の海っぺりに生まれ育った私にとって、空気とは潮《しお》の香りのするものであり、風はそれを運ぶものだった。鳴り止《や》まない波の音をうるさいと思ったこともなければ、海を「青い」と思ったこともない。海とはたいてい青みがかった灰色か、緑色か、黒っぽい色をしているものだ。

しかしここ、新宿歌舞伎町《かぶきちょう》ではすべてが違う。

むろん海なんてないし、まず風も吹かないので、変な臭いは溜《た》まる一方、薄まることなど永遠になさそうだった。あと、車のエンジンなのかエアコンの室外機なのかは分からないが、正体不明の機械音がずっと、ずーっと鳴り続けている。決して私の耳鳴りなどではない。耳の穴を指で塞《ふさ》ぐと止まるので、それは間違いない。現実に鳴っている音だ。

そして何より、ネオンだ。ありとあらゆる電飾看板をそこら中から集めてきて、四角く固めて一斉にスイッチを入れたような街だと思った。綺麗《きれい》か、と訊《き》かれたら返答に困る。

地方出身者はよく、東京を「キラキラした街」と表現するように思うが、私にはまるでそんなふうには見えない。

ぐちゃぐちゃした、汚い街。

その代表が、この新宿歌舞伎町だ。

ここの汚さは、東京でも群を抜いているのではないか。見ているだけで眩暈《めまい》がしてくる。

ただ今夜、私は歌舞伎町にいくわけではない。正確にいったら、これからいく店も住所は「歌舞伎町」となっているが、少なくともあのネオンの塊りの中ではない。もっと脇の方にはずれた「ゴールデン街」という飲み屋街を、今は目指している。

あれ——ここまで、逐一《ちくいち》地図で確かめながら歩いてきたつもりだが、それでも通りを一本間違えていたらしい。いつのまにか花園《はなぞの》神社まできてしまった。これでは行き過ぎだ。戻らなければ。いや、それもまた面倒なので、境内《けいだい》を通り抜けさせてもらおう。

ここは以前、まだ昼間のうちにきたことがあった。確かずらずらっと、トンネルのように並んだ赤い鳥居《とりい》があったはず。あれは、どこだろう。もっと右の、奥の方だったか。今は暗くてよく分からない。

境内を抜けると、ちょうど向かい側が「ゴールデン街」だった。目的の「エポ」という店は「花園三番街」にあると聞いている。見ると、正面にあるのが「花園五番街」という通り、「三番街」はもっと向こうだろうか——うん、間違いない。ゲート型の看板にちゃんと【あかるい花園三番街】と書いてある。

ここから見る限り、雰囲気は地方の小さな飲み屋街とさほど変わらない。これなら、まあ大丈夫だろう。いけそうだ。

煙と酒の臭いに耐えながら、路地に並ぶ店の看板を一つひとつ確かめていく。「エポ」と書かれた看板は見当たらなかったが、「ババンバー」という店の入り口の柱に、白いペンキで「エポ、この上」と書いてあるのは見つけた。なるほど。この脇の階段を上っていくと「エポ」があるわけか。

ならば、そうしよう。

せまい上にひどく急な階段だったが、上ったところにある店の引き戸は、ガラリと気持ちのよい音で開いた。

「……いらっしゃいませ」

低く、落ち着いた男の声に迎えられ、私は、小さく頭を下げてから店内を覗《のぞ》き込《こ》んだ。

カウンターだけの小さな店だ。壁紙が白いせいか、雰囲気は予想していたよりだいぶ明るい。背もたれのない椅子が五つ、いや六つある。一番奥の席には、酒瓶《さかびん》を何本も抱えて突っ伏している客がいる。一瞬、その迷彩柄のTシャツと筋肉質な体付きから男性かと思ったが、よく見ると乳房があるので、実は女性なのだろう。

客は彼女だけらしい。

「こんばんは……」

「どうぞ、こちらに」

カウンターの中の男が手で示したのは、彼の正面付近の席だ。私は筋肉質な先客から二つ空けて、手前から三つ目の椅子に座ることにした。座面がやけに高いが、いったん上ってしまえば、座り心地はさほど悪くない。

入ったときには気づかなかったが、この店の奥、先客のちょうど真後ろには階段の上り口があり、さらに上の階にもいけるようだった。見上げると中二階、いや中三階が設けられており、柵《さく》で仕切られたそこも客席になっているのだろう。女性らしい長い髪とノースリーブの肩が覗いている。

私は、カウンターの中にいる男に向き直った。

「あの……私、清住《きよずみ》と申しますが」

「はい、お待ちしておりました」

「ご連絡をくださったのは……」

「はい、私です。ジンナイです」

そうだろうとは思っていた。声の感じも、電話口のそれとよく似ている。

私はこの歌舞伎町で、ある女性を捜していた。こんな街で、名前と昔の写真だけで見つけられるとも思わなかったが、でもひょっとしたら、という想いが捨てきれず、捜し続けてきた。だから、このジンナイという男から連絡をもらったときは本当に嬉《うれ》しかった。諦《あきら》めなくてよかったと、受話器を握ったまま一人涙したほどだ。

　ふいに、奥の席の先客が伏せていた顔を上げる。

「……ジンさん。名前、思いついた？」

　ジンナイが、眉をひそめながら彼女の方を向く。

「今いいだろ、その話は」

「あたし、思いついたよ。しかも二つ」

「ああそう」

「聞きたい？」

「だから……ちょっと、あとにしろよ」

　ジンナイに相手にされないと分かると、彼女は私の方を向き、にじり寄ってきた。

「ねえ、ねえねえ……ちょっとさ、これ、飲んでみなよ」

　そういいながら、カクテルグラスというのだろうか、薄いガラス製の、細い円錐形《えんすいけい》のそれをこっちに押し出してくる。中にはピンク色の液体が揺れている。あと、細かく泡が立っている。

「……シャンパン、ですか」

「んーん。あたしが作った、オリジナルカクテル」

なるほど。よく見ると、彼女の前に並んでいるのは酒瓶ばかりではなかった。果実系のシロップや炭酸水、さらには、あのバーテンダーが激しく上下に振る金属製のボトルまで揃《そろ》えてある。彼女が客なのか店員なのかは分からないが、ここで独自のカクテルを作り出そうとしていたことは、なんとなく理解できた。

もう三センチほど、彼女がこっちにグラスを押し付けてくる。

「あたしはね、『ドッペルゲンガー』か『ストロベリーナイト』って名前がいいと思ってんだけど、どうかね。とりあえず、飲んでみてよ。飲んでみてさ、感想聞かせてよ」

ジンナイが割って入ってくる。

「よせって……すみません、こいつ、酔ってるんです」

だが彼女は納得しない。

「あー、ジンさんだってウマいっていったじゃんかよ」

「だから、それはあとでいいだろって」

「あたしは今すぐ名前を決めたいんだよ」

「分かったよ、じゃあ『ストロベリーナイト』にしよう、そうしよう。な、だからちょっと、静かにしてろ」

グラスを片づけつつ、彼女を押し戻しつつ、ジンナイがすまなそうに頭を下げる。

「ごめんなさい、なんか」

「いえ、私は……」

「何を、お飲みになりますか」

「じゃあ……温かい、お茶はありますか」

「はい、ジャスミンティーでよろしければ、今すぐお淹《い》れいたします」

以後、新作カクテルの彼女は静かになった。

中三階にいる女性客は一人なのだろうか。ここまで話し声は疎《おろ》か、物音一つたてていない。

ジンナイに訊いてみる。

「あの、ご連絡を、いただいたのは」

ジャスミンティーを淹れながら、ジンナイが優しげに微笑《ほほえ》む。

「はい」

「尋ね人《びと》が見つかったと、電話では、伺《うかが》いましたけど」

「はい」

「その……つまり」

悪い想像も、しないではなかった。

とりこし苦労なのかもしれないが、でもやはりこういう街だから、見つけてやるから金を寄越せとか、見つかったと呼び出しておいて金を奪うとか、そういう手合いもいないとは言いきれない。よくよく用心しなければ、と思っていた。だが少なくとも、このジンナイという男は金の話など一切しなかったし、飲み屋なので、いつこられるかだけ連絡してほしいと、終始口振りは丁寧《ていねい》だった。その印象は、直《じか》に会った今でも大きくは変わらない。

私は、ジンナイの次の言葉を待っていた。良い話でも悪い話でも、とにかく聞かなければと思っていた。

そのとき、ふいに私の後ろで物音がした。

ごとん、というか、どん、というか。静かに階段を下りてきたけれど、よろけて壁に手をついてしまった。そんな音だった。

私は、カクテルの彼女の真後ろ、階段の上り口に目をやった。やがて、中三階から下りてきたのだろう、白いワンピースの女性がそこに姿を現わした。

我が目を、疑わざるを得なかった。

「……お前……あ……真代《まよ》かい？」

思わず名前を呼ぶと、その女性——真代は、涙を浮かべながら頷《うなず》いた。

「お祖母《ばあ》ちゃん……久し振り」

何しろ椅子が高いので、すぐには下りられなかったけれど、でも真代の方からこっちにきてくれた。

「真代……」

母親を追うように、十五で千葉の家を出ていった孫娘。人伝《ひとづて》に、歌舞伎町で働いているらしいと聞き、捜し始めたものの思うに任せず、いつのまにか二十年も経《た》ってしまった。

それが――あの泣き虫だった真代が、こんな、立派な大人になっているなんて。

あの頃より、さらに皺々《しわしわ》になった私の手を、真代は大事そうに、両手で包んでくれた。

「お祖母ちゃん……まだちょっと早いけど、喜寿《きじゅ》、七十七歳のお誕生日、おめでとう。私も、ようやく自分のお店持って、いろんなことが落ち着いたからさ、家を、買ったんだ。こんなところじゃなくて、市谷《いちがや》の方にある、お祖母ちゃんと住めるような、静かなところだよ」

なに、なんなんだい、いきなり。

そんな、私は東京なんて――。

## 主要参考文献

『「日中韓」外交戦争』読売新聞政治部（新潮社、二〇一四年）
『本当は憲法より大切な「日米地位協定入門」』「戦後再発見」双書2　前泊博盛編著（創元社、二〇一三年）
『GHQ作成の情報操作書「眞相箱」の呪縛を解く』櫻井よしこ（小学館文庫、二〇〇二年）
『安倍官邸の正体』田﨑史郎（講談社現代新書、二〇一四年）
『警視庁科学捜査最前線』今井良（新潮新書、二〇一四年）
『沖縄の不都合な真実』大久保潤・篠原章（新潮新書、二〇一五年）
『日本の敵』宮家邦彦（文春新書、二〇一五年）
『最新軍用銃事典』床井雅美（並木書房、二〇〇〇年）
『本土の人間は知らないが、沖縄の人はみんな知っていること』須田慎太郎／写真、矢部宏治／文、前泊博盛／監修（書籍情報社、二〇一一年）
『政治の急所』飯島勲（文春新書、二〇一四年）
『政府は必ず嘘をつく』堤未果（角川SSC新書、二〇一二年）
『日米同盟の正体』孫崎享（講談社現代新書、二〇〇九年）
『密約　日米地位協定と米兵犯罪』吉田敏浩（毎日新聞社、二〇一〇年）
『ハーツ・アンド・マインズ　ベトナム戦争の真実』ピーター・デイヴィス監督（DVD、キングレコード、二〇一〇年）

# 四度目の「十五年」を迎えた誉田哲也

友清 哲

これまで幾度となく重ねてきたインタビューの中で、自らの半生を振り返った、誉田さんが「十五年周期説」を口にしたことがある。

ファンにはお馴染《なじ》みのエピソードかもしれないが、少年時代は漫画家を志《こころざ》し、十五歳からはミュージシャンを目指して音楽活動を開始した誉田さん。今も自らのバンドを率いてライブ活動を行なっていることから、その腕前を知る人は少なくないと思われるが、そんな誉田さんに「これはもう、勝負にならない」と音楽の夢をすっぱり諦《あきら》めさせたのが、椎名林檎《しいなりんご》の登場だった。

十五年来の夢を蹴散《けち》らしてしまうほどのインパクトなんて想像もつかないし、その意味では椎名林檎というアーティストの真髄《しんずい》を理解するには、相応の知見が必要なのではないかとも思う。もはや〝天才は天才を知る〟レベルの邂逅《かいこう》と言えるが、ともあれ次はどこへ向かおうかと考えた末にペンを執《と》ったのが、作家・誉田哲也の誕生エピソード。それが奇《く》しくも三十歳の時だった。つまり誉田哲也は十五年おきに手法を変えながら、表現者でありたいという欲求を常に持ち続けてきたことになる。

その後、ムー伝奇ノベル大賞（優秀賞）、ホラーサスペンス大賞（特別賞）と二つの新人賞を受賞し、首尾よく作家としてのキャリアをスタート。ほどなく最初の出世作となる『ストロベリーナイト』の発表に至るわけだが、一読して度肝《どぎも》を抜かれる思いがしたことを、今も鮮明に覚えている。

待っていたのは、圧倒的なリーダビリティに寝食を忘れ、ホラー仕込みのエログロ描写に脳裏を抉《えぐ》られる、強烈な読書体験。同作は姫川玲子《ひめかわれいこ》シリーズとして誉田作品の屋台骨となり、他方ではまた別口の警察ミステリー「ジウ」シリーズや、スポーツ青春小説「武士道」シリーズなど、様々な扉が開けられていく。それはまるで、音楽の分野で発揮しそびれた才能を一息に放出するかのような、凄《すご》みすら感じさせる活躍ぶりであった。

ここで、本作『ノワール　硝子の太陽』に連なる「ジウ」シリーズについて触れておく。

『ジウ』三部作は、特殊犯罪捜査係「ＳＩＴ」に所属する二人の女性捜査官、美咲《みさき》と基子《もとこ》を主役に据えたＷヒロインもので、いくつかの事件を端緒に、背景で蠢《うごめ》く大スケールな事件の全容に迫る物語だ。この作品について、ある日のインタビューで誉田さんは、こんな興味深い発言をしている。

「『ジウ』シリーズはもともと、〝壊す〟前提で始めた作品なんです。最初から長く続けるつもりはなく、構築した世界観をぶっ壊してしまうというのをやりたかった。だからこそ描けたストーリーでもあります」

実際、この三部作を読まれた方は、これが続けたくても続けられない物語であることがよくおわかりだろう。惜しげもなく世界が壊されてしまう物語だからこそ、読み手に歯切れのいい衝撃を与え、それがまた誉田哲也というエンタテイナーの格を一段押し上げた感すらある。

しかし、それにも拘《かか》わらず、『ジウ』で創出された世界観は今も生きている。同作で活躍した東弘樹《あずまひろき》警部補がその後『国境事変』で再登場を果たし、さらには『歌舞伎町セブン』や『歌舞伎町ダムド』でも元気な顔を見せ、『ジウ』に通底する世界観を紡いでくれているからだ。

なお、歌舞伎町で暗躍する伝説の殺し屋集団を描いた『歌舞伎町セブン』は、いわば誉田哲也版・必殺仕事人というべきシリーズで、すでに『ジウ』とは独立した固定ファンを得ている。

そうした世界の広がりを受けてのことか、当初は「ジウ」シリーズと表記されていた一連の作品群を、いつしか作者自ら〈ジウ〉サーガと呼ぶようになった。これが、まだまだこの世界観が継承されていくことの示唆であるなら、ファンにとっては僥倖《ぎょうこう》だろう。

さて、話は「十五年周期説」に舞い戻る。

すっかり流行作家として不動の地位を築き上げた誉田さんの口から、「すべての連載をいったん整理することにした」と聞いたのは、彼が四十五歳の時だったと記憶している。つまり今から約四年前のことであり、十五年のスパンを意識すれば、三期目が終わろうとしていたタイミングである。

まさか、「もう十五年やったから小説は辞めるよ」などと言い出すのでは――。そんなイヤな予感が一瞬頭をよぎったものだが、これは完全に杞憂《きゆう》であった。聞けば、書き下ろしに専念する時間を確保するのが目的だという。それも、〈ジウ〉サーガと姫川玲子シリーズ、自身が擁する二大看板の同時刊行を目指すと聞けば、この節目を歓迎せずにはいられない。

やはり十五年の節目で思うところがあったのか、連載仕事に追われる日々にいったん区切りをつけ、あらためて自分の表現と向き合いたいというのは、職人気質な誉田さんらしい決断に思えた。

ちなみにこの際、「執筆期間が一年になるのか、それとも二年になるのかは、書き上げてみなければわからない」と本人は語っていたが、そこは自己管理に長《た》けた誉田さんのこと。あまり待たされることはないだろうと感じていた。

果たして、一年ほどで書き下ろされたのが、『硝子の太陽N　ノワール』と『硝子の太陽Ｒ　ルージュ』（ともに単行本時のタイトル。後者は光文社刊）であった。

後者の詳細についてはここでは割愛するが、我々に提供されたのは単なるシリーズの新作ではなく、コラボレーションだ。それぞれが物語として独立していながら、同時期の事象を共有し、時に東弘樹と姫川玲子という主要キャラの直接対話もある。そして、明確にリンクしているのに、どちらから読んでも一切のネタバレには繋《つな》がらない。円熟期にある誉田哲也が、その技巧をフルに発揮した豪華な二作品と言えよう。

なお、本作『ノワール　硝子の太陽』の構想は、発表の六年前からあったようで、常日頃「旅行は好きじゃない」と言っている誉田さんが沖縄取材にまで出かけたというから、熱の入れようが窺《うかが》える。

主な視点の主は、やっぱり東警部補だ。沖縄の反米軍基地デモが活発化する中、東は逮捕された左翼の大物・矢吹近江《やぶきこのえ》の取り調べを命じられる。刑事課に所属する東が、なぜ公安案件である左翼活動家を担当しなければならないのか？　一方、時を同じくして発生した、謎の覆面集団による滅多刺《めったざ》し事件。被害者はデモの取材を続けていたフリーライターであり、「歌舞伎町セブン」のメンバーでもある上岡慎介《かみおかしんすけ》だった。一見すると無関係に思えるこれらの事件だが、東はやがて、上岡殺害の真相に繋がる重要な手がかりを得ることに――。

政治要素を舞台装置として巧みに取り入れる手法は、最近の誉田作品では珍しくないが、日米地位協定、ひいては日米安保についての深い考察を孕《はら》むこの物語。現実と地続きの世界で繰り広げられる東と歌舞伎町セブンの共闘は、まさしく〈ジウ〉サーガの醍醐味《だいごみ》に満ちている。

そしてあらためて驚かされるのは、今や誉田一座にとってかけがえのない存在であるはずの「歌舞伎町セブン」から、あっさりと〝殉職者〟を出してしまっている点だ。

こと誉田作品においては、人気キャラだからまず死ぬことはないとか、死んだように見えても実は生きているだろうとか、そんな甘っちょろい救済策は期待できない。いつ誰がこの舞台から退場してしまうのかは、本を閉じるまでわからないのだ。

そういえば以前、本人に直接こう言ってみたことがある。

「誉田さんだったら、東すら最後は殉職させてしまいかねないですよね」

誉田さんの返答は明快だった。

「もちろんあり得るでしょう。刑事って、そういう職業だから」

先ほど、〈ジウ〉サーガはまだまだ継承されていくと記したが、それは読者が想定している形であるとは限らない。むしろ誉田哲也という作家は、我々の予想を積極的に裏切ってくるに違いない。つまりは歌舞伎町セブンを支える陣内とて、決して安穏としてはいられないわけだ。

果たして、表現者として四度目の十五年に突入した誉田さんは、今後どのような球種で我々を翻弄《ほんろう》してくれるのか。それもまた、一つのエンタテインメントである。

ところで、本作は文庫化にあたって、「歌舞伎町の女王　―再会―」と題された短編が併載されている。これは今年発売された椎名林檎デビュー二〇周年記念トリビュートアルバム、『アダムとイブの林檎』のために書き下ろされた作品だ。

「歌舞伎町の女王」は言わずと知れた椎名林檎の代表作のタイトルだが、まずはあらためてその詞を追い、できることならBGMとして再生しながらの一読をお勧めしたい。「千葉の海っぺり」から上京し、排気ガスや鳩の糞《ふん》、男女の体臭に塗《ぬ》れた歓楽街に身を寄せる〝女王〟の世界観が、ゴールデン街の「エポ」を間口に、誉田ワールドと絶妙に溶け合う様子は、ファンにとって最高のボーナストラックとなるだろう。誉田哲也という作家を生み出すきっかけとなったアーティストとのコラボレーションもまた、本作の大きな見どころなのである。

ぜひ、深淵な〈ジウ〉サーガの情景を嚙《か》みしめるように味わってみてほしい。

（ともきよ・さとし　フリーライター）

この作品はフィクションであり、実在する個人、団体等とは一切関係ありません。

この作品は、二〇一六年五月に刊行された『硝子の太陽N　ノワール』を『ノワール　硝子の太陽』に改題したものです。

また、文庫化に際し、椎名林檎トリビュートアルバム『アダムとイヴの林檎』（二〇一八年五月リリース）のために書き下ろされた「歌舞伎町の女王　―再会―」を、新たに収録しました。

中公文庫

# ノワール
## ──硝子《ガラス》の太陽《たいよう》

2018年12月25日　初版発行

著　者　誉《ほん》田《だ》哲《てつ》也《や》

発行者　松田陽三

発行所　中央公論新社
〒100-8152　東京都千代田区大手町1-7-1
電話　販売 03-5299-1730　編集 03-5299-1890
URL http://www.chuko.co.jp/

DTP　ハンズ・ミケ
印　刷　三晃印刷
製　本　小泉製本


Published by CHUOKORON-SHINSHA, INC.
Printed in Japan　ISBN978-4-12-206676-2 C1193

各書目の下段の数字はISBNコードです。978-4-12が省略してあります。

# 中公文庫既刊より

ほ-17-1
ジウI 警視庁特殊犯捜査係
誉田哲也
都内で人質籠城事件が発生、警視庁の捜査一課特殊犯捜査係〈SIT〉も出動するが、それは巨大な事件の序章に過ぎなかった！ 警察小説に新たなる二人のヒロイン誕生!!
205082-2

ほ-17-2
ジウII 警視庁特殊急襲部隊
誉田哲也
誘拐事件は解決したかに見えたが、依然として黒幕・ジウの正体は掴めない。捜査本部で事件を追う美咲。一方、特進をはたした基子の前には謎の男が！ シリーズ第二弾。
205106-5

ほ-17-3
ジウIII 新世界秩序
誉田哲也
〈新世界秩序〉を唱えるミヤジと象徴の如く佇むジウ。彼らの狙いは何なのか？ ジウを追う美咲と東は、想像を絶する基子の姿を目撃し……!? シリーズ完結篇。
205118-8

ほ-17-4
国境事変
誉田哲也
在日朝鮮人殺人事件の捜査で対立する公安部と捜査一課の男たち。警察官の矜持と信念を胸に、銃声轟く国境の島・対馬へ向かう。〈解説〉香山二三郎
205326-7

ほ-17-5
ハング
誉田哲也
捜査一課「堀田班」は殺人事件の再捜査で容疑者を逮捕。だが公判で自白強要の証言があり、班員が首を吊った姿で見つかる。そしてさらに死の連鎖が……誉田史上、最もハードな警察小説。
205693-0

ほ-17-7
歌舞伎町セブン
誉田哲也
『ジウ』の歌舞伎町封鎖事件から六年。再び迫る脅威から街を守るため、密かに立ち上がる者たちがいた。戦慄のダークヒーロー小説！〈解説〉安東能明
205838-5

ほ-17-11
歌舞伎町ダムド
誉田哲也
今夜も新宿のどこかで、伝説的犯罪者〈ジウ〉の後継者が血まみれのダンスを踊る。殺戮のカリスマvs.新宿署刑事vs.殺し屋集団、三つ巴の死闘が始まる！
206357-0